百里湖山指顾中

德清的風景与記憶

黄苗子

朱炜◎著

浙江工商大學出版社

图书在版编目(CIP)数据

百里湖山指顾中：德清的风景与记忆 / 朱炜著.
—杭州：浙江工商大学出版社，2014.11(2015.12 重印)
ISBN 978-7-5178-0751-3

Ⅰ.①百… Ⅱ.①朱… Ⅲ.①随笔－作品集－中国－当代 Ⅳ.①I267.1

中国版本图书馆 CIP 数据核字(2014)第 273616 号

百里湖山指顾中:德清的风景与记忆

朱　炜　著

责任编辑　任晓燕
责任校对　宋德康
封面设计　王妤驰
责任印制　包建辉
出版发行　浙江工商大学出版社
（杭州市教工路 198 号　邮政编码 310012）
（E-mail:zjgsupress@163.com）
（网址:http://www.zjgsupress.com）
电话:0571-88904980,88831806(传真)
排　　版　杭州朝曦图文设计有限公司
印　　刷　浙江云广印业股份有限公司
开　　本　880mm×1230mm　1/32
印　　张　9
字　　数　203 千
版 印 次　2014 年 11 月第 1 版　2015 年 12 月第 2 次印刷
书　　号　ISBN 978-7-5178-0751-3
定　　价　32.00 元

序　一

“清书”之书清兮，可以悦人目

昨天的一场雷暴雨，送来了江南入夏后难得的一日清凉。端坐江淮雁斋，放眼可见的，是经水帘子冲刷过后的木青草翠。于是在挂了菖蒲，吃了粽子，饮了黄酒的午后，开笔为一位笔名署作“清书”的小文友朱炜写起了这篇序文。

之所以应允为素未谋面的小文友写序，实基于地灵人杰的德清，在两年前给我留下的美好印象。那是为了参加在当地举办的赵萝蕤教授（1912—1998）诞辰一百周年纪念座谈会，在那次会上我不仅发了言，与会代表一行还在我的提议下走读了赵教授家乡所在的新市镇。

“绿萝纷葳蕤，缭绕松柏枝。草木有所托，岁寒尚不移。奈何夭桃色，坐叹葑菲诗。玉颜艳红彩，云发非素丝。君子恩已毕，贱妾将何为？”（李白《古风》之一）当我站在镇街上号称“仙潭”的廊棚下，望见潭边老屋那爬满了围墙、房顶的绿油油的地锦时，便忽然获得了一种启迪：在整整百年前的那个春夏之交，当东吴大学教师赵紫宸先生（1888—1979）在家书中得知女儿降生时，何以会将她命名为“萝蕤”——这与其说他为生了一个可能“薄命”的“红颜”而生隐忧之心，还不如说是寄托着他对家乡老屋的一种遥思呢！

本书书名出典于清代德清人戴望的《洛舍漾》一诗，其句为“抽帆齐唱大江东，百里湖山指顾中。雪浪高飞云倒卷，狂歌不怕鲤鱼风”。这样，它便成了书名出典于俞平伯《重圆花烛歌》中的《湖烟湖水曾相识》（浙江工商大学出版社 2013 年版）之后的又一部新集了。

顷观《湖烟湖水曾相识》，颇感动于作为一个外乡学子的朱炜，对于杭州西湖人文的倾情。我的北大学长、浙江图书馆研究馆员袁逸先生在序言中推介道：“《湖烟湖水曾相识》一书，凡七十篇，以历史名人与杭州西湖之因缘为线索，探幽述胜，凭吊抒怀，于清丽文辞中时见少年老辣。尤其写德清俞家影事几篇，经由这位小老乡的灵秀笔墨，其逸闻掌故多有可采、可叹、激励后学者”，“感觉朱炜的书好看，有料，值得；除了文采禀赋，更因了其真切而难得的在这样年纪少有的古典情怀、历史视野。朱文下得功夫，博览广收，肚里有货，笔下异彩……即使是一些已知的内容，如写东坡、岳飞、柳如是、秋瑾等，也多富创说异见，颇新耳目。”

《湖烟湖水曾相识》已赢得袁学长推许如是，则作者专写其家乡德清山水、人物、艺文、饮食、故事的《百里湖山指顾中：德清的风景与记忆》之可观性，更当不在话下了。概而言之，则《百里湖山指顾中：德清的风景与记忆》乃是《湖烟湖水曾相识》一脉相承之作。此脉，乃源远流长而根深蒂固的乡土人文之脉也。朱炜在本书后记中说：“我相信读者拿到《百里湖山指顾中：德清的风景与记忆》的那一刻，会一见钟情，读而难忘，甚至手不释卷的。天下的地方千千万，德清只有一个，对这里的饮食和风俗，我们要偏爱一辈子；

关于这里的自然风光与历史故事,必须知道一点。否则,何以证明你是德清人,你的故乡是德清。”

“清书”之书清兮可以悦人目,其实他笔下写得比嘴上说得还要好。试看他无论是记黄郛、丰子恺、梅滕更的莫干山缘,还是写静静的余英溪、绿绿的下渚湖、黄黄的枇杷季,无论是叙“书男”许宗彦、“书魂”蔡剑飞、“校花兼才女”的赵萝蕤……无不言下有史而史中有文,文辞清通而史识清明,篇篇都是开卷有益、掩卷成思之作。我为此深深认同作者在大学毕业返乡之后,经年所做的这件解读家乡文献、弘扬乡邦文化的功德,他因此足以成为我国图书馆界不可多得的“学习—研究型馆员”的楷模。

是故为序,以表深心嘉许也。

南京大学教授,中国阅读学研究会会长

徐 雁

2014 年 6 月于金陵江淮雁斋

序　二

德清之“清”与“情”

德清自古人杰地灵，即便放在文人墨客众多的江南，也算是出类拔萃之地。别的不说，单单一个德清俞氏家族，就足以使德清在中国近现代史上占有一席之地了。至于说到风土人情、文物古迹，德清也是数不胜数。如此，写德清的文字自然很多，今有德清青年才俊朱炜，工作之便，足迹踏遍德清，笔下也写出了德清的记忆与风情。他的文字清丽可喜，又不乏历史的娓娓叙述，于诗情画意的描述之外，平添一种忧思或诗意的伤感。在近年来的此类文化随笔或游记中，倒也显得有些别致。

为此，朱炜自然也是狠下了一番工夫，且听他的自道：“(《百里湖山指顾中：德清的风景与记忆》)作为《湖烟湖水曾相识》的姊妹篇，该书以德清风情人物为主打，充满了江南小城的声音，市井的、雨湿路面的，又或者风吹过来的，埋在岁月之沙里的。唯此，故乡才可能对亲近者露出素颜，洞开门户，展现真身。书名是有出处的，选自清邑人戴望的诗《洛舍漾》，‘指顾’，很好解释，手指目顾，引申开来即瞻礼勘察，符合我追求的人文精神。”

作者或追寻名贤耆英由德清开始的轨迹，或登临山川古迹抒发吊古伤今之情，却始终不忘一个视角，即基于当下社会现实的种种不如人意。换句话说，作者的写景画人，虽意在回望历史，但讲故事人的眼光却是看着现在的。这类文字，当年的余秋雨或者说早年的他曾经写得极好，也风靡一时，可惜后来有些过于刻意追求什么或者表达什么，反而显得雕琢做作，其影响日渐式微也就不足为怪了。

不过，朱炜毕竟还年轻，远未到表现其文字老到或者老辣的地步，也就不会介意自己的文字有时还有些所谓的学生腔或少年体。相反，我倒觉得这样的文字才足够真实，是他这个年纪应有的。的确，我们的教育常常鼓励青年要尽早成熟，要学习如何让文字深刻含蓄，待人接物更是要少年老成，其实大可不必。

说到写作，笔者在高校教书多年，感觉青年学子的文字表述能力近年来确实有“一届不如一届”的趋势，问问一些同行师友，大家似乎都有同感。至于其原因，可就看法不一了。有的以为是应试教育的问题；有的认为是上网、刷手机屏过多导致，例如对网络文学的迷恋，在这些人看来，网络文学这个名词其实与文字垃圾等同；也有的把罪名归结为影视动漫，因为如今的时代早已是“读图时代”。这些解释固然都有道理，但可能都没有说到根本。笔者的看法是，关键还是在于如今的青年，骨子里早已与中国传统文化和文学精神脱节，同时对当代社会发展的内在脉络缺少关注的兴趣。这本来也没有什么，只要他们还会关注内心，学会与自我沟通。可惜，在这方面我们的教育也是失败的，或者说有些有意如此。这最后一点，其实是很严重的甚至可以说是令人心寒的。

唯其如此，朱炜的这些文字才显得独特而有价值。从他的文字，我们读出了一些虽然朦朦胧胧但确实是在生长的力量或者说是希望。也是在这个意义上，我很愿意为该书的出版，点一个“赞”。

是为序。

杭州师范大学中文系教授

刘克敌

2014 年 6 月于杭州半黑半白斋

目 录

第一辑 山 水

第二辑　人　物

第三辑　艺　文

第四辑　饮　食

第五辑　故　事

第一辑

山水

首读莫干山

“这条是武康路，1920 年以前，上莫干山的道路仅此一条，是当年的黄金大道。不远处，我们可以见到丽莎别墅（园亭）的拱形石门，丽莎死后埋在了这里，当地人叫它‘德国坟’。再往前走，就是梅滕更的别墅了。”听着莫干山管理局吴承涛先生的讲解，逢着悄然而至的细雨，我如同行走在宏大又深邃的历史里。虽然两日前，同样的路线，我已走过。

众所周知，在中国近代史上与杭州关系最密切的美国人莫过于司徒雷登，而时居杭州的英国人中也有一个司徒雷登式的人物——梅滕更。梅滕更（1856—1934）是英国圣公会传教士、广济麻风病医院（今浙江大学医学院附属第二医院）的创始人，与海关总税务司司长赫德、红顶商人胡雪岩多有交往。这位梅先生对征地很感兴趣，在杭州买走了宝石山上大片土地，名义上为盖麻风病院、建肺病医院，暗里行圈占之实。今宝石山来凤亭侧尚有梅滕更石刻：“在天有荣耀归帝，在地有和平喜悦归人。”一度保俶塔都是他的，还把上山的路都堵塞了。杭人嗣以重价乃把保俶塔赎回。对于梅滕更在杭的种种行迹，1924 年 7 月中旬的《新浙江报》上曾刊登过一篇批评他的社评，但他置若罔闻，只管坐车游他的西湖。

民国初年,西湖周围都铺有一条不算太宽的石板路,可以跑轻便的马车。嗒、嗒、嗒……梅滕更闲暇时常驾一辆驴车,或选自制的司亨美式小车,配以人力车之二轮、黑卫骏马,围绕西湖转一圈。这道独特的西洋景也成了杭人茶余饭后的一个谈资。

山与水之间的奇妙与人世间的情缘就是这么富有传奇色彩,莫干山西南角炮台山的一举成名缘于梅滕更。1910 年,手头阔绰的梅滕更向山民一次性购买了炮台山七十五亩地,于山顶建造了三间洋房,作为他与夫人的自住房,记为莫干山武康路一号——后改建为绿荫旅馆,毁于台风,唯门头和门房尚在。走进梅滕更别墅遗址,可以想见,若不倒塌,当是何等雄伟!而今,建筑主体底层似有半圆拱形券外廊,形如欧洲中古时代的古堡,从甬道、石阶以及天井完全可想象到它当年的美轮美奂。实景老照片中,梅滕更别墅的屋顶为西式坡顶并开有老虎窗,建筑端部更有一方形塔楼高高耸立,别具一格,属于绝对的莫干山地标。当我越接近遗址中央,短暂与永恒、淡薄与玄远、寂灭与往生,这几个词,不停地在我的脑海中撞击着。面对这样一处遗址,我是该为它的不复存在惋惜,抑或为它的主人而悲怆?都不必,对于一座建筑之爱,深刻不过经常回忆,永恒不过有时思忆。自别墅建成后至 1924 年间,梅滕更常偕夫人来此避暑,端午上山,中秋下山,这应是他人生中较为快乐的一段时光。

撇开一个人的个性与一个时代的既定论调,我以为梅滕更的脾气还是挺好的,至少从他在莫干山上的生活来看,是这样。当年每每上山的第二天,他的信差就敲着铜锣满山跑,告诉周边的山民:“梅先生上山了,有病的都可以来看了。”这面铜锣至今珍藏于看门人楚庆仁之子楚召南家中。于是,在莫干山,通常会上演这样的一幕,一夜过后,有被人抬着的、背着的,自己拄着拐杖的,病号从山下涌来。因为他们相信并认可梅先生的医术，许多人已不是第一次找他看病，更重要的是他为他们看病从不收钱。

不坐诊的时候，梅滕更喜欢在山间小径散步，遇山民，也不摆架子，不管这人他认不认识，都会首先上前鞠躬，然后用他蹩脚的中文说："你福气好！"若来者有些年纪，他还会拱手作揖，十分可亲可近。可不是，在莫干山上拥有这样一座古堡式的别墅，还有男侍者、保姆及两个日本牧羊姑娘专门负责他的饮食起居，来山上避暑的上层人士对他礼遇有加，山民们对他也不无尊敬，他自己首先感到好福气。其次，他觉得住在山中不比寓居西湖边逊色多少，足不出山也能了解外面的世界。有一件人尽皆知的事，他在莫干山有一条专属于自己的邮路，从西湖转来的信件，包括他在英国的朋友寄来的信，只要写上莫干山武康路一号地址，肯定能收到。再次，梅夫人也喜欢莫干山，她与梅先生到哪儿都是夫唱妇随。山民们总能听到，这位美丽又善良的梅夫人在炮台山的小洋房里弹奏风琴。她与看门人之妻还成了闺蜜。

一个人的修为与一地的山水有关。那些年，在西湖边招摇过市的梅滕更，上莫干山之后竟变得非常绅士了。究其因，可能是山中的环境太幽静了，使人"噪"不起来；在山上活动的人士多为外籍精英分子，人比人只有更加绅士。其实，客观地说，若梅滕更能再低调一点，也许就不会誉也天下谤也天下了。他在杭州创建广济医院（该院是浙江最早的西医医院）本是大好事，且是西人向 19 世纪初的中国输入现代性的典范，"吾国麻风院中，无出其右者"。当年他查病房时，曾与小患者互相鞠躬，有照片为证，足见广济"济人寿世"的办院理念在细节中也体现得淋漓尽致。

梅滕更后来在莫干山置私产，恪守山上避暑会章程，且能主动为上层人士提供健康护理，为贫病者免费施药医病，终是"仁爱而劳”——此四字后被刻在他的墓碑上。1927 年初,梅滕更离任回英国,到处演讲,述说他在中国的经历,同时致力于将西方医学著作翻译成中文。八年后,他因病去世,最后的头衔是苏格兰皇家地理协会名誉副主席。

“怎么还不走? 这门头有啥好看的。”同行者中有人催我快走。我竟答非所问地说了一句:“梅先生来了!”我说的都是什么,分明是我们来了,哪里有什么梅先生。雨中,我开始健步往前走,原以为走远了就会淡忘的,但梅先生终究是到我的心里来了。

梅滕更的马车

隐居莫干

十年后复登莫干山，随夹一本《莫干山志》，捧读之余，忽然想起了黄郛。于是独自到黄郛在山上的白云山馆附近走走。黄郛在莫干山有多处房产，白云山馆只是其一，但却是他最喜欢的。走过弯曲的一段山路，只见一幢两层小楼掩映在松涛竹海中，这即是白云山馆了。看民国老照片，边上原还有铁门，顺台阶还有铁丝网拦着。未知莫干山历史的人远看此楼并无特色，只觉得静谧典丽，走近了却突见一派大气别格。原来房子和人一样也讲气场的，因得一时风云际会而格外使人愿意接近。须知，这里不仅是黄郛的私寓，还做过蒋介石与宋美龄的“新房”、第二次国共谈判地，此楼注定要成为大莫干山精神与威望的象征。

提起黄郛，不消读他的传记来了解他的莫干山岁月，年长的山民都能随口说上关于他的二三事。中国近现代史上多少名人在莫干山上流连居住，但山民们最惦记的就是黄郛。当年，黄郛上山表面为避暑，实则为避世，但他不避山民。有山民回忆：“黄郛在山上住的辰光最长，人缘很好，对我们也比较照顾，我们这些人有什么矛盾都去找他，只要他一出面事情往往就能解决。”又道：“他很喜欢跑马，着一件黑色披风，戴一顶獭皮帽，一摘下帽子便见他额角上方两块左右对称的白发,就像一对白角似的。"这些描述比起《黄郛传》里的黄郛显然更鲜活更非凡,只是极少有人说到黄郛在山中好读书。究其因,大约是小地方的人文化水平不高,对于读书总以为是雅事,能读点书自然好,不读也可。

黄郛(1880—1936),原名绍麟,字膺白,上虞人。早年追随孙中山,曾为陈英士的参谋,又系蒋介石义兄,四十五岁时出任代理内阁总理。之后,政治命运几起几伏,诸多不如意。他的莫干山恋就缘于一场政治失意。1928 年 5 月,日军炮轰济南,制造了"五三惨案",时任外交部部长的他,因处理此案时,对日妥协求和,背负"卖国"骂名,请辞本兼各职。百无聊赖之时,他想起了莫干山,并临时决定与夫人沈亦云退避山中"读书学佛",过起"惟潜心内典,企以佛之大悲正觉,救国救世"的生活。名山拜佛,这是国民党政要因事下野或处境困难时惯用的脱身借口,如戴季陶自称信奉佛教,报上屡载他去名山诵经拜佛的消息。但黄郛不然,或者不随其流。

其实,在上一年深秋,黄郛就和夫人上过莫干山,且"所得印象甚好",但尚未萌生买屋莫干山的想法。然今时不同往日,他已做好息影官场的准备,又相中莫干山东顶的一栋别墅,名曰"春园",乃与远在上海的原主 Mrs Jane(英国人)办理购房手续。"验契执"中签字时间为"民国十七年捌月",即这年 8 月。买定后,他将别墅更名白云山馆,白云,乃取他与夫人名字里各一个字合而为一:他字膺白,取一"白"字;夫人字亦云,用一"云"字。只要入夏上山,夫妇俩就会住在这里。

黄郛的夫人在《亦云回忆》中记载:"我们除白云山馆之外,又多了一处乡居的家。"这处乡居的家指的是黄郛后来买入的文治藏书楼,而今黄郛在莫干山所留房产中除白云山馆外,惟文治藏书楼尚在了。黄郛终是个爱书人，每次远行总要带几个书箱，以使书不离身，手不释卷。这一点应承袭了黄家“先世自安徽休宁迁居到上海松江之华亭，累代读书”的好传统。藏书楼是他用卖了山上五百一十五号别墅的钱，为纪念父亲黄友樵（文治是他父亲的字）而建。藏书楼青砖砌成，为二层之西式宅屋，是莫干山麓庾村小镇建筑物中唯一请工程师设计的。远房表兄章太炎为之撰《黄氏藏书楼记》，赞他此举“无忘世德”，又有国民党元老吴稚晖所题门额。看上去此楼保存基本完好，楼梯、壁炉、浴室、烟囱等处几乎保持原样。只是作为藏书楼，好像没看到一本书，显然此建筑早已移作他用。据黄郛侄子黄崇林老人言，藏书楼中曾藏书多达千册，相当可观，最珍贵的是一套《万有文库》，不仅向师生开放，附近识字的山民均可自由翻阅，藏书楼实为庾村小镇的公共图书馆。

其间，黄郛亲睹莫干山区农村儿童“终日两眼看天地”，不忍其辍学乃至失学，却苦于各方条件的限制，无力办一所私立小学。思忖中，他给这所未来的小学取名为“莫干小学”，采用六年义务制，旨在能让穷苦人家的孩子都来读书，对品学兼优者提供升学奖金。1932 年初，他聘请友人黄柏樵的内弟郑性白主持校务，筹备小学。6 月 1 日，小学在暂借的汪家村三间民房举行开学典礼，他与夫人亲临。他致辞说：“我夫妇二人将来即以学校为家，愿乡村父老予以合作，使莫干小学成为我们农村改进的先声，莫干小学的学生各个为地方上有用的人才。”同日，亦是新校舍奠基礼日。

翌年元旦，新校舍落成，有两层楼房并大礼堂各一幢，位于上莫干山必经之路。他手书“勤俭忠慎”，是为校训，并书“耕读”匾和“自治自卫自教养，相友相助相扶持”对联，分悬于大礼堂大门上端及两侧。勤俭忠慎，是他赋予传统观念以新内容，他称此为教育与国民修身立业的标准。所谓勤，即要求国民各尽职守，人人加紧工作；俭，即减少不必要的享受；忠，为尽己为人；慎，为慎思明辨，言行审慎。《校歌》中亦有唱：“莫干之灵，钟我诸生，勤俭忠慎，我校之箴。耕不废读，读不废耕，生聚教训，利国福民。”校徽是一个倒三角形，有一柄铁耙置于书上，再次明示凡该校学生除了上课读书，还要参加实践劳作。如此以“耕读并重”为特色的乡村学校，在20世纪三四十年代的中国，乃至在经济基础较好的大城市之郊，也是不多见的。我们不得不承认，早年的中国教育很大程度上是在小地方形成气候的。因为该校在省内很有名，生源延至杭县、吴兴、嘉兴、天台、建德、宁波等十数县。到黄郛去世那年，从莫干小学毕业的学生就有好几百人，其中不少高才生日后成为国家的专门人才，如上海火车北站副站长陈秋达、马鞍山钢铁公司总工程师陈秀生。

学校开办之初，教员有杨元昌、唐锦章等人。倾心于培育几个农家子弟的黄郛常抽空在山下招待小学教职员，当谈及学校所属莫干山农村改进会（校方占两席）预设立医诊计划，试图改变一些中国农村的落后状况时，他很是语重心长：“有人只知贪图吃喝玩乐，做官发财谋私欲，以二十大洋一个月的工资看不起，不愿在农村做真正的工作，没有责任心的人，不足取。”月薪二十块大洋虽然不算高，但教员的生活待遇还颇优裕，房租只交一块大洋，免去照明等费用，菜价又甚廉，足可留余资。接着他又勉励在座者：“只要努力于国家的工作岗位，改变社会形势，不会没饭吃，没屋住，没钱用的。”看得出，他把办学等举措作为自己报答社会的事业。他深恐在山上养尊处优久了，丧失了志向，只爱清闲。

1933年，黄郛见国内局势危急，党内无援，又收到蒋介石的诏令，急奔赴北平，填任行政院驻北平政务整理委员会委员长。这一次“出山”把他着实累垮了，丧权辱国的协约接踵而来，他无奈只有奉命签之，直叫一声兄弟好累。1935 年夏，黄郛心灰意冷，托病返回莫干山。上山后不久，他便感肝部不适，入冬更疼痛难忍，去上海治疗，诊断结果为肝癌，已是晚期。一年后，他终因敌不住疾病折磨，1936 年 12 月 6 日病故于上海。按他所愿，“黄郛生前爱住莫干山，故葬地亦当在此山”（沈亦云语）。两日后《时事公报》刊发专讯《黄郛遗体将葬于莫干山》，又过一日当时的《中央日报》报道了黄郛遗体大殓情况。黄郛的墓地建在距莫干小学不远的山坡上，平台三层，第一二层栽种青松与苍柏、樱树与紫薇、冬青与皂荚，两侧有石凳，最上层地势高爽，背后山峦重叠，景色宜人。1937 年初，《申报图画特刊》刊出黄郛遗体在莫干山下葬时的照片，一张是移灵时亲友、军队随行，一张是未亡人沈亦云立在丈夫的墓前，她身穿丧服，以黑布包头，沉痛而坚毅的面容仿佛预示着在丈夫病逝后，她将坚定地活下去，并继续他未完的莫干山的农村事业。

据一位老山民回忆，当年，夕阳西下之时，常可见黄郛在山中散步，或半倚在藤榻上看书、品茗，是很有学问的一个人。黄郛基本不作诗，否则莫干山应留下他的许多题咏，所幸他兴笔曾写的“莫干山”三个大字，今已刻石建亭。环山数千里，他的足迹遍至，晚年更将心思、理想尽汇于此山，爱怜他与莫干山早已成“生死之交”，最终又得长眠于此，可谓风光尽占，福荣咸集。此般过了七十六年，他的墓一度被毁又复，每岁总会引来不少祭扫者或追怀或致意。俨然他已与莫干山的鸟鸣、书声、建筑、往事、点点滴滴融为一体了，很难分开，再也不可分开。

回首峰峦入莽苍

七绝·莫干山

毛泽东

翻身复进七人房,回首峰峦入莽苍。

四十八盘才走过,风驰又已到钱塘。

本诗最早见于《党的文献》1993 年第 6 期,据作者手稿刊印。今考本诗作于 1954 年初春。据时任浙江省公安厅厅长王芳后来所著《王芳回忆录》中记述,这年省里预备给主席祝寿,请主席上莫干山,时下榻皇后饭店,进午餐,稍事休息,又至塔山、炮台山等峰眺望山景。主席对莫干山林涛竹海、遍地绿荫赞叹不已,该日下山兴犹未尽,作《七绝·莫干山》一首。

毛泽东向爱登山、侃山,尤爱写山,其风景诗或以山记史,如"钟山风雨起苍黄"(《人民解放军占领南京》);或以山言志,如"踏遍青山人未老"(《清平乐·会昌》);或以山造境,如"苍山如海"(《忆秦娥·娄山关》),"关山阵阵苍"(《菩萨蛮·大柏地》),此诗同属。可是此诗犹有不同,严格意义上说此诗还不能归入风景诗,因它只含蓄地表现出莫干山山色之美,未涉一处实景、一件故事,乃至一个地名。这就使未到过莫干山者，只能凭想象读得毛泽东的心境，却无缘一睹莫干秀色。而对于绝少登山者，恐怕连作者钟情于山的心境也难体会。毛泽东的情怀与这时空融为一体，他的声音也与山中的啾啾鸟鸣汇成了别致的合唱。

"翻身复进七人房"，"七人房"，能坐七人的车，实指苏联斯大林元帅赠送的吉斯防弹大轿车，爬山性能特好，就是开不快。七人房，一般读者误以为是七人合租房，前有望文者就释作能供七人住的山房。可从诗中看，毛泽东已坐车离开，何来又住山房，且他是翻身跃车而走的。这就又显出毛诗的另一特色，文白相兼，诗语白话而又不弃古典。人皆用车，他独避之不用而造新语，更见空间感。"峰峦"，指莫干山群峰。梁人著《莫干山纵览》(1986 年)载："莫干山及其周围共有大小数百个山头，仅有名可考的就有一百八十多座。"他已经无法去记这山那山的具象，只好说一片"莽苍"，把各种山的清雄险峻尽收于身后的莽苍。毛泽东当年上山时的道路虽系新中国成立后新修，但当地人仍称"十八盘"，路面窄小，路况崎岖，轿工们"一步一瓢汗"的故事似还在眼前。莫干山的盘山公路弯道特多，一盘，一个大弯，后跟一个小弯，前面峭壁挡道，疑无路可行，但再一个转弯，别是一番新天地。莫干山到底有几多盘弯？前人方志、游记似乎从无确切记载过。而毛泽东说"四十八盘"俨然泛指山路盘旋曲折，本应缓缓地走上半日，可如今却须臾下得山来。又，自山下到杭州不到百里，如一阵疾风呼呼便已到"钱塘"。1957 年，毛泽东在上海的一次干部会议上，不忘莫干山，说话也像作诗一样形象又深刻："莫干山你们走过没有？上下都是四十八盘。社会的运动总是采取螺旋形方式前进的。"原来深刻的哲学道理被他用简易的话语点出，谁都明白。

然而就是这样一首作法新颖别有韵味的诗，却不见被毛泽东生前发表。《毛泽东诗词选》(人民文学出版社 1986 年版)出版说明说:"副编诸作以及其他一些本集没有收入的作品,作者写成后都没有最后定稿。岂知虽可能间或有因作者忘了,未及再看到和考虑修订的……可以推想,作者至少对这部分作品(尽管各篇情况不同)中的许多篇不认为很满意的。"但,无论怎么说,本诗都为 1954 年的莫干山留下了一个历史的注脚。

附记:

王祖强在《"风驰又已到钱塘"——毛泽东诗词与浙江》一文中指出:"事实上,根据现有的资料分析,毛泽东一生中也就去过一次莫干山,并且只在那里做了短暂的休息,当天就回到了杭州。这一天是 1954 年 1 月 7 日。就这一次游历而言,当年中央警卫局战士孙勇的回忆最为翔实。……'下午 6 点左右,毛泽东回到刘庄。他有些意犹未尽地说:要是莫干山上的小洋楼有暖气,就住下了。'当然此行留给毛泽东的印象十分深刻。后来他在上海主持会议时还提到过莫干山的山道弯弯。《七绝·莫干山》应是此行回杭后的作品。"

他们在莫干山下吟诗

2014年6月11日，莫干山诗词学会会员大会在德清图书馆举行，二十六岁的我有幸被公推为新任会长，学会易帜为德清县诗词学会。有人赠字，“积健为雄”；有人贺诗，“承前启后俊才出，称颂家山提笔先”；有人私语，我恐是我县史上最年轻的诗词学会的会长。当掌声响起，老会长卢前先生请我上前发言，我有点激动，同时倍感压力，苍苍古木里独有一青松。我的履新感言里首先当然是感谢，其次照例是表态，最后是阐述愿景。

其实，此次换届，是卢前、吴冠民、张炜、陈景超、许德明等老先生的执意，选我接任会长一职，大约在他们眼中，我是质实爱文的青年代表，且象征着生生不已的力量。这些年，我对于传统诗词的鉴赏与写作确有一点心得，也在高校、图书馆、社区做过一些讲座，出版过一本《诗词小品》的小书，但同老先生们相比，我仍然不足以称心戚戚焉，笔下有千言。

会后话别，我静静地翻看本会的历史资料与会员档案，由衷地肃然起敬。“结社吟坛卅二年，长存风雅莫干边。”三十二年前，在我出生前六年，他们就已在莫干山下吟诗作对，从最初的九人，到现在的四十余人，大都是“70后”，不乏“90后”。较老的一批会员如高恺如、沈立民、任志坚已谢世,其中俞平伯先生还曾任本会前身余不诗社的顾问。最引起我注意的是,一篇刊登在《余不诗社成立十周年纪念专辑》上的文章——《重刊余不诗社缘起》,堪称公文中的经典,用典之当,对仗之工,情景之合,含义之深,令人百读不止。文曰:

> 德清西陲,峰峦竞秀,涧壑争流,主峰莫干山,为避暑胜地,名播中外,众水多自此出焉。其中有东流武康、德清、合东苕溪而北注太湖之一派,在武康一段名余英溪,在德清一段名余不溪。究其名,甚古也,传溪上游旧有沈约手植之桃花林,春来花笼绯云,水溅碧玉,和风过处,红雨缤纷,逐流至武康尚见余英点点,古人因以为溪名。及至德清则仅存其不。不,风无切音夫,盖花萼之象形字也。余不之名遂相沿至今矣。吾乡素称文化之邦,畴昔沈东阳、孟东野、姜白石、毛泽民、赵松雪夫妇、俞曲园、沈南苹之辈,皆以诗文翰墨名重当时,业垂后世,此实地灵人杰,有赖余不溪水之哺育耳。方今四害已除,百废俱兴,文苑回春,百花复萌,诗词乃中华之国粹,骚人为诗坛之翘楚,重振风雅,侪辈敢辞其难?因倡诗社,共结夙缘,讽咏唱酬,俾吾乡风得以发扬光大也。社既成立,即拈余不之名以名之,时在一千九百八十一年二月五日岁次辛酉元日也。谨志缘起。

"树旌三十二年前",余不诗社没有社址,活动地点设在德清县乾元镇溪街三十七号吴冠民家中。关于诗社的成立,称其筚路蓝缕一点儿都不假。作为发起人之一的吴冠民在《俞平伯先生逝世三周年祭》中如是写道:“是时,举国上下‘拨乱反正’,但两个‘凡是’的幽灵仍在人们的社会生活中徘徊。许多著名的社会学术团体尚未恢复活动,德清的一群莘莘学子却在酝酿成立一个旨在以创作和研究传统诗词的学术组织。我们出于对古典诗词的热爱,以弘扬民族优秀传统文化为己任,经一番深思熟虑,决定延请远在京城的俞平伯先生担任诗社顾问。”承俞平伯、张报、陆稚游、张慕槎等前辈关怀,这无疑是诗社同仁之幸,也培育出一种不敢辜负的希望。在第一个十年里,余不诗社以诗律不放宽,题材不趋时,风格不媚俗,编印社刊《余不唱和集》七集,忝为中华诗词学会发起单位之一(见《中华诗词年鉴》1988 年版),跻身于国内大小如林的诗社中而成为佼佼者。中华诗词学会顾问胡守仁教授在贺余不诗社成立十周年的诗中云:“浙江德清县,风气得知先。成立余不社,流传妇幼篇。中华号诗国,前哲造斯巅。继往开来世,着鞭已十年。”浙江省诗词学会在贺信中也肯定了余不诗社“闻于神州,名传海外,产生了广泛的影响”。

第二个十年,鉴于县治搬迁至武康,余不诗社遂于 1997 年 10 月 19 日更名为莫干山诗词学会,众手扶轮,英溪涨绿。一时间,学会涌现出了一批本土诗人,“心注家乡更景物”,佳作名篇频见于各地诗刊和各种专集,并在诗词征集大赛中时有获奖,可谓洋洋大观。更有格律大通者积极参与本县旅游景点的楹联撰题,莫干山、武康塔山森林公园、新市古镇牌坊及名人馆、洛舍、钟管等乡镇都刻有他们的作品,甚至湖州项王公园、杭州万松书院及外省名胜地也都留有他们的笔墨诗情。

21 世纪初,学会诸老提出举办传统文化讲习班,开诗词课,讲授传统诗词的欣赏与写作。我就是丁亥(2007)夏班的学员,也是受益儿。此前,我曾给卢前先生写过一封信,随信附诗若干首。不

久,他便回信,给我建议:

朱炜同学,你喜欢古诗词很好。但古诗词格律极严,先要懂四声,分平仄,明韵脚,这方面你还没有学习过……当然你现在读书很忙,能这样练练笔已是难能可贵了……总之,还要有很长的路要走,来日方长,慢慢地来可也。如有问题可继续找我或到县图书馆三楼德赛培训学校找张炜校长,均会给你帮助的。祝进步。

卢　前

2006年12月19日

见面,年已七旬的张炜先生知我的来意后,当场给我出题,要我答我俩名字里的“炜”本是什么颜色?我略一想,红色。张先生笑了,问我何以见得就是红?我举了《诗经》里的《邶风·静女》为证:“彤管有炜,说怿女美。”张先生没有继续为难我,这算是他考验我这个关门弟子的第一课了。因我所写的近体诗有意境且合律,张先生将我的作品特别印了一期诗讯,寄到杭州高级中学参加樱花文会,竟摘得徐志摩诗歌奖一等奖。近年,蒙张先生器重,我有幸参与《历代诗人咏德清》再版的编辑和注释工作,张先生还资助我出版了《诗词小品》一书。

我过去填过一阕词《诉衷情》:

康城雨后满庭花,回首望天涯。皆言自有烦恼,且画作,旅痕遐。

登旧迹,过新霞,已成沙。热忱常住,畅写胸怀,当趁年华。

从我学诗词、写诗词、讲诗词的经历可知，诗中有真意，不可尽言，有时自己连读懂一句诗都是困难的。这时候，你便会感到传统诗词是那样遥不可及。但当我们有幸与有志于传承诗词者聚到一起时，就不难察觉诗词离我们很近，就像春风里涌上心头的温柔。诚如叶嘉莹先生所说：如果一个人在心灵感情、品格理想、智慧觉悟方面真的有所禀赋、有所追寻，不论时空有多少阻隔，他一定能在古人的作品中找到共鸣。传统诗词本身是不功利的，目的也是要我们把自己那颗灵明的种子锻炼、雕琢得更加纯粹和精美。这是我们这一代人的伟大责任，也是光荣使命。

《余不诗社成立特辑》书影

再到塔山

又是一个放晴的下午，陪青年油画家许章伟上塔山，许画家是为创作“德清十景图”之“塔山云岫”采风来的。几年前也是这样一个春光明媚的下午，我和同学一起登过塔山。大多数同学是走着去的，也有人骑车去，我们在山里玩闹了一下午，累了就坐在道旁一起发呆一起谈笑。

通向塔山顶上的路就只一条，需拾级而上，兜兜转转。我和益新并肩走在前面，海骁和潘紧跟其后，把其余四十多人落在山腰。古人所谓“山阴道上，目不暇接”，用在此处正切景。路的两边是林子，林地上密密麻麻各种野花，散发着一股浓郁的清香，而在这个时节，山的颜色秀丽又迷人，加之有溪水从山涧嬉笑流过，若拨浪鼓。再往前走，透过层层亭亭的树影，便见绿瓦黄墙的寺院在明处，云岫寺近了。

毕淑敏说，人更多的时候应在旅途中，旅行使我们变得谦虚。人在旅途，总有意想不到的收获和不期而至的满足。在山中寻曲觅幽，原来自己心中的渴慕不过是几缕舒爽的风。此地的山风不很大，却能吹进血液，深呼吸，自然新鲜的气息一拥而入，直抵肺腑。见我们似在寻觅什么，有下山来的背包客遥指，山顶有一股清凉的风栖在那里，超舒服。经他这么一说，我们的脚底便更生了风，疾疾地冲向山顶。

每次和同学出来，我总会挑一些人迹罕至之地去游览。并非是我不合群，喜欢独处，全因那些隐秘的地方有别处见不到的绮丽风景。灌木丛、苦竹林、乱石岗、小土丘、断壁残垣，它们大多不被纷至沓来的游人惦记，但它们的清幽、明净与脱俗足以给你驻足的理由，思考我们的时间去了哪儿。你能说这不是平凡里的新奇，不是稀见的美？

“寻山何处好？云岫独栖云。”（明邑人骆文盛《秋日游云岫诗》）云岫寺为皇家敕赐，现存寺额系康熙皇帝墨宝，虽木质风化，油漆剥落，犹见双龙戏珠图案。入寺便是天王殿，立着四大天王的造像，威严、肃穆。我端详着他们的尊容，渐觉他们的身上充满了人的个性：冷静、淡定、气宇轩昂。尽管从审美看，他们的形象依旧朴拙、粗犷。在我的眼中，他们一直是泥做的菩萨，如何受得我们的跪拜。然而他们又是庄严的化身，普世、度恶、救人。可愚钝的我，不懂佛的慈悲，许是心诚则灵吧，善念善哉。

好不容易上来了，怎么也得到寺里转转。不知是谁先说的这话，使我顿生游赏云岫寺的兴致。这是一座始建于南宋淳熙年间的古寺，内有龙眼池、放生池、宋梅、四季古桂各一，但无人指点不知所在。云岫寺的历史掌故很多。小时候上山，能山法师（1904—1997）还健在，念经参禅之余，也乐得与有缘者攀谈：“塔山上原有一座青云塔，打明朝就有了，是原武康县的重要标志。清乾隆年间，知县重修，勒有碑记。老衲上山后的一个夏天，这个塔轰然倒掉了，只留塔基，跟老雷峰塔同命。光绪帝在世时，老主持广严禅师曾奉旨进京，获钦赐龙藏十二部十六橱及全副銮驾，回山传戒。寺中原有慈禧老太后亲书‘藏经阁’额，光绪帝赐‘清静圆通’匾，恭亲王题‘大雄宝殿’额，都是寺宝。”又讲：“寺原有云房九十九间半、和尚近八十个、巨钟一口，略小于苏州寒山寺，铁铸大香炉一只，重五千余斤，算是一度风光无限了。”后来，听说能山老法师圆寂了，按寺规火化，遗嘱提到将毕生积蓄新建一座地藏王殿，远近香客及乡里民众闻之无不唏嘘动容。今寺中大雄宝殿之上高悬法师九十一岁所书楹联：“孤塔入高云，阁上梵经尽贝叶；名山藏古寺，佛前灯焰皆莲花。”乃佛门少见之福瑞也。

“不进去拜拜吗？”一位手点一束香的女生问我。因我不信佛，就没有言语，我的态度似乎并不友好。她望了我一眼，微笑着进了大雄宝殿，去做她的跪祷了。我正欲离开，门边卖香烛的老妇叫住了我，说班上的女生个个善心。我耐心地听她讲下去，善意仿佛就写她的脸上。我只是颔首，仅记得她说过菩萨是要摆在心里的，是要拿来供的。可是，我毫不感动，怪就怪如今和尚都已职业化了，老妇也学会了推销香烛。多数男生也都耸耸肩走了，不理睬，只有那老妇照旧做低眉顺眼状。这位自闭于寺的人，眼睛、眉毛、鼻子和嘴巴连起来就是一个“苦”字。悲哉！她对现实里的失落太会伪装了，对于佛太少从本质上留有寄托。

其实，很多寺院在表面的风光下都隐藏着佛法的泪光，现代的气息已经很无奈又很肯定地侵袭了我们单纯的信仰。佛家原有联：“如能转念无须我救苦救难，若肯回头何劳我大慈大悲。”我们有事无事求菩萨保佑，殊不知菩萨一直在反求我们，求我们早日走出无明，勿总是临时烧香，也该自度；求我们明白因果，以免自作自受。

也许，一个人心中的善念远比对菩萨的善意重要百倍，而出来走走的感悟永远必须是这样无心的。正是这样的无心邂逅，使我们对禅、对历史、对人生有了更多的张望和思索。

《红楼半亩地》里的人文山水

西方有一种文学交谈，叫“From Dad to Lad”，译成中文即名家与小朋友的一夕谈。2014 年 3 月 16 日下午，我到湖州拜访了张建智先生，在先生的苕溪斋喝茶、谈天、翻书，甚欢。

张建智先生，笔名子张，1947 年生，系传记作家、文化学者、中国社科院特约研究员。他自云煮字生涯，读书很杂，所写更包罗万象，不喜炒剩饭，总想另辟蹊径。近年他对《红楼梦》与中国狱神庙的研究，深得红学界人士好评。确实读他发表在《文汇读书周报》上的文章，绝不停留在做知见录，而大都能提出几点独到的创见，说明他有一双法眼、一颗好心，且有一把宝刀。

张先生很谦虚，自称“我在书中所写的红楼琐语，相对那浩瀚宏博的红学来说，也仅是半亩乃或一角薄田而已”。拜读他所著《红楼半亩地》一书，大赞于他把握冷、热两种形态，能应时应景、因人因情，写出张氏刨根式探索与柳树新栽般的追求。最使我惊叹的是，受俞平伯先生“后三十回的红楼梦”有关“脂批”中多次提到狱神庙的启发，如脂京本第二十回写道：“茜雪至《狱神庙》方呈正文。袭人正文标目曰《花袭人有始有终》，余只见有一次誊清时，与《狱神庙慰宝玉》等五、六稿被借阅而迷失。叹叹！”仅此数语，他竟代曹雪芹补写出了《狱神庙慰宝玉》。

张先生是南浔人，退休前在外事办工作。他与同是南浔人的李牧医师虽职业不同，却为同乡、同道、同好。也因为在德清县城武康有这样一位老友，张先生也乐得常来常往。李牧曾陪他去县博物馆看俞樾书法真迹，一路上闲谈，他说，今日德清，人才济济，为何没人研究《红楼梦》，可惜！他写《云岫寺前的沉思》就是在与李牧相约游罢武康云岫寺后。盖李牧、云岫寺、能三法师（也作能山法师），我都算熟，也写过与三者相关的小文。因此，张先生笔下的云岫寺场景，为我再现了一段“前缘”。他属于开口即能谈的那种人，他的笔锋是何等的柔韧又明亮：

> 能三法师戴一副金丝边眼镜，蓄着白色的长须，虽这么高龄，但恬静红润的脸上，睿智深邃的眼神中，透射出一种出世脱俗的气度。好在我多少也是个佛教文化的探讨者，所以初次交谈便很快融洽起来。
>
> ……为何起名“能三”呢？
>
> “能三者，有三句话。”他说，“世事纷繁，千变万化，我已出家五十一年，顿悟出对人间世事要俱‘三能’。即‘难舍要能舍’是一，第二是‘难忍要能忍’，还有‘难行要能行’，这就是三能者也。”

好精炼的笔法，好锐敏的思悟，好宁静的升华。更使我深以为神来之笔的是那一句“难道这‘能三’二字就是他心中的‘桃花源’”。就在这次听能三法师捋着胡须和张先生倾谈的现场，李牧抓着这难得的时机，为法师画了一幅速写，下山后，赶出了一幅水墨《老僧茶禅图》。李医师是用画笔，张先生是用诗笔，法师的神情是活的，作品的意境是通的，艺术的现场感是永恒的。除云岫寺一篇与故乡德清有关外，张先生还写了《天静月华流——游觉海寺》，文末记录了寺前桥畔展卷吟诗的老人以及诗句：“遮眼漫将黄卷展，不风流处却风流。”假如不是张先生体勤心细，谁能想到这老人与觉海寺何干，读懂老人的唇语？可虔诚地往深里想，那两句颇有禅味的诗何尝不在我们心中？

张先生在《回眸古老的家园》一文中，专述吴兴沈姓氏族。旧谓“江东之豪，莫强周、沈”。沈约《宋书·自序》也说，后汉光武时先祖沈戎降剧贼有功，封其官，辞不受，因避地适居乌程县余不乡。晋沈延始居县东乡之博陆里余乌村。嗣后，在六朝，沈氏充、昙庆、庆之、约等出仕显宦或学有著绩而入正史立传者不下三十人，盛门望族，显赫于世。唐宋两代，延绵先世之悠悠文脉，沈氏家族中进士者二十八人，占同时代全县进士总数的近半，文名远扬两浙。张先生文中几次言及德清沈约，兼及沈戎、沈充等。对于沈氏始祖沈戎选德清定居，先生给出的推想是，“大概是这里的山水清远，深深地吸引了这位始祖的心灵。抑或是这里的物产富饶、人杰地灵，有助于他们赖于生存的必需”。这不禁使我想到，张抗抗女士为杨振华先生《永远的江南赋》一书写的序中的一个句子，“（德清）似乎注定要在千百年间，‘养成’一代一代风华绝伦的人杰”。

张先生的书中，哲理、诗意，自心、禅心，幽思、遥想，无处不在；古人、今人，历史、生活，胜迹、废墟，连成一片。读者是看得畅快了，殊不知作者需要怎样的辛苦与专注、经营与谋略。诚如张先生在自序中说：“读者倘能读出一点共鸣、一份认同乃或些微的启示，那么，心愿足矣。”而后生的我，在读罢此书敲下的这数行文字，不知合先生之心愿否？

半月泉边

“半月风飕飕,一水清浏浏”,“愿与月中仙人谋,移一二户来山陬”。民国《德清县新志》录有一首俞樾题半月泉的古风,小序很长,直引到七百年前苏东坡来游半月泉的逸事。

2011年深秋,我随德清县作协理事会一行访诗的原地,寻迹问古,神会东坡。从德清县乾元镇北郊往环城路方向走,经十八步弄,有一条小道通向石壁山,而著名的半月泉即在山洼焉。而今观之,只是一个小水坑,泛着不自然的绿光,也不见半月之形,非常不起眼。若无标引或有人介绍,以俗眼视之,与一般的水坑无异,但见永不干涸的泉水。当地水管员介绍说,此泉在冬天水温犹热,凭此显示着它的一点不同凡响。往四处看,旁边散落着三四块残碑断石,看其上字与款识,知是清嘉庆九年(1804)六月十日徐秉源等人重摹。据德清县博物馆藏碑考,碑身前半部分为楷书“苏轼、曹辅、刘季孙、鲍朝懋、郑嘉会、苏坚同游,元祐六年三月十一日”等字,后半部分为行书《半月泉》题诗:“请得一日假,来游半月泉。何人施大手,擘破水中天。”署名“东坡”。可是,有人当场质疑该诗非苏东坡所作,且用语浅近,想象无奇,伪有旷达豪迈气,至多托名。我不以为然,一则我从小就听老辈人说,该诗是苏东坡在杭州任上过德清夜游半月泉时所作；二则近年出版的《苏轼全集·补遗》中就收有该诗。

半月泉，初称灵泉，为晋咸和间印度僧昙开凿，深四尺，石罅如半月，虽三五之夕，池中月亦不圆。至宋，邑人于泉侧建泠然阁，内有苏东坡题诗和柱联“千年寺坐千年佛，半月亭遮半月泉”。不远处，露着三个粗大的石墩，其第四个业已流失，想来此地后重建过一座亭或者阁。虽是泉今已无什么可看，只剩下一片荒凉清静，但我仍要为之心喜。暗想对于一处文化圣地，宁荒凉毋喧嚣，宁清静毋污浊，虽有时荒凉难免煞风景，清静不知外面世界，而此处山水犹不失开阔葱茏，算来亦是德清县北佳处，想必旧时风光犹胜，“清幽不让三天竺”，况半月泉中水清洌，可烹茶。

其实，半月泉并非一直如我所见仅是遗址，“泉上旧有屋数椽岁久倾圮，慈相寺僧上云谋筑楼三楹以为邑中士大夫游观之所，又东莱书院久废，有司致祭……楼既成，奉东莱栗主于其中”（俞樾《半月泉诗序》）。在历代战乱中，半月泉边建筑屡毁屡修，最后废弃于抗战后期。此外，太多的史实可以证明，自苏东坡去后，此地文风亦盛且日盛。宋高宗南渡，临幸慈相寺御书“观心”。绍兴年间，有龙图阁直学士韩元吉寓居慈相寺。韩元吉重回时，恰逢吕祖谦（东莱）来访，相与讲读于寺西竹林精舍。吕祖谦曾撰《修德清慈相寺月池疏》，“断崖吐月，才出半规；古甃涵星，尚怀金璧”。以故寺中原有东莱书院，嘉熙间县令章鉴创屋并题匾。吕祖谦后成韩元吉的佳婿，为就近陪伴岳父读书，几经选址，于原武康县金车山麓（今武康镇上柏村境）结庐。历宋、元、明、清，慈相寺为千年名寺，秦观、沈与求、赵孟頫、王直、厉鹗等寓公邑绅皆曾游历或举行雅集。

记不得哪位同行的作家说的，“清溪八景”中的“月泉桂影”即是指此处。他的父亲当年来半月泉时，慈相寺台阶依旧，大殿遗陈迹，而眼前泉水粼粼，树影婆娑，一派宁静空灵，直到月上树梢，他方兴尽而返。听得我如痴如醉，月色如水，山影如黛，人迹如鱼，那场景该是怎样一幅绝妙的文人画。

站在半月泉边，我一边想象着半月泉历史上或兴或败的景象，一边却在为当下太多比半月泉著名得多的圣地被这个时代吞没、污浊而悲叹。荒凉清静的半月泉未尝不是我们可略去浮华，用心感受的历史原地，至少它很真实，很真切。

壬戌天中节参事会同人游半月泉摄影纪念

淡了的月光

“我抬起头，归鸟——这貌似意志之物排成天空的弧形——月亮。”（周江林诗）童年，月亮常在倒影里，晃晃荡荡的，似要溢出来，所以那时总觉得月光如水，是可以喝的，也可以听的。每到中秋之夜，父亲便抬出方桌，垫高，置于庭院，上摆水果和月饼，以供月神。我从不好好地在自家院中赏月，偏爱缠着大人们讲有关月亮的故事，听入迷了，才肯吃下一块土月饼。

德清可赏月的胜地不少：

一说新市镇古有“三潭夜月”景。三潭即陈家潭、仙潭与跃龙潭，潭深不可测，水清碧澄，若三面寒镜，旧传有二仙弈棋潭上，入夜，玉宇高悬，银波璀璨。

二说莫干山二百一十三号有一座冷庐（又称皇后小八号），主人在咫尺之地人工开凿了一个小水塘，置假山石模拟杭州西湖景色，建了一个小三潭印月。

三说乾元镇西望有座金鳌山，又称金鹅山，相传古时这里有金鹅出没，又说后汉述善侯沈戎葬于山下。金鹅飞集，鸣叫三声而去，而今留下了上初鸣、中初鸣、下初鸣三个村名。远望山峰，山顶下凹，南北山坡自然下垂，远观真像振翅飞去的天鹅。又有金鹅池，深五尺，晨昏之际不禁令人产生“金鹅何时重来”的遐思。“清溪八景”中的“金鳌秋月”就在此地。

四说武康镇上柏报恩寺山门外有一口放生池，曰月亮池，产异螺、丹虾、金色鱼。寺西山麓有玉琳琇国师墓，传说很多。顺治帝幼年时因受摄政王多尔衮的迫害，被迫逃出宫禁避祸，从通州沿京杭大运河坐船直至湖州，然后弃船登岸上天目山，途中偶入报恩寺，拜住持玉琳琇为师，在寺内住了近两年，直至被孝庄太后召回。

五说钟管镇澉山西南面的松林下有一潭，状似一弯新月，人称月亮潭。名字好听，风景却瘆人，玄玄乎乎，不说也罢。

六说新安镇勾里东边有个西葑漾，蒲莲丛生，苇柳相映，为故乡一胜处。1945 年中秋节晚上，德清县立简易师范学校的几个师生向农民借了小划船，漂浮在西葑漾里。是日，皓月当空，清光照人，湖水荡漾，小船颠簸，他们一直划到西葑漾的中心。时年三十岁的蔡剑飞还口占一首七绝：“一湖茭叶正田田，买棹重过傍午天；”

七说筏头乡有一个秋月潭，为山区最大的筏(排)运基地。南北中三路的竹筏汇聚在秋月潭，成为当地的一道风景，站在秋家桥上往东沈方向看，长长的竹筏延伸到上街头，往姜湾方向看延伸到后田畈，其势蔚为壮观。1962 年以后，放筏成为历史的记忆。还有许多听来的故事记不清，回忆不起来了。仿佛当时的小学作文里也有反映，班上有同学如是写道：吃过饭，和小伙伴们约好去田里偷番薯，我们那儿管这叫“当官做贼”，也摘别人家地里的桑叶插在自家门上，说是能生意兴隆。估计叫现在的小学生写中秋节作文，千篇一律的“消化不了那个月饼，也觉不出它的滋味”。

打开心扉，触摸今夜，悠悠的乡思。不觉地，又到一年中秋了。可是，我一点过节的心情也没有，且心意慌张，虽然眼前的月亮还是那个陪伴我的月亮，今年的月光也只是淡了一些。幸而枕边放着一本王顺章先生的新著《月亮走我也走》，展读之间，满纸馨香。王顺章先生是喜欢看月亮的老文人，尤其爱中秋的月亮。我惊叹于他的书艺和文笔，然我尚不够赏鉴的资格，却真的被他的一句"我愿意，守候着皎白的月光"的心语而大为感动。何为看月？何为赏月人？一番思量，终于有了答案：唯有心底铺满月光，眼中才有熟悉的月光，人生才有美丽的月光。

上柏报恩寺月亮池

梦萦小桃源

“走读德清”2014年升级版首读地定在了筏头乡东沈村，取名“从英溪到乡愁”。前日，与同事踩了一次点，喜欢尝新的我们真心想把这个乡土阅读活动做成大品牌。

德清，好江南，县属三大镇的历史均和水有关，人居风貌与水协调。乾元镇，古名余不，有一条余不溪穿城而过；武康镇，旧名余英，赖余英溪浇灌哺育；新市镇，曾名仙潭，由东晋道士陆修静“修仙得道”于潭上的神话传说而来。有些老古的东西一经存在就永不消逝，这三个镇，地气、大气、才气都有了，只待我们坦然相见，从容走进其中，震撼开启全场。

沿余英溪往筏头方向进去，过筏头老街，便到了东沈村，该村有一个美丽的古名“小桃源”，相传是沈麟士故里。众所周知，陶渊明笔下有一片桃花源，也是许多人心目中的世外桃源。眼前的小桃源，顾名思义，一般美，甚或更精致。志载，村复课临溪，溪边遍植桃树，至暮春时节，桃花迎风而落，浮漾溪面，灿若锦绣，落英顺流而下至前溪尚有余者。这一段古典的记载，道出了余英溪名字的由来。老人们口传，南朝沈约年少时避难于此，桃树为沈约所植，因他爱桃花，故小名桃郎，是个美男子。李后主词里也说，“沈腰潘鬓消磨”，沈腰即指的沈约。原来沈约对于小桃源应该只是暂时经过而已，但是文化却让他留在了这片土地上。

余英溪源头的景色是很迷人的，可惜这夹岸的桃树早成了粉红烟岚，要看落英缤纷，只能撒花了。交谈中，得知村里今年打算在溪边重植桃树，以复旧景观，文化搭台，吸金。若真干起来了，说不定腾格尔自己跑来唱个《桃花源》什么的，“梦里的事，美丽诱人又伤悲”。也有坚持宁缺毋滥的，建议乡政府在小桃源竖一块碑，请名人撰文并勒石，就像当年颜真卿为沈氏族人作《沈氏述祖德碑》，立在乾元金鹅山上。不错的，天下沈姓出吴兴，底下做到位了，不愁钱文忠先生再讲《百家姓》时不会举到德清小桃源的例子。

沈约的籍贯是德清没有问题，但其家具体建在何处，则莫衷一是。历史研究需要严谨，但乡土阅读完全可以延伸出去。按沈约一生历任显职，从萧衍代齐自立，至梁武当朝，“久处端揆”“时遇隆重”；列举其文绩，中国诗歌声律的倡导者和永明体诗的代表者，实为一代文宗，理应谥“文”，但梁武帝认为沈约“怀情不尽”，只肯批给他一个“隐”字。于是，有则典故曰“沈约不文”，与另一则“江郎才尽”的故事，在知识界广为流传。沈约其人虽显，但对故乡的情感却隐在近水远山中。我好怕陷入某种虚无与滥情，唯穿上汉服，扮桃郎，吟诗，抚筝，听流水，品茗，被最江南的氛围包围，以示敬重与珍爱。

既到东沈村，当然要品“东沈红”，听一段放排故事，否则白来了。据传，清顺治二年(1645)筏头东沈人施启东受上海茶客之托，雇请余杭黄湖一红茶师傅，在黄回山麓一带，年年焙制东沈红。这种红茶条线紧直，香气浓郁，汤色红艳，滋味鲜甜。后传至皇宫，被列为贡茶，年年进贡。但到 1942 年前后，由于日军封锁、抢掠，正品东沈红因之失传。新品东沈条红是 2011 年研制的，当工夫茶饮,更合现代人口味。

沈约《江南曲》:“棹歌发江潭,采莲渡湘南。宜须闲隐处,舟浦予自谙。罗衣织成带,堕马碧玉簪。但令舟楫渡,宁计路嵌嵌。”这是沈约时代对舟游的美好想象,只要能到达理想的闲隐之所,并不在乎路途艰险。实际上沈约的后人们普遍从事的放排活动十分危险,弄不好要出人命的。放排的旺季,在每年上半年的杨梅红和下半年的白露后,当溪水满了,山民们扎竹成排,聚集到秋月潭,纯借汛期与水力,使竹排出山,漂到县城,完成第一次交易,然后换人撑到外地贩卖。简言之,一路风吹雨淋、日行夜宿、旦夕祸福都在排上。所以,放排、打铁和磨豆腐,过去都是不得已而为之的苦营生。后来又有了“天下第一苦,对河口修水库”的时谚。与我们同行的王凤鸣老人说,一个人真正强大起来,都要度过一段没人帮忙、支持的日子,但只要咬牙挺过去,一切都不一样了。此语用来形容试制东沈红、放排与修对河口水库正合适。的确,生命与生活相与为一的能量无比巨大。

今天我们最缺乏的是时间,最渴望得到安宁,最奢求放慢匆匆的脚步。还犹豫什么,没有桃花,江南依然自此春绿。朋友,与其一个人独自做隐秘踟蹰,不如携手一场别开生面的春天的体验:3月 29 日,梦萦小桃源。

雨如乡愁

云雾缭绕，溪水奔流，偶见桃花朵朵，本是极好的山村风景，偏天公不作美，下起了不该下的雨。我们下车，她也下，我们上车，她便停，步调居然一致，仿佛约定的，到时候她就应该来。于是，今天的“从英溪到乡愁”走读，变成了春季到筏头东沈来看雨。人湿透了，脚步纷乱了，思想走神了，却一点不恼，不慌，不倦。雨如乡愁，因为青山好雨怜渔樵；雨打乡愁，缘于历史的创痕是陈年的风湿，刮风下雨都会痛。

人说，山村的美占尽了一个水字，风物宜从水中看，生命在这里多是蕴藉的、流溢的、液体的。非土著的我们早就习惯了以一种完美计划从城市植入山村，却也容易失去天然的安排。原考虑在小桃源的溪坑上摆茶盘、支筝架、铺席子的，悠悠然，欣欣然，江南的秩序就该如此。都布置好了，好大一场阵雨，叫停不停，只有撤到溪边廊棚里，挤一挤，侧听“帘外雨潺潺”，隔靴而感“春江水暖鸭先知”。当我们的茶艺表演、古筝独奏，以及诗词吟诵依次开始，强大的观摩团靠拢过来，围观的老乡亦不在少数。又是汉服，又是条凳，又是摄像机，不知者以为我们是在街头卖艺，或者举办山寨版雅集。无须讳言，当我们从乡土中获得充实感的同时，那些沉积在乡土传统中的浑浊着实令我们狼狈。我默然,心里格外珍视现场每个人的投入与付出。不知者不怪,实在也基于山里人的精神生活从不彩排,品质生活尤其不讲究,除了吃宴、拜菩萨、进城三桩事,切不出什么横截面。何况前人已做了精辟的总结:"绿水波满君子泽","桃花落尽山犹在"。

雨中看了小桃源、秋月潭、对河口水库,下午3点许,在武康余英坊话别,然后散去,这就算圆满结束行程了,终究有些意犹未尽的样子。吟着这风,和着这雨,独自回家,正准备整理走读手记,据此写点什么。忽然收到张炜先生发来的短信,是两副新作的对联,"山色空蒙浑似画,溪声倜傥总堪奇","乡愁总被雨打风吹去,游子还凭峰回路转来"。无疑,这是对本活动的一种真诚反馈与提炼。长者赐,不能辞,别看这是命题之作,却融合了作者一生的学术功力,寥寥十几个字,思想深刻。

心本无声音尽有。此刻,说乡愁,说游子,毋如说先哲老子与海德格尔,或者说我们的导读员。吴承涛、陈景超、潘达三、张良松、韦秀程,这几位导读员对于乡土有着超强的认知与见解,懂得赞扬又不吝批评,非常关注细节,就地取材勾画起失落与哀伤,罕见地填补了地方学者的空缺。今天,这支公益导读员队伍又增加了一位——王凤鸣。尽管已入耄耋之年,但老人仍笔耕不辍,自费出了《英红集》三部曲,又写了一本新戏《沈约出山》。他饶有兴致地告诉我,最近他在东沈宿九坞村的溪流里发现了四样宝贝,青石蟹、蚕花虾、呆沙鳅和尖头螺蛳。这四样宝贝对生存环境十分讲究,要是水质下降了,就会第一时间消失,可喜的是,这四样宝贝而今回来了,足见故乡的水清起来了。我从这些可爱的人身上看到了不可小觑的正能量,他们常存敬畏心,不怨天尤人,不作壁上观,用精专的学问支起个人的精神骨架,努力恢复当地的风水面貌。

一条余英溪，在他们眼中，重要如莱茵河，艺术如多瑙河，他们“浮家泛宅”，拒绝上岸。

故乡啊，现实里回不去，灵魂常要归去。的确，我们的走读活动是在尝试以追忆过去的方式确立吾乡的现在和将来。可能这比做任何一件事都更难预测和左右，我们能否走出去，走成一条路，走出一片天地。茫然中，我只能警醒自己，未经一场风雨中的修行，怎能安放悸动又苦闷的青春！

静静的余英溪

流水如歌，流淌千年，驱车向晚，我的淡淡的忧伤流成了余英溪里的波光。

小轩窗，马头墙。江南，自我有梦起，就在回望这一方水中的鹦鹉洲。追忆似水流年，我原知道她是建在水上的乐园。阴天，她是忧愁的；晴天，她是安静的；雨天，她是甜美的；雪天，她是单纯的。可是，二十五年来，苦苦找寻的我，至今仍未发现令自己留恋的江南。

闲暇的时候，我习惯了跑到余英溪边，独自待上一个小时，别的什么也不做，就只为一次冥想。我选择在此处游目骋怀，全因一条余英溪叫我拾起江南的熟悉而落寞的记忆。

在斜阳脉脉的余晖下，我有意放慢了前行的脚步，想着俯身从溪中舀取一瓢甘纯的水，而后用舌尖一点点品尝之，借以遥想两岸曾经的繁华与喧嚣。蓦然回首，一切仿佛如同昨日，近处是凄美的前溪歌舞，远处是对了愁眠的江枫渔火。自魏晋以来，这鱼米之乡想必是极其热闹的。渔舟画舫终日往来于溪上，达官商贾频频拱手作揖，远近温婉的吴歌不绝于耳。于是，我独坐在溪边推想：沈约一定信步到过这儿，沿着是溪吟诗溯至源头；洪昇也应该在这儿小住过几日，伴着咿呀的桨声在水榭中酣眠。然而，今晚的月光却无两位古人所见的那样清辉姣好。抬起头，睁大眼，我望不见碧天里一闪一闪的星星，也嗅不到弥漫在湿润空气里的花香。夕阳衔山，晚烟萦树，周围的景物似乎是太静谧了，静得使我觉得有些陌生，像是进了幽僻的城郊，不明回家的路。

幸而，生于南方的我，还能识得这吴越大地上的清风，黏住我的思绪，将我的心置于水中吹拂。我像水一样抚摸着让自己感动的鱼。唯有此刻，我才是一个周身自由的人，可以想自己愿意想的事，做自己愿意做的事，不必迁就与别的什么人。静观之，江南的风致，大约也就在此刻显出些古典的味道来了。

我从泛黄的县志上得知，南朝曾传下一套《前溪曲》。曲调圆润，琴声悠扬，最合在江南的夜晚动情地弹唱。旧传前溪曾是南朝习乐之所，宫中的伶人媛女多出于此。“千载寄汝名，永与天地并”，好自抒情的歌调，衬上撩人的夜色，连花前月下的清影也似在那儿起舞。这声和气合，可惜于千年后的我是无福消受了。也罢，那本是很久很久以前的风流韵事了，不是后至的我能奢求的雅集，我且远远地于溪畔听上一耳朵好了。但我终不能知足，而今诗情画意的江南已经荡然无存，文人墨客的风雅已同他们的躯体一道作了古，填了江南的沟壑。试想，在落英缤纷的江南应有许多像这样的名曲，失传一两套当是无妨的事。然而，时光匆匆带走的是江南的全部美好往昔。飞着的流年将一个缠绵柔软的江南无情地卷了去，我只有依靠前人的只言片语去重拾她的朝暾夕月了。今非昔比，无可奈何人已逝，只留了一溪的水声，唯宽阔的河道尚在。可踌躇的我恐已等不到其上的渡船，复去拜访当年的故人。毋宁说眼前的余英溪已荒芜，不如说她是真的暗淡了，已为陈迹。忽然，我的脑海中升起了两句诗，“行人莫听宫前水，流尽年光是此声”，但韩琮的《暮春送别》用于余英溪上多少有大煞风景的意味。毕竟是伤感的前朝旧事，再回不到诗人所处的时代。望着一只只飞来溪边的鸟雀，我想不如用严维的诗句来装点一番，应是“日晚江南望江北，寒鸦飞尽水悠悠”。

江南已逝，我只怨时光飞转，未留下太平年代的风物，让我无处告别，无处凭吊。爱怜我到底是思念这土地上的故人了，我还要继续我的探寻，让我的思绪行走在江南，为自己深爱的江南挽留最后一点哀愁。

今日，恬静的水声同样是悦耳的乐音，或许这便是前人赠予我们的江南舒缓而又清佳的旋律。请君侧耳听，那一个个乡村的日暮，余英溪在轻唱江南的遗曲。

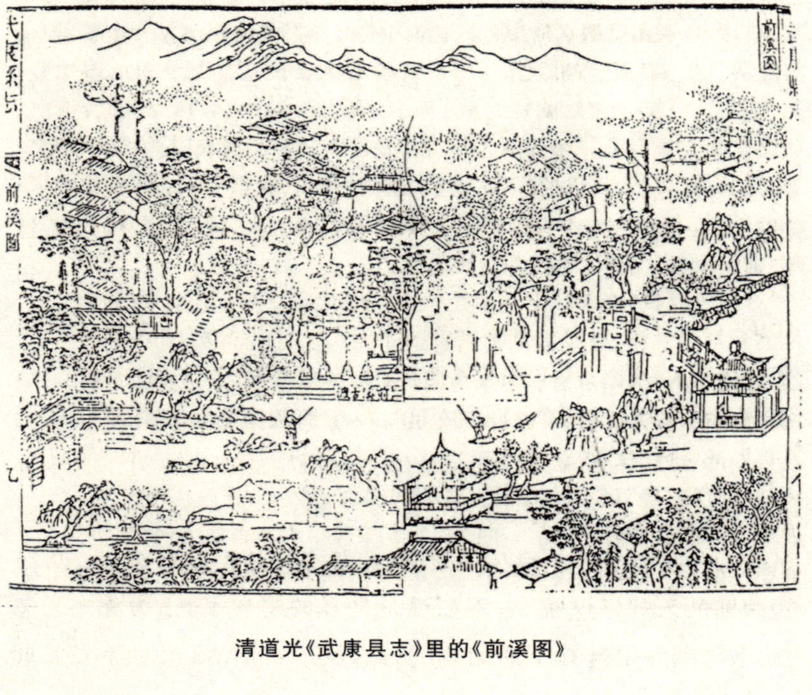

清道光《武康县志》里的《前溪图》

超时空之旅

说到下渚湖，我们这里的人自然会提起防风氏。在缥缈的历史时空中，今天我们追溯梳理防风文化，无疑需要落脚在这里。

防风氏，又名汪芒氏（或曰汪罔氏），是正史中唯一有记载的德清先民。他的部落叫防风族，生活在一片汪洋的沼泽地，为良渚文化的发祥地之一。然而时代久远，前史疏略，险些把防风氏遗忘。《国语·鲁语下》："昔禹致群神于会稽之山，防风氏后至，禹杀而戮之，其骨节专车，此为大矣。"传说中，防风氏的头颅被砍下后，好久没见出血，过了一阵，突然一股白血从尸身的颈腔冲天而喷，甚是灵异。事后查明，防风氏因在赴会途中偶遇天目山山洪暴发，抢险救灾才迟到的，并非无视大禹的权威。于是，大禹为他平冤昭雪，令建防风祠供奉之，每年三月初三、八月廿五两祭，并载入官方祀典。"越俗，祭防风神，奏防风古乐，截竹三尺，吹之如嗥，三人披发而舞。"（《述异记》）这段公案就算了了，结局多少让人感到悲壮，包藏了一个大不幸，你看得下去么？晋永平元年(291)，绍兴籍县令贺循在武康的政绩恐早被人忘得精光，唯建了这座防风祠，还有人提及他。此后的千百年里，防风祠备受眷顾，几次易址重建，从隐秘的山谷迁至现在的二都村。

中国优秀的古文化不在庙里,就在地下。朋友提出要去防风祠看看,我们边走边略想防风氏其形,“龙首牛耳,连眉一目”,“长三丈”,一脚就踩出了一个水域广阔的下渚湖,何等的巨人呵,这样的巨人也被诛了!在防风氏被处死的古刑塘,明朝有人挖出过一段七市尺长的小腿骨,只能是防风氏的遗骨,防风氏样样都大。防风氏的原始形象在历代传唱中发生了演变,眼前的防风氏被成功塑成了一尊帝王像,颇见庙堂之气。环顾祠内,有壁画近二十幅,又有四弟相公像、第一夫人像,有点娱神的。既如此,祠外还得塑个防风氏的生活像,要红脸的,最好不修边幅,得露腿毛的,筚路蓝缕的,比例须比大禹像至少小一个X码。朋友支持我的想法,想必每一个走进防风祠的男子都愿与特别爷们的防风氏合影。

俚语,下渚湖野豁豁的大。历来言此湖的诗,必称引清人洪昇的“地裂防风国,天开下渚湖”。但私以为远不及毛滂的“此身萍梗尔,泊处即为乡”意味深长。毛滂,这位北宋武康知县绝不是泛泛的文人,亦非粗食贪禄者,自比不过浮萍、断梗一朵,所停留处当视同吾乡。诗中虽无见明显游湖痕迹,但所咏尽是湖上气息。

下渚湖西南面有一座不起眼的小山,叫豸山,有小路可登顶,是瞭望全湖极好的点。獬豸是神兽,独角羊,但当地人从未在下渚湖里见到过。听说还有一种兽叫挫那咯狸,只要来人一喊“挫那,挫那咯”,该兽便异常兴奋。也不知此两种兽今消失灭迹了没?

诚然,斯地的风景与故事同样美丽。泛舟湖上,足下是曲折的港汊,目之所及是成片的芦花与白光点点,桨声欸乃,芦苇婀娜,满山三千只白鹭都不止。虽说是冬日里游湖,确也能生出几缕春昼的幽情。有人曾妄想:“假东坡、和靖二公,筑堤移柳,栽梅放鹤,曷亚荷花十里,桂子三秋耶!”单有一个防风氏还不够,如果苏东坡、林和靖肯在此留下一点遗迹,下渚湖的人文与名声哪里会比杭州西湖逊色呢。不过，没有名人圣迹又如何？便少了效仿与伪装，幸运地野性活着岂不更好。当我们说得正热闹时，几只掉队的白鹭正从湖上空飞过，在湖心轻轻一点，它是来应和我的，或者根本是偶然。是呢，有鱼虾可食，又受保护，恐怕是真不舍得走了。安逸，宁静，美好，原鸟与人求的，莫不相同。

也许我们来得不是时候，但周围的一切却又尽得一种颓废深沉的美。原不见冬，更不见雪，只是一味地浩浩汤汤，深入黄昏，绵延梦里，洞贯肠腑。此刻，我终于体会到做下渚湖的子孙，首要干净，其次才是潇洒。

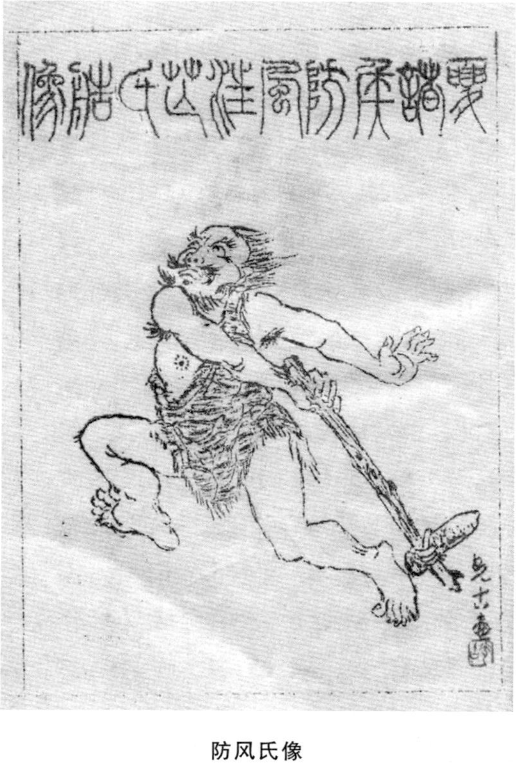

防风氏像

暴走下渚湖

真切的感受，真挚的情感，真诚的意向。苦等的“防风湿地行”终于走起，而暴雨偏至，计划“打滑”，一路奔忙。同行者中有人喜雨，有人厌得不行，但雨中的我们会比晴日更持续地清醒，从脚下、肌肤到头脑，记忆和时间的存在、生命的在场感前所未有的强烈与活跃。

提到水，性情的德清人可能会第一时间想到莫干山的剑池、黄芽，湿地下渚湖、熏豆茶，新市西河口、鸭绞面。的确，这些故乡的山水与饮食传递的都是这片土地的体温、脉动和心跳。很少风，却多雨，这是一个令人怀念的季节。眼前的下渚湖如画如史，防风祠旷古无比，且今塔山森林公园烟霞观中新建了一座防风殿（古址在原武康县清穆村），再次证明正史不是结局，民间也有判官。老人们说，下渚湖这地方，古时一遇洪灾，便成泽国，为此，在防风菩萨（当地人俗称防风氏为防风菩萨）的时代，先人们就有参与全民治水的意识，不屈不挠地与洪水做斗争。四千年后，再来防风氏的故国，打个喷嚏都是雨，白袜子仍沾泥，但它就是有一种独特的“放肆”与“风骚”。我此般表述，或许太矫情，实则人在下渚湖，内心是感恩和快乐的。

此次走读的重头戏之一是走寿昌桥。该桥在下渚湖之西北面，由本地产武康石砌成，紫褐色的桥身青藤缠绕如长虹饮涧，上设须弥座式石栏板，间置莲花瓣望柱，墩用长方块石垒砌金刚墙，虽历南宋以来岁月浸濡，依然坚挺板实，为杭嘉湖地区古桥中排序第一号。地方史志载，赵孟頫、洪昇皆从桥上走过，姜白石更在桥边居住过，于是乎桥以人兴了。不远处，还有一座龟正王陵，按龟形而筑，龟首朝上，有点土弄弄又不失尊敬，碑刻龟王仙龄。读款，"丁丑年八月二都村民立"，不过是十七年前事，有点意思。而说起龟王之死，竟是一笔糊涂账。当年清理寿昌桥时，此龟受惊吓，坠入桥下河中，游了两里远，犹难逃一劫，被捉来卖于市，结果被一个胆大者烧煮吃掉了。哀哉！宝龟。玄乎的是，食龟者不久头发、眉毛、胡须全脱光了，乍以为不瑞不详，几年后却又长出了新发，体质亦健壮。杭州的丁云川先生闻此乡野轶事，特来德清访古问奇，归后在《杭州日报》副刊"西湖"上撰文，称初不识宝龟者若民国时不识秦陵兵马俑者，把"瓦人爷"吊起来打碎了，何况宝龟是活物，倘使懂得保护的话，岂不是最大的美德！而今，这桥与龟的轶事，就让它成为传说，流传下去罢。

之二是看朱鹮。朱鹮，是贵极又美极之鸟，素有"东方宝石"之称，而朱鹮的爱情更超越于人类，一旦相爱，就认定做彼此的唯一与永恒。这样忠贞的种群确实需要重建，下渚湖是它们自由恋爱并繁育下一代的基地。诚则通灵，据悉首只德清籍朱鹮宝宝名叫"和和"，爸爸们好激动，恰走读者中有两位小女孩的名字也都带有"和"字，岂非一般有缘？敢情人与鸟有时也无差别，高级的未必就是人！另，此间还生长着世界濒危植物野大豆，与熊猫馆里的大熊猫、岛上的朱鹮，并称"下清三宝"。

之三是原拟参观封山石室。在下渚湖里泛过舟，尝过菱蓬头、桃泥、三角鳊鱼，一定要在防风山上蝙蝠禅寺俯瞰湖景，否则与在青花大盘里洗了个澡无异,而防风氏的“追星族”更不该错过看蝙蝠洞。封山石室,雅号封公洞,在蝙蝠禅寺之北。此洞夏日冰凉,人入无汗,洞壁滴泉,常饮可延年,洞口高大宽敞,可摆百桌宴席,天然“小气候”,避暑纳凉正宜。无怪这个洞是名见经传的,《山海经》中称之为“大人之堂”。石室后有蝙蝠洞,洞内栖息蝙蝠无数,大且红色。相传此洞深不可测,通山下的下渚,又说可通徽云云,神秘莫测。近来朋友圈中大叹今年是自家蚊子大年者更应该来,过过山顶洞人时期的土豪生活,享受下拜上苍所赐的“洞天福地”。可惜暴雨中登上山,寺门却锁着,进不去,无奈转看东侧之白龙潭,改往寺上方之防风亭碰运气。居然好多人不知道蝙蝠洞上面犹有景点,我们大概是被遗忘的失修的防风亭最后一批观光者了,我想。在防风亭,极目东眺,头顶黑云翻墨,远方却海上明媚,昏晓交割之际,想见日月洪荒和木心的《中国文学史》(是书以希腊神话开端):“神话是大人说小孩的话,说给大人听。多听,多想,人得以返璞归真。”缪斯、阿波罗、普罗米修斯……一直是现代文明的一部分,换个角度,防风氏可称“世界杯”里的巨人,秦俑是健身房里的muscleman(肌肉男)。

大雨、湿鞋、小感冒、颤音,一切都透着一种自然与身体的共鸣。下山的途中,我问一位年长一点的读者,没有进得蝙蝠寺,是不是留了遗憾?未想,她的回答如此令我感动:“我到庙里从不拜菩萨,我跟我先生两个人读抄对联,庙里的对联写得真好。譬如防风祠里的长联‘五千年藩分虞夏,矢志靡它,追思洪水龙蛇,捍卫至今留圣泽;一百里壤守封禺,功垂不朽,试看崇祠俎豆,酬庸终古沐神庥’。”旁边的一位读者也说:“我们不是烧香团,而是励志的下渚湖游友,图书馆今天的安排让我演了一回现实版的《暴走妈妈》,难得又难忘。”

在德清的一公里回眸

在进入“世界文化遗产”的大运河27段河道中，德清无着，却有一公里拦入江南运河杭州段。界桩，就打在雷甸镇塘北村的金家坝组地界处，东起304省道运河桥，西至武林头，与余杭区隔河相望。准确地说，这一公里运河，是德清与余杭共有的一公里。传统的运河东线，一直繁忙的中线，以及西线，武林头是三线之交汇。顺此逻辑，大运河与德清联系最紧密的点就是武林头了。

关于武林头是水上要塞，最早的时代依据可溯至大运河开凿前的吴越争霸时期。其地旧属越国，勾践曾于此设关卡建宅居，而使其一跃成为英雄身上的一个凸点，被称“铁轮关”。及至大运河修到杭州段，武林头被隋朝皇帝选做了华服上的一粒纽扣，必须扣好了，不能扣错了，否则春光容易外露。唐宋之事，不可考了，定是一拨拨水晶晶的人来货往，湿漉漉的渔火晨曦，真好看。元末张士诚开浚通往杭州江涨桥的新运河，武林头标为起点，塘栖遂成德清的“好望角”，公家漕粮、私行商旅都由此过。清顺治二年(1645)，清军水师正是从这里登陆德清县，从此开启这座江南小城的新秩序。但武林头一直是属于民的，小伙计提着灯笼到码头来接香船，小孩们直接从塘栖广济桥上翻着跟斗往下跳抓住船尾直拖到此岸。这些可贵的诚意与勇气,已难以再现,却永久地将驻留在大运河的意象里。

武林头有太多的历史文化可以讲。随便举一例,武林头去塘栖,中有亭,柱联云:"聊且息肩休裹足,再求进步莫回头。"不可谓不言浅意深。而近世的船客中,最有故事的当数俞樾、劳格和胡芝亭。可能也只有俞樾会从地名里看德清。每年老人在苏杭之间往返,必走运河绕道还德清,上先人冢。某次,过武林头,他忽然做起考证:"余谓五林(即武林)乃五柳之讹,《明史·地理志》湖州府德清县下云:'有下塘巡检司,后迁五柳港口。'即其地也。案头无《德清县志》,检新修《湖州府志》,于德清县村镇,止于十六都有五林二字。盖不知元名为五柳矣。"(见《春在堂随笔》)张之鼐编《栖里景物略》有另说,"去此五里名伍临头,乃伍相旧御兵于此",今"讹为武林头"。

劳格是塘栖望族之后,读书人,刻有一方印"实事求是多闻阙疑"。太平天国军没打进塘栖前,他做了一个决定,避身德清县水北镇双溪(今雷甸镇双溪村)继续著述,藏书则运往塘栖镇最西北之劳氏祖宅(今仁和镇獐山永泰)。未想,几十个皮箧的藏书被误以为金银,在武林头遭水匪疯抢,打开一看,尽是书,不要了,全倒在了运河里。劳格惊闻此消息,悲痛不已,迁往吴江同里不久就去世了。

轮船扑扑地开过,运河美如昔。1924年,一个叫胡芝亭的绍兴人来德清收茧子,发现商机,翌年便拉朋友在武林头办起了祥纶丝厂。白洋十万,丝车二百二十部,工人六百多,一上马,产品就远销英国。于是,武林头在丝业的地位独占鳌头,机器隆隆,品质保证,机遇与梦想一起发生。若非抗战烽火,利农改良,祥纶的名字还会继续用下去,后由地方收归国有,改厂名为顺丰丝厂,步入新一轮顺风顺水期。丝好，女工一朵花，生意俏。在那个没有钟表的年代，女工们起早全靠听回声（缫丝厂蒸汽锅炉拉响的汽笛），一个速度上工。下班，改换水红衬衫，等夜航船来，跳上去，南可到杭，东达苏、沪，北去一点即到无锡，彼此哼着小夜曲，算是开心过了。月色婆娑，凉风偷袭，整条运河都妩媚娇羞。而今，武林头宛如孤岛，只剩下大烟囱、日式仓库等旧址，尽管退出了舞台，然功不可没，何况名分早定。

在这德清工业文明的摇篮地回眸，似乎一切都没变，脚步已踩在文化遗产保护的万里征途。在后申遗时代，我们要做的是，深入理解大运河德清段的底蕴，知道它的历史大势，丰富与提升运河之畔人们的文化知识与价值认同。

第二辑

人物

樊哙是武康移民

“屠狗何妨老，从龙亦偶然。彘肩能一割，卮酒即千年。古柏遮庭际，湘溪亘祠前。里人赛春社，村鼓正阗阗。”（清洪昇寓居武康时作）众所周知，樊哙是个硬汉，中国人对他的认识，大多来自他在鸿门宴中的出场。试想，若无樊哙的勇猛和机警，项羽杀了刘邦，那么汉朝也就不存在了。所以，樊哙的一生，称得上影响过中国。但是这样一位英雄，其籍地却始终有两说，一说是沛（今江苏省沛县）人，一说是武康人，独墓地知在山西省洪洞县樊村。

德清坊间盛传，舞阳侯樊哙是武康镇上柏村水桥人，在上柏住至7岁，那年他的父亲死了，母亲再嫁到沛县，他做了“拖油瓶”。在当时这多少有点揶揄，估计樊哙打那起就随了继父的姓，除了老家的族人皆不谙樊哙的身世。风云际会成就了一代名将，樊哙跟着刘邦发达以后，被尊称为樊兴王，每年九月九日是他的生日，这一天，上柏人总要杀猪宰羊到舞阳祠里祀祖。口传之外，上柏龙蟠山尚有舞阳侯祠故迹，当地宝福寺内有舞阳侯新祠，县城武康南命名有舞阳街、舞阳社区、舞阳花园。乍看，种种迹象都指向樊哙是武康人，至少樊哙与武康有特殊的关系。这是历史真相，未载于信史，还是后人附会，误传于今？

对于樊哙其人，司马迁在所著《史记》中特意说明：他曾采访到樊哙的后人，“舞阳侯樊哙者，沛人也。以屠狗为事，与高祖俱隐……哙以吕后女弟吕须为妇，生子伉，故其比诸将最亲”。《汉书·樊哙传》用此说，其后史籍皆录此说。正史的观点是，樊哙是沛人，夫人吕须为吕后之妹，故樊哙的身份是汉高祖连襟，与汉廷关系颇亲近，向无异说。

而查湖地志书却不赞成樊哙沛人说，南宋以前的志大约还是参考了司马迁的《史记》的，具体不详，但南宋以后的志载突然“病化”，以今例古。嘉泰《吴兴志》卷十三《祠庙》“樊将军庙”条：“在（武康）县南上百步，地号樊宅，汉舞阳侯樊哙是也。《余英志》云：‘樊哙，武康人，少失父，从母嫁沛中，遂为沛人。’今其地有古井，见物怪人不敢汲。”《余英志》，庆元举人、武康人刘瞳纂，久佚，《永乐大典》辑有部分。所幸的是，嘉泰《吴兴志》的修迄在《余英志》成书后不久，引录的内容当最接近原本。嘉泰《吴兴志》纂者谈钥明示樊哙为武康人，沛县只是他的定居地，今见于志书者，当属这一条记载最早。按此，樊哙武康人说，形成当在南宋庆元年间，也即八百年前。《余英志》的这一条记录亦见嘉靖《武康县志》卷四《祀典志》“樊将军庙”条，不过是志所载要简略得多，末云“今庙地尚名樊宅”。樊哙居然从沛移民到了武康，何以会出现此怪象？科学的推论，只能是信仰问题，西晋末年、唐朝末年、北宋末年，由于北方战乱，依次出现了中国历史上三次大的由北向南的移民潮，必有大量江淮那边的人因此移民到武康，于是乎樊哙信仰也就带了来，从此根深蒂固。

又翻同治《湖州府志》卷五四《金石略》载：“汉舞阳侯庙碑，邑人沈彬撰，唐礼书，景泰元年立。”可推汉舞阳侯庙旧或无碑，或只是小祠庙。景泰初，武康知县升为县祭祀，以期祈佑一方，便于教化，培植当地仁义忠孝之气。恰其时，明朝正遇土木堡之役，明英宗被也先部队俘获，时为郕王的朱祁钰仓促登基称帝，改元景泰。同年十月，也先挟英宗直抵北京，京师保卫战正打得激烈。而联系汉史，樊哙正是中国历史上仁义忠孝的典型代表：在汉高祖平定天下时，屡建战功，被封为贤君；鸿门宴中，佩剑拥盾闯帐智救高祖；而后又击败燕王臧荼、赵相国陈豨，清剿了淮阴侯韩信，被授予左丞相之职，封舞阳侯，谥武。武康县在这时为舞阳侯庙立碑，无疑是明智的、值得肯定的利好之事。邑人、刑部郎中沈彬欣然撰《舞阳侯庙记》，甚至考出樊哙的母亲姓李。一百年后，此碑文被辑录于嘉靖《武康县志》。是记在考识樊哙籍地问题上特书："按《史》本传，侯沛人……地《志》乃云：'侯故里人，从李母嫁于沛，遂为沛人也。'他无所考证。……侯之为沛人，为里人，是非经行之地，无容辩也。"怎么说呢？沈彬自认有史家潜质，拿的却不是史笔，他写下了一篇不论籍地而论忠义的至文："侯即生于陌，长于沛，我里人读史论世，传侯遗事者未尝不感发奋迅如与侯遇也。况地《志》所载，畸非无据而云然哉！侯庙食上柏里，乡人水旱疾疫，有祷即应。"有残碑佐证。1999 年 6 月，舞阳侯庙故址（今上柏初中）附近挖出一块舞阳侯庙残碑，落款处有"乾隆贰拾伍年"字样，可见这已是再次勒石彰庙，后人竟真信了樊哙是上柏人，主张向樊哙学"耿介尚武，兴邦安民"的精神！

夫妻双侯，在中国历史上殊为罕见。吕后称制后，吕须获封临光侯，一度炙手可热，用事专权，大臣尽畏之。相传吕须的家亦在武康，双燕村横塘有吕夫人庙，今无存。这自然首先鉴于里人对樊哙推崇备至，其次与吕氏有亲戚关系，故吕须顺理成章地在他乡有了自己的庙，但规格不高，且不见志载。2008 年，上柏人在湘溪边重建了舞阳侯祠。2011 年重阳节，逢樊哙二千二百五十三岁诞辰，上柏地区特举行了樊哙巡游活动，一路经过上柏集镇、城山村温村（樊哙舅家）、上柏村水桥、双燕村横塘等据点，足见当地百姓对樊哙客籍身份的认同。

上柏舞阳侯祠

嵌在德清县名里的人

在中国地理版图中，德清不过是江南小县，却素有鱼米之乡、丝绸之府、名山之胜、竹茶之地、文化之邦等诸多美誉。在悠长的建县历史中，德清曾历永安、永康、武康、武源、临溪等县名。而说到德清的“德”字，不能不提一位有德君子——孔愉。正因为县名里嵌入了孔愉这般人物，德清大地乃更显出它的人文魅力与道德高度。

孔愉(268—342)，字敬康，绍兴人。西晋平吴，他与名士一起迁往洛阳。惠帝末年，中原大乱，他又东还，以种地读书为务，善草书，古质郁纡。他幼以孝闻，长以信著，晚以节称，后来官至尚书左仆射，追赠车骑将军，谥贞，《晋书》有传。相传他因放龟、封侯故事与吾县结下不解之缘，晚年更隐居德清城山，营建草舍，埋身于此。

话说孔愉经过余不亭时碰见一个卖龟者，他注意到那提笼里所囚为一只白龟。在古人眼中，白龟是灵物。孔愉想，上天有好生之德，何不买下它，放入余不溪中。他当即这么做了，买了龟，又放了龟。今德清县乾元镇小南门外龟回坎，即孔愉放龟处。放生，示有恩也，在佛教未传入前，就已被视作积功德之举。孔愉放龟之事不胫而走，在广泛流传中也越来越传奇：那是一只灵龟，孔愉将它放生后,它游了很长一段还不潜水,几次引颈仰望孔愉,然后才没入水中不见了。龟的几次回头,是为报答孔愉的救命之恩,也似乎预示着孔愉会得到福报。

果然,孔愉应召为丞相掾,由此一步步进入晋朝政治中心,官运亨通。不久,因讨伐不满于元帝(司马睿)、欲另立朝廷的佞臣华轶有功,他被封余不亭侯。不曾想,早年途经之地如今成了自己的封邑,而世人皆传他的平步青云全赖当年那只神龟的眷顾。古代封侯要铸官印,工匠在为孔愉铸龟形印纽时,龟首却作左顾状。工匠将印熔毁重铸数次,意在使龟首变直,终不得法。工匠大感奇怪,便将铸印的经过情形如实报告孔愉。孔愉这时想起了曾在余不溪边放龟的故事,愉快地把左顾的龟印佩戴在身上。为此,他还找工匠烧制了一只龟鼎,内刻铭文:"孔敬康鼎沉之于水。"

孔愉留名青史,并非因他的官阶,而在他的德行。他弥留之际遗言,大敛时只着常服,施赠丧仪一概辞受。但,德清人执意要为孔愉建一座上余不庙,每岁春秋两祭,以期存古励俗。庙前曾有一种奇特的龟衔树,坚如铁石,与孔愉同千古。而今,上余不庙虽坍圮了,那几棵千年古树也无迹,但美德永传,"龟溪夕照"兹为邑中胜景。水清,德治,邦安,监德清正库的宋人葛应龙因修亭想到恤民、报国的政治见解,写下著名的《左顾亭记》,"县因溪而尚其清,溪亦因人而增其美"。人若能常思孔愉之德,那么他济世的理念将更宽广,高尚的品格会更健全。

今天的德清人爱说一句话:"人有德行,如水之清。"这是古汉语"中心词+之+定语"的固有结构,之是助词,定语后置,整个句式规范,表述通俗明晰。然而,近十年来,媒体及网络上出现的、现在已被认可的"人有德行,如水至清"一句,则无出典,实为"如水之清"的同音之误,应该纠正。

孟郊在武康

年少读诗，往往以诗记人，因诗得人。走在李白之后，孟郊寒瘦无比，写奇古峭劲的诗；生在余光中之前，孟郊不老，他的地位和影响在今天几乎没有疑义。

德清是孟郊的故里，孟郊故宅在县城武康镇千秋村清河桥孟保里。而今过了千载，现实中的孟郊故宅自然已不复存在，唯宅基地附近的一口古井供人凭吊。倒是不远处，有一座民间筹建的孟郊祠，大殿内立着这位诗人像，似神非神，颇得当地居民敬奉。据说在像前许愿赌咒，十分灵验，香火也就慢慢旺起来，殿内祠外常常香烟袅袅。这样的场景是潦倒的诗人所难以想象的，虽然我们给予孟郊的纪念之所与他的诗歌成就并不很相称。

邑人推崇前贤由来已久。南宋武康知县国材比较沈约和孟郊，对沈约颇有微词，称赞孟郊"一寒到死，不随逐酒庐饼肆间媚匪人"，有经典品格。至明嘉靖后期，本地流传的《唐诗家孟东野集》因年久诗篇多有亡佚，这令时任武康知县的无锡人秦禾十分惋惜。为集齐孟郊诗作，秦知县四处遍访，终寻得宋本《东野集》十卷，并亲自主持刊刻。待到秦知县转岗还朝离开武康时，他什么土产也没带，两袖清风，唯独带了一箱《东野集》，预分赠四方宾客。又五百年后，青年诗人胡桑以全新视野为沈约、孟郊、姜夔、赵孟頫等故乡诗人塑形：沈约“离群”，孟郊“仄步”，姜夔“自倚”，赵孟頫“寓形”。理所当然地，他们都是中国诗坛的骄傲，尤其是孟郊，踩着仄步，一字一句密密地缝在你我的心屏上。寸草有心，春晖无尽。

在故乡，独孟郊与赵孟頫有专祠，但多数人并不知道这些祠派什么用，是文财神庙吗，抑或是太公堂？求财、求平安的都来下跪。2013 年 11 月某日，我骑车经过武康春晖街，第一次访孟郊祠。进去，里面就一尊泥菩萨像，一身金袍，方头大耳，几张做佛事的八仙桌，几副石楹联，貌似主事者不在，找不到人相问，转了一圈，近观像上方的“贞曜千秋”匾。呀，孟郊！虽有一种说不出的让人蹙眉的感觉，但窃以为这孟郊祠与《游子吟》在救赎人心方面还是能起一点作用的。几日后，拉朋友一起来，照例不见香烛，祠外多了几个酒瓶子、烟盒和破笔记本。朋友的第一反应，有诗人来过了，孟郊祠大约成了他们概念性的诗人客栈、乡愁流放地。不朽的诗人，是永远不会缺少读者的，此刻，我们与孟郊仅一墙之隔，正在诗的创作基地。我的意见与朋友毫不含糊地一致。只不过，我之愿，在从字句、音律和形状试图还原孟郊；他则渴望穿越时间，见见孟郊本人，或者不跌宕人生而饰孟郊。

朋友知我对唐诗略有研究，乃问我孟郊的诗风。我反问他，孟郊比之陶渊明如何，比之杜甫如何，比之黄庭坚又如何？朋友摇头不答，催我快说。依我浅见，孟郊的诗风至少可归纳出三点：其一，孟郊一定学习了陶渊明，所以字简句朴，别出兴意；其二，孟郊没怎么学杜甫，他不作律诗，专工五古，基调苦寒外兼奇险；其三，黄庭坚等辈在炼字上莫不师孟郊，苏东坡把孟郊看小了。

今去古已远，当下说孟郊的诗风，毋如说孟郊的心灵。贫孟、穷老、病叟，“虽产武康，未尝家也”。孟郊一生都在远游，怀才不遇，经历各种苦和失败，虽有“春风得意马蹄疾”之时，但每一幕都是以悲剧收场。比如，韩愈曾为他写下许多鸣不平、表同情的文章和荐语，如《孟生诗》《孟东野失子》《荐士》，等等。那么，他为什么还不回家？儒学人生的哲学与处世态度加重了他的危机感和责任心，他的武器只有诗歌，成为诗人是唯一令他邂逅理想的正途，而以诗歌为第一生命可实现他自身的价值。应该看到，孟郊绝非是“诗囚”，而是一个纯诗人，中华游子的重要代表，很可能还是中国文学史上第一个将游子作为主题的创作者。

2014 年恰逢孟郊逝世一千二百年，诚当纪念。天下游子啊，请常常念及他。

附记：

孟郊四十六岁才中进士，写了一首诗《登科后》：“昔日龌龊不足夸，今朝放荡思无涯。春风得意马蹄疾，一日看尽长安花。”此诗居然留下两个成语：春风得意、走马观花。足见脍炙人口。

姚察小时候

历史上家风最好的,无疑是这一个时代,史学界称之为中古,即汉至唐时期。具体表现是,家族连续几百年屹立不倒,族人官做得大,财富增长快,子弟有“芝兰玉树”之誉,故有长期的垄断性优势。这样的家风有一个很美好的说法,叫“家风优美”,如此贵族之家,被称作“门阀士族”。德清历史上就有两家,沈家和姚家。说到这两个家族,德清人可能会先想到沈麟士、沈约、姚察、姚思廉,而后闪过沈戎、沈充、沈昙庆、沈庆之、姚恢、姚信、姚僧垣、姚最等名字。

姚家真了不得,如姚察在《遗命》中自道:“吾家世素士,自有常法。”那么,姚家的家风究竟是什么,家业又是什么?似乎谱牒未载,历代方志无传,问聚居在千年姚里(今德清经济开发区郭肇村)的姚姓后裔也答不上来。村中长者只知道有个姚太守,算是祖先吧,新近为他塑了像,可以拜拜。当我提到姚察也是德清人,仕至吏部尚书,以清廉著称,村民们无不表现出对这位先人的敬仰,并一再追问我,姚察小时候的表现,姚察的下肖子都有谁。他们是很希望从我这里听到先人的励志故事,而后回去跟自家的小孩子讲讲。光彩啊,老姚家曾出了这么一个大人物。

这一下，很使我为难，据哪个文本呢？《陈书·陈察传》太长，民国小书《模范青年》和元龙辅《女红余志》中两个关于姚察的片段拿出来讲读正合适。兹录于下：

> 姚察幼年读书，于游戏杂务，绝不经心，何患学之不能成也？勤苦厉精，日复一日，其心犹恐见闻不广。乃以其父子所给，图书遍读，卒能讲论经义。宜乎为儒者所称赏。
>
> （《模范青年》第一章勤学·姚察聚资图书）

> 吴兴姚察少时，宿于人家，夜闻一人呼曰：幼卿。曰：诺。一人曰：幼卿视我，岂杀人者哉？今人欲药我，我不能药人乎？即去。察异之，因效其声，呼曰：幼卿。曰：诺。曰：向与而语者，何人也？答曰：陈二公公。即鼠也。察曰：而何人？答曰：我床头靧面铜盆也。公平生爱惜物命，当不害我，与主家买我归，能福公，使公至吏部尚书者，我也。明晨闻哭，问其故，乃主人辨色兴欲，会客食隔宿饭，未尽半碗，即仆地暴死。察乃知其以药毒鼠，而为鼠所毒也。遂买其铜盆以归，戒人勿得毒鼠。自后察家日以昌，果仕陈至吏部尚书。
>
> （《女红余志》卷上·鼠）

这两个小故事，后者虽不免迷信，但颇有教育意义，特别是无形中告诉我们，姚察并非神童，靠的是后天的努力及珍惜。

由梁，经陈，入隋，“道”一变再变，儒冠误身。而姚察历仕梁、陈、隋三代，都深入宫廷，守身如玉，品格极高，为当朝皇帝所重视，后世也没有疵议。他这一生以旺盛的精力施之于修史，谨守必要的为臣之节，博采善择超常发挥，直欲远追“汉魏时代”的班固与司马迁，可谓不负其才，不虚此生，属于标准的素志者。套用陈后主对他的评价：“在于今世，足可师范。”父亲出彩，儿子不弱。姚察卒后，又逢新朝，到了姚思廉担起家风，他一边奉诏撰书存史，一边恪尽世间大孝继续父亲未竟的事业，一边积极为姚家后世子孙树立榜样。历七年，待梁、陈二史成书，姚思廉累病，卒谥康，赠太常卿，陪葬唐太宗的昭陵，贵至极点。这正是优美家风的助推力量，才使姚家代有人才出，各领风骚数百年。

通常意义上，我们所谓钻研梁、陈历史，实际就是研读姚察父子的《梁书》《陈书》。难得的是，姚察父子不仅具有史才和史识，而且兼有“文心”与“诗肠”。清人赵翼就读出了其中的文学因素，于是惊叹一声：“古文自姚察始！”

唐以后的德清不乏世家人物，但无论门祚、品位、影响等皆不可与沈、姚两家相比肩。如姚察者，到底是有深厚底蕴，扎实幼功，所以能厚积薄发，不同凡响。

德清绿老爷

近读周江鸿文章《几人相忆在城桥》:“从前,西门城头上有一座小庙,供奉的神是什么陆老爷,祖母曾到庙里上过香摆过供品,而在新中国成立后早已夷为平地了。”江鸿老师所谓的陆老爷实为绿老爷,怪德清方言里陆、绿不分。今这位绿老爷被供奉在乾元镇溪东街上的戴公祠,祠中立有三尊神像:绿老爷居左,白面孔,绿袍,称柳侯;大老爷居中,黑面孔,丝冠黄袍,称戴侯;红老爷居右,红面孔,称叶侯,名忠良。本各自有专祠,后统归一处,合称三总管神。

清同治十年(1871),据说柳侯显灵了。这年冬,俞樾自杭州诂经精舍还苏州曲园,走水路迂道德清祀祖先坟茔。船泊县城中,他自坐小舟出南门,至金鹅山“展先通奉君之墓”,留奴子沈贵守船。忽然有一人,大约四五十岁,操德清土音,登船求见。奴问其姓氏,客弱弱地答了一个字,听起来像刘。奴粗解文墨,不知何姓,又问:“卯金刀乎?”(刘的繁体字结构)客摇头:“非也,木字偏旁耳。”随即匆匆离去,不见踪影了。待俞樾归,奴据实以告。初,俞樾并未将此当回事。然《百家姓》中,木字旁而与刘姓音似者,只有楼姓与柳姓。可是故乡向无此二姓,莫知何人。俞樾抵苏州,恰同乡江子平孝廉、蔡瑜卿秀才皆在,因以问之,两君道:“此事绝异,岂柳侯乎?”

这位柳姓者或就是柳侯,恐怕只能是这个解释了。俞樾自认未拜柳侯祠,文章道义尚不足以感动天地,而神明不请自来?于是撰联:“曾读柳州文,治迹分明于此信;幸叨枌社荫,灵踪飘忽至今疑。”翌年,他专门躬拜了柳侯祠,并作诗,“次之莫如柳,旧有惠政留。是为德清君,闻之柳柳州”。

俞樾说柳侯是位贤令,有惠政,县志所载亦如是。唐天宝中,德清县初设,柳侯即为县令。柳侯名察躬,山西永济人,祖上有数人封过公爵,又为宰相,父亲柳从裕是沧州清池令,家世虽好,但到柳察躬这代已然今非昔比了。因为家族文化影响,柳察躬自幼博通经籍,又能文知世,是标准的柳门肖子,且教子有方。天宝末年,逢安史之乱,他命妻携子载家中藏书隐河南王屋山修业。时长子柳镇向子侄辈讲《春秋左氏》《易王氏》,意志刚强不见倦意。柳察躬闻之喜曰:“兹谓遁世无闷矣。”能做到这般追求,即便避世不出,也能有一番恬淡作为。柳镇后来明经及第,颇有政能文才,且有甲功。柳镇子柳宗元(即柳察躬孙)经常带着自豪而惋惜的心情去追溯家族往事,这种强烈的复兴意识成为他奋发有为的重要动力,故他获得了“柳河东”的世称。可见,河东柳氏之家风堪为士林盛族的表率。

县令说小也不小,作为亲民之官,他要导风化,查冤滞,听狱讼,收赋税,主持乡家礼。此外,籍账、传驿、仓库、堤道诸事,他都要知之。可惜柳察躬在德清县令任上的主张与作为,现已无从查考了,虽志书及其他资料中有一点记载,但比较零碎,且简而又简。晚年,柳察躬退居江苏吴县,孙柳宗元出生。唐大历八年(773),柳察躬去世,柳宗元后来在《先侍御史神道表》里忆称祖父为“德清君”。因此,德清很可能是柳察躬的终官之地。换言之,柳察躬是原德清建县以来首位被载入地方志的县令,而他的世德孝廉飏于河浒更不是浪得虚名。

汝不知沈中丞邪?

北宋末年,龟溪迎来了又一位名贤,家洄潭上,卜邻左顾龟。其人叫沈与求(1086—1137),字必先,进士出身,官至知枢密院事,尽忠职守,善于直谏,积极充当“人主之耳目”,正声斐然,谥忠敏,著有《龟溪集》。

赶在《龟溪集》注释本付梓之前,我为寻觅一种乍暖还寒的沈与求遗风,顺道去了杭州岳王庙朝圣。《龟溪集》系诗文合集,文的部分主要是奏章,其言切直,针砭时弊,以致宋高宗每有训敕,常道:“汝不知沈中丞邪?”可是世人未必尽知沈与求,但若说他是南宋朝廷里的主战派、秦桧一党的对立面,大约也就不难想见其为人了。

沈与求入朝做官的时间集中在建炎三年(1129),至绍兴七年(1137)之间,历监察御史、殿中侍御史、御史中丞,除参知政事,进知枢密院事。他本人虽无意介入朋党之争,却成为党争中被打击的主要对象。因他竭力反对秦桧入宰执,投了高宗所恶,使上位后的秦桧党人有了报复之机,不仅夺他的权,赶他出台谏,还令党羽弹劾之,树为死敌。

纸上检视毋如在历史原地做一番凭吊。进岳王庙,由庙至墓,本不长的路,虽雨雾蒙蒙、翠柏森森、石像裸裸,还不致迷失、害怕,然而我终是倒吸了一口凉气,一种说不出来的忿忿然。莫名地,我的伞柄触到了一块路边的旧碑,一个硕大的深挖的“报”字,“尽忠报国”的“报”。甫读此字,顿生感慨,这是岳飞的英灵凝成的态度,也是岳飞于地下露出的风骨。力扶道脉,充当表率,想岳飞一定记得沈与求为高宗起草的手诏与御前奏对,眼下“腹心之患既除,进取之图可议”,千钧之际“当遣岳飞”。但,“三十功名尘与土,八千里路云和月”,岳飞果得福报了吗?也许,情深不寿,强极则辱,福报总是迟到的。对此,沈中丞,你怎么看!对秦桧、张浚等人在岳飞墓前的跪赎,你怎么看!对全城热卖葱包烩儿,恨秦桧恨到要吃人,你怎么看!

有点冷飕飕,却不敢两茫茫。毫无疑问,沈与求是孤独的,一如岳飞,为天下士,见识通达,视野宽广,独立清醒,没有小世界,不需要狐朋狗友。这等灵魂,总活在大地上,作为后学,我喜欢交这般能见其心、更莫逆于心的人。

既出岳王庙,直奔浙江古籍出版社校阅《龟溪集》注释本样稿。研读之下,第一次发现沈与求的长短句蕴含迷人境界、神秘符码。私以为,他的“菱老难容碧草芳”一句堪称经典。笔墨简淡,景象鲜明,尽管言辞不够激烈、胸臆未必直抒,却犹见家国身世之感,建立起一种以诗为镜的审美观照。集子中有一些写德清风光的诗,如题县北慈相寺雪月亭,“幽鸟林梢鸣不断,乱云天末去无穷”,既写实又写意;又如寄友人柯田山新居,“为报添丁护鸦觜,夜寒归梦绕家山”,漫溢而出的是安详与宁静,对心灵还乡的热切渴望。

德清沈氏为家学心传的代表,历五代动荡而仍持有文化优势,沈与求作为“中兴以来名卿”,对家乡的文化教育亦有过推波助澜之功。他所撰《德清县重修孔子庙碑》,曾刻石立于县儒学,记载德清县士风民俗的变移，自其祖沈严、卢革父子踵取科第、翱翔仕途，“乡党荣之，邑之弟子遂风劝于学”，而后文雅之士班班出焉。坦白地说，要论文采风流，沈与求或许略逊于晚生的胡友信、徐九思辈，但他的一支笔贯通了故乡的上下文，为后世擎起了一座文化丰碑。世道荣枯，而今我们与故乡的人文历史渐行渐远，不少乡贤的遗墨、文玩、故居不是散就是坏，所幸沈与求留下了一部集子，文绉绉的，同时精神滚滚的。仰怀先贤，俯瞰山河，作为本邑子孙，唯默默担起抢救、梳理、研究的重任，旨在通过文字、性格与心灵，获得一种新的生活方式，行更远的路。

沈与求著《龟溪集》书影

端午节忽然想起戴继元

多少年德清没有在端午或清明节赛过龙舟了，但在后龙舟时代，德清人仍然把戴继元当作英雄，对他怀有敬仰和信赖。

戴公祠，坐落在德清县乾元镇溪东街上，祠前有一株千年古柏，中空，虬枝，铁青里发出几簇翠绿，根部由矮墙围着，对面是一家卖香烛的店，很好辨认。在老县城水城门没拆掉前，每次发大水，长桥河里经常淹死人，于是戴老爷的名字时常被提起，他的事迹，随便找位年岁稍长的人来问，没有人不津津乐道的。若有人落水，听过戴老爷故事者会大喊"戴阿大救命"——这时，千万不能喊戴老爷，喊戴老爷他就必须穿官服，坐着八抬大轿出来，一切就都迟了。

戴老爷，名继元，字承祖，原籍萧山，家住乾元镇焦山北麓戴家巷。他原是河下米店的伙计，彻彻底底属于平民，长相也不招人喜欢，面目黧黑，身材魁梧，好个莽男儿。如果不是因为那年的龙舟事，实在不会有人念叨他，并恭敬地称他一声戴老爷，还要在德清的城纪里给他一点戏份。不过，他也够忙的，"日管萧山，夜管德清"，全年无休。民国《德清县新志》载："寒食夜，城乡十里内武装，戴侯……神像四人肩之，灯笼、火把、锣鼓，外加以大纛旗、帅旗，三军司令旗巡游街巷间。”须知，此距戴继元的时代已是一千年以后。

农历五月初五，端午日，中国南方都会举行赛龙舟，以纪念屈原、伍子胥、曹娥等人物。南宋宝祐二年(1254)端午午后，德清人按风俗照例在长桥河里赛龙舟。赛程近四千米，始发点东门城，一个来回，终点也是东门城。本地童谚：“五月五赛龙船，老鼠尾巴转一转。”此船特制，尖头而狭长，船上插着小旗，划船者无一不是精壮汉子，计有十八九人：船头一个拿着竹竿磴足吆喝，船尾一个敲锣打鼓助威，中间者使劲摆桨，互相竞赛以为乐。而围拢过来的看客一年比一年只多不少。因水涨流急，船小人多，突然在赛点，一龙舟倾覆，二十余人落水。戴继元伏在米店窗台上正看得起劲，见有险情发生，奋不顾身下水救人，溺者皆获救，他自己却力尽人亡，结果成就了大义。那年，他仅四十四岁，端午成了他的忌日，后为避此日，德清人将龙船竞渡提前到寒食节。

民间传说，端午后一天，戴继元的尸首忽然浮起，逆流而上，停留在住宅河边。他的妻子见了，哭着祷告说：“相公，你若有灵，就香三天臭三天。”其尸身真的就香臭各三天。邑人极为感动，就在戴宅造庙祭祀，并把他的肉身涂上黑漆，放在后屋，称为真身楼。某年，戴侯对来庙里扶乩的人说，德清县城将有火灾，他愿以真身替无辜者受难，但邑人没有引起注意，也不相信。至第二年端午，戴庙寝殿突然起火，蔓延至廊庑，烧毁了两架房屋，但紧靠寝殿的民居连一根椽子也没有烧着。于是，邑人对戴侯毕恭毕敬，为他重建了殿宇。

戴继元的事迹是可歌可泣的，甚至是略带一点神话色彩的。而活着的人虽然不用为没有跟着他下水救人而内疚，但是树立一个故乡英雄的机会不可不把握：戴继元确是为救人而牺牲的，多少需要一些哀荣来平衡，不然就是未死得其所。徘徊于生死之间，他的判断力并未因或将殒身而发生偏差，他的直觉选择了守护他人生命。这一刻，无疑是伟大而动人的。而从现代意义上说，他的第一反应体现出了对生命不假思索的关怀。

这一来，义士变成了地方神，接着朝廷的封赏也到了。转眼已是新朝，元朝追封他为“显佑侯”。明嘉靖间，倭寇到达德清城东，县民十分恐慌，却见乾元山顶出现许多旗帜，上面隐约写有戴字。倭寇见了很震惊，认为是有神保护，就向东逃走了。清朝又两次给他加封，雍正帝赐以庙号“保济”，嘉庆帝又赐“惠安”。所以，戴继元有了一个足可与圣坛上的人同尊的资格，他从此不再被人直呼其名，而称“惠安保济显佑侯”。显然，这是对平民英雄的最高嘉奖和对德清全民沐浴皇恩的报答。这叫我想起了戴公祠所悬的匾额和一副长联。

匾曰：“义骨砥流。”

联曰：“取义成仁，大丈夫当如是矣；报功崇德，我国家礼亦宜之。”

历史太长，脚步太短，从乾元镇沿东苕溪北行，西险大塘宛如通衢大道。清邑人蔡熙《竹枝词》：“险塘一带撼洪流，保护咸称赖戴侯。每到禁烟寒食节，清溪竞渡闹龙舟。”抬戴侯神像上西险大塘踏勘塘塍，东坝叶侯、徐家坝柳侯随行，直到古清溪庙内，这不仅是我们这里的风俗，也是水乡的道脉：一为纪念舍身救人的戴侯，二为巡视防洪堤塘以便提前做好汛期来临的准备。

纵观戴继元的身后享尽殊荣，修祠、晋封、巡塘，庶几生前显达过他者身后或许还不如他；而回头看他生前同样操劳的生活，更见小人物在历史沉浮里的大光辉——安于本分，勤于职事，勇于担当。对于戴继元，成功与回报都是其次的，典范作用被放在了首要位置，这也是他永放光芒之所在。

龙辅《女红余志》过眼

女红者，中国女性之传统技艺，也是女性生命情感的标志。以宋元时期为例，就有著名的纺织革新家黄道婆，龙辅还写过《女红余志》。

关于龙辅其人，道光《武康县志》卷二十《贤淑》有传，考为宋人，工诗，“非壮夫比”。但县志无据，较多典籍均认为她生活在元代，籍贯不详，仅知她的丈夫为武康人常阳（一说是常茂）。《艺文考略》云：“龙辅兰陵守元度后，武康常阳妻，善属文，家多异书，常择其当意者，编为《女红余志》四十卷。阳官京师，辅又精选其最佳者，手录之，仅四十之一，飞禽走兽以己诗，置行囊中，凡为离纂一卷，自著诗一卷。”难能可贵的是，这部女性著作、经修订后成二卷本的《女红余志》幸得流传，后被收入《四库全书》。《四库全书总目提要》揭示其书，“上卷皆采掇新艳字句”，“下卷皆辅所作小诗”。此番德清图书馆点校、重刊，选用北大图书馆藏明天启崇祯间毛氏汲古阁本为底本。

《女红余志》，因是女书，且在不误女红的情况下而撰，关注点也就多与妇女相关，按常用物什或人名铺排，介绍知识和故事。这很像今天的百科知识词典。放在六百年前杂剧盛行的时代，该书绝对称得上今《瑞丽》《爱人》《女友》等时尚女性杂志的老款，且扑面而来一股文艺的小清新风。可以想见，龙辅是很小资的女人，尽管家居，只许为夫君一人而梳美妆容，且藏在深闺无人识，但她很是希望自己能有别于不读书者——实际她的愿望早已超越与她同时代的大多数女性。《女红余志》卷上有一则《白纻歌》：

> 沈约《白纻歌》五章，舞用五女，中间起舞，四角各奏一曲，至“翡翠群飞”以下，则合声奏之，梁尘俱动。舞已，则舞者独歌末曲以进酒。

读之，叫人想起尼采的名言：“每一个不曾起舞的日子，都是对生命的辜负。”此外，书中还记载了南朝陈武康人姚察、北朝周庾信等逸闻。

常阳官京师，龙辅写了大量的寄外、送外、答外诗，寄夫君观览，“要君知妾心”。兹录三首：

> 郎书来问近如何，性癖如郎只似初。忍冷临风因爱雪，抱疴点烛为看书。
>
> 莫怪书频断，难传恨万端。虽承结发爱，难作比肩看。泪续笺怕湿，思长笔屡干。临封沾臂血，使识寸心丹。
>
> 君言游宦向华京，不得临岐一送行。行行唯有杨花路，飞来飞去似妾情。

《女红余志·小引》曰：“昔徐淑能文，秦嘉方轨；文君擅词，相如比肩。”后面应该补一句，斯地有龙辅乐志，管夫人丹青。龙辅自序，她主持家务之暇，辄细阅家中异书，撰 80 余条，后之览者莫知其出处，而她作诗竟为疗伤，“不有吟咏，将成大病”，“以代药石”，最终目的是“借以自解”。较真起来，龙辅之诗的题材、思想、造诣，虽不免受个人、时代的局限，然未尝不是一部展现古代女子之传统性情的雅歌，不能在中国历代妇女著作中占一席之地？

古色仔赵孟頫

赵孟頫创作谈:"吾所作画,似乎简率,然识者知其近古,故以为佳。"大约赵孟頫在艺术上力倡古意,批评新风,作品设色古淡,不为浓丽,而气韵自足,于是元人半开玩笑地给他取了个好名"古色仔"。

初识赵孟頫的艺术,一如偶然见到古色仔三个字,一边是好上加好,一边是诸多争议,莫衷一是。赵孟頫(1254—1322),字子昂,号松雪道人,是宋太祖赵匡胤十一世孙,秦王赵德芳之后;他的五世祖又是南宋第二位皇帝孝宗的父亲,因而他属于皇室的近支,出身相当高贵。他十四岁便以父荫补官,十九岁试中国子监,得了注真州司户参军的预备官职,按这样的仕途走下去,他本可以进内廷枢要的,然而南宋的灭亡断绝了他的固有之路,他成了遗民。但他毕竟是有才的,文采风流,冠绝当时,加之他又是前朝皇孙,元朝统治者一则出于真爱才,二则为笼络人心,有意向优秀知识分子倾斜,决定重用赵孟頫。这正是赵孟頫的母亲丘氏所希望的,她对赵孟頫开导道:"圣朝必收江南才能之士而用之。汝非多读书,何以异于常人?"结果,赵孟頫的出仕就成了顺理成章的事,他先是被荐应召到大都,而后直接被编进了元朝的高级文官系统。

虽然赵孟頫在新朝的社会地位一下子被提高了，元世祖甚至不惜给了他等同于本朝文宗的政治待遇。尽管在中国历代王朝中，元朝是文网最为松弛的，根本不必担心会发生文字狱，但是，赵孟頫身在官场，却倾心隐居。他极愿效仿知己鲜于枢的“吏隐”，“脱身轩冕场，筑屋西湖滨”，或像老朋友戴表元一样盖一座“溪山面势，烟云情貌”的质野堂。找不到更好的出走理由，他只好以病辞归故里，顺道在湖州、杭州作一番交游。仅湖州德清，就我所知，赵孟頫的别业至少有三处：余不溪畔松雪斋、作为墓庐的东衡阳林堂、妻家茅山西墅。其中以松雪斋最叫座，是处有他专属的别墅、亭阁、画室、书舫、田产与奴婢，如今这些都消失了，成了个人历史里的华丽烟云。但松雪斋作为一所重要艺术原创地却长存于中国书画史，赵孟頫的许多重要作品都会题或盖“松雪斋”字样。近读浙江文丛版《赵孟頫集》，发现戴表元为赵孟頫所作《紫芝亭记》里，有赵孟頫在德清龙洞山北隐居的记载，“集贤直学士赵君之隐居，在德清龙洞山之阳”。龙洞山在哪儿？柯平先生认为在德清龙山境内的王母山。杨振华先生在《永远的江南赋》之《赵孟頫：生活在德清》篇中特别对龙洞山做了一回寻访，可惜年久失考，胜迹难觅。

不过，赵孟頫的确很适合做大艺术家的，“广长三万里，上下二百年，唯公一人尔”。用周维强先生《元史随笔》中的观点，“理性和感性这两个方面，都在赵孟頫身上有着非常健康的发展”，“赵孟頫的多次辞官，不是虚矫，而真正是出于一位伟大艺术家的本意，出于一位伟大艺术家的对于云山的怀念”。一直觉得赵孟頫的画，之于六百年后的我们，隐含着一种“卧游”的功能：即人在画中游，任尔东西南北走。他所谓的古色，更多的是在表达意思，而非阐发意义。当下，我们的故园已荒芜，家山也在丧失，唯有饮食歌风以及文学名篇里的印象，我们还偏爱一辈子。粗线条的人看赵孟頫的山水,会大叹“妩媚极矣”,仿佛有“肠断江南铁钩锁”之感;细腻的人看赵孟頫的人物,会大赞他好懂“古着”。有时候,人性真的需要一点颜色的衬托,红罗汉,白陶渊明,咖啡苏东坡,人物美了,品格也就美了。毋庸置疑,赵孟頫是一个成功的古色仔。他首先是开创者,他自己在前人的基础上迈进了一步;同时是引领者,推动了后世的唐寅、文徵明比自己更迈进一步;也是国际范者,足以与西方的达·芬奇、米开朗琪罗和鲁本斯相提并论。

几根松枝,几滴雨,几排脚印。时隔一年,当我第三次造访赵孟頫墓地,竟突然泪流不止。由衷地,想对墓主人说三句话:三流的艺术家用生命做作品,二流的艺术家用作品打开生命,一流的艺术家如你用生命改变生命。

红楼相士戚蓼生

现代学者中俞平伯是较早称引戚序本《红楼梦》的。他曾对戚序本和庚辰本、己卯本、甲戌本，以及甲辰本、程高本等做过科学的比较，后来整理《红楼梦八十回校本》时，特别以戚序本做底本。对此，俞平伯的解释是："用它做底本，却为事实所限，一则由于易得，便于丹黄涂抹；二则它也最完整。"

谚云，未读《红楼梦》，读尽诗书也枉然。但二百余年来，真正读通且读进去《红楼梦》者不多，戚蓼生（1730—1792）算是其一。殊不知，戚蓼生也是德清人（有些书上说他是宁波余姚人，不确切），字念功，号晓堂，乾隆三十四年（1769）进士，典型的名士派头，为人洒脱，好诙谐，平日起居不修边幅，但有理政才能，处事精明，案无留牍，故仕途较顺，官至福建按察使，著有《竺湖春墅诗抄》五卷。若说曹雪芹是《红楼梦》之父，创造了《红楼梦》的生命，那么戚蓼生可说是曹雪芹时代第一流的相士，一眼就相中了《红楼梦》有命机，必是传世经典。也缘于此，遂令《红楼梦》与德清最早挂上关系，加之，戚蓼生、徐畹兰、俞平伯都是德清人，乃使德清有"红学之乡"的美誉。

戚蓼生与曹雪芹是同时代人，了解当时时代背景、宦情风物和其中蕴涵。据清宫官员履历档案，乾隆五十五年(1790)九月至翌年四月间，戚蓼生曾逗留京城小一年。想必他是在这期间购得曹雪芹八十回本《石头记》某个抄本。我们不得不佩服戚蓼生的眼光，他买到的是保存比较完整的《红楼梦》脂评系统的一个重要底本。此本原为某高级官僚准备"进呈"之用的，后发现"删而未净"，其中碍语、触讳之处尚多，未敢即用，乃辗转流出府，被戚蓼生捡了大漏。于是在赞叹之余，戚蓼生拿出看家本事，作了一个序：

> ……试一一读而绎之：写闺房则极其雍肃也，而艳冶已满纸矣；状阀阅则极其丰整也，而式微已盈睫矣；写宝玉之淫而痴也，而多情善悟不减历下、琅琊；写黛玉之妒而尖也，而笃爱深怜不啻桑娥、石女。他如摹绘玉钗金屋，刻画芗泽罗襦，靡靡焉几令读者心荡神怡矣，而欲求其一字一句之粗鄙猥亵不可得也。

翻译成白话，即我尝试着一一解读写闺中人和事，本已觉得极尽雍容庄重，却令人又生艳冶满目之感；描写世家大族功高显赫，繁荣昌盛日久，其实种种衰势已现。写贾宝玉淫邪痴顽，但多情善悟，丝毫也不比历下和琅琊差；写林黛玉善妒又尖锐，令人深深爱怜，不啻月中嫦娥、补天女娲。另一层意思，这也是在说曹雪芹的奇妙笔法，既点出繁华故事背后是大族衰亡的悲剧，又明示宝黛都是杰出不凡的人物。

很快，戚蓼生的一番赏读，在旧时文人生活中掀起了一小股品研《红楼梦》的热潮。这序当然重要。鲁迅在撰写《中国小说史略》时，就全文引用了戚序。周汝昌道："读他(戚)的《石头记》序，笔调非凡，见地超卓，已足名世不朽。他……性情与曹雪芹多少有相近处，怪不得他在当时就能那样欣赏这部新出世的小说了。”俞平伯更高度评价戚序的价值：“戚蓼生序……向来不大受人称引，却在过去谈论《红楼梦》文章中，实写得很好。”并说“这些看法，虽不免有唯心的色彩，还是比较通达的”，“符合本书的真实情况”，“尤为道地”。经俞平伯的介绍，越来越多的爱红者们发现戚序不仅短小简练，而且精彩绝伦。同时戚序本上的批语，透露了诸多隐情，如贾宝玉潦倒，“寒冬噎酸虀，雪夜围破毡”，终于“悬崖撒手”，“弃而为僧”；林黛玉早逝，即“泪尽夭亡”等。这些正是曹雪芹佚稿中的情节，戚序本上的批语实即脂砚斋评。

无须赘言，戚蓼生对《红楼梦》充满了宝爱，且对该书的写作艺术推崇备至。他可能已发现，自程伟元、高鹗以来，举凡《红楼梦》续书，大都是大失曹雪芹之意的，因之社会上对《红楼梦》原本发生了许多错误的印象。因此，他是不主张写什么续书的，不全无妨，想要无尺度地写下去定是很蠢的事。由于戚蓼生对《红楼梦》的分析和理解十分深刻，乃使附有其序的《红楼梦》版本更显珍贵。

附记：

徐畹兰(？—1912)，徐本璇女，字曼仙，德清人。吴兴赵世昌妻。秋瑾曾聘其为上海爱国女校国文讲习兼主笔政。撰有《红楼梦戏谱》一卷，是书开创了中国女界研究红学的先河。

沈赤然题《沈铨水墨牡丹》探佚

清嘉庆十七年(1812),沈赤然纂《新市镇续志》刊行,其卷四《艺术》载,“沈铨,字南蘋,工画,树石花鸟名噪一时”。又卷八载,作者《题南蘋老人水墨牡丹》诗,曰:

南蘋花鸟得三昧,不亚黄筌艾宣辈。
偶然濡墨作牡丹,一洗花王富贵态。
檀心倒晕世所珍,何似此花尤绝尘。
若教栽向四香阁,纷纷黄紫徒争春。
庸工不语俗儿笑,不买胭脂那能肖。
岂知中有松烟香,足治黄尘塞心窍。
请君爱护悬东轩,春风看到子与孙。
未须浪信五杂俎,年年墨汁浇花根。

今沈铨题署水墨牡丹图无寻,按本诗所写,可得如下几点重要信息:

其一,诗题记《南蘋老人水墨牡丹》,是否此图钤有南蘋老人印或南蘋老人款识?同时诗作者自编有《沈韫山年谱》,存《五研斋诗钞》十一卷本，可推此诗作年。据陈景超先生《沈铨钤画印考》及中国沈铨研究会编《沈铨绘画作品目录》，沈铨名字章中有“南蘋氏”一枚，阳篆，见《辛酉花卉鸟兽条屏》；“南蘋”五枚，阳篆三，阴篆二，分见《乙亥松鹿图》《甲戌水晶宫殿图轴》《癸丑孔雀图轴》等几幅；闲章于乾隆庚午中秋画《海鹤遐龄图》有“到老学不足”，是年为乾隆十五年(1750)，沈铨五十岁。寻其钤规律，结合题款，推知此图作年当不早于 1750 年，实沈铨当还居住在今新市镇南汇街二十六号，下限不晚于沈铨寄居苏州期间。沈赤然必是在修撰《新市镇续志》时，采访新市某大户人家中见到此图，遂欣然而题。题中“水墨”指此牡丹图是水墨的，但与一般意义的水墨画不是同一概念。水墨画行期于中晚唐，最早水墨指的只是山、水、树，而人物却用颜色，如五代董源《潇湘图》即是代表。而唐宋水墨画发展到清中叶，已形成工笔水墨的独有特色与传统，而花鸟尤具妍丽淡彩效果。因而可知沈铨《水墨牡丹》应施淡彩，虽有浓处，也与淡色相宜。

其二，“南蘋花鸟得三昧，不亚黄筌艾宣辈”，“三昧”，指奥妙、诀窍。“黄筌”，西蜀宫廷画家，擅花鸟，笔法精工，所画逼真，因其用色富丽，素有“黄家富贵”之称；“艾宣”，北宋钟陵籍画家，亦工花鸟，别是风规。由此句可推沈铨《水墨牡丹》已得花鸟画之真谛，与黄筌、艾宣等花鸟画比，更胜一筹。

其三，“偶然濡墨作牡丹，一洗花王富贵态”，平白很难想象不富贵态是何种情态，不如看沈铨传世作品。举佳士得 2006 秋季艺术品拍卖会中编号〇七六二沈铨《春意图册页(十二开选四)》为例——业界常举德清县博物馆藏沈铨《猫雀图》，某女士言有牡丹掩映，实是芍药，观叶便知——画中牡丹大朵独秀。一朵正面，一朵在左下，一朵在众枝乱叶间，宛如摇曳风中，灼灼欲生。较前人随案填彩、不用描写之牡丹图，更清新可喜、祥和灿发。沈铨册页如是,其他画亦应如是。可推沈铨《水墨牡丹》中牡丹只数株,用笔兼工带写,画面赏心悦目。

其四,“檀心倒晕世所珍,何似此花尤绝尘”是说,世人所珍爱的是“檀心倒晕”的牡丹,而沈铨独不爱此。檀心倒晕也即倒晕檀心,见欧阳修撰《洛阳牡丹记》:“倒晕檀心者,多叶红花,凡花近萼色深,至其末渐浅,此花自外深色,近萼反浅白,而深檀点其心,此尤可爱。”而沈铨所画牡丹“尤绝尘”,超尘脱俗。檀心倒晕者是北方品种,花香浓郁,在江南并不多见,江南牡丹更多玥洁秀美,清姿雅态。故可推沈铨《水墨牡丹》中牡丹并无画檀心倒晕现象,当是淡彩渲染,敷色典雅,层次丰富。

其五,“若教栽向四香阁,纷纷黄紫徒争春”,关于“四香阁”,五代王仁裕著《开元天宝遗事》载,是阁“国忠又用沉香为阁,檀香为栏,以麝香、乳香筛土和为泥饰阁壁。每于春时,木芍药盛开之际,聚宾友于此阁上赏花焉”,代指牡丹赏地。“纷纷黄紫徒争春”,可解为将沈铨画中牡丹栽到此地,那些黄色的如姚黄等、紫色的如魏紫、左花等名贵牡丹只剩下白白地争春,因为春色都被沈铨画中牡丹占了。参考沈铨《锦鸡牡丹图》,可推沈铨《水墨牡丹》中牡丹颜色或就是粉色、白色等。

其六,“庸工不语俗儿笑,不买胭脂那能肖”,此是反语,嘲讽沈铨牡丹太素太寻常,庸工俗儿以为亦能画。南宋画家李唐有题画诗:“早知不入时人眼,多买胭脂画牡丹。”不懂画者常认为牡丹必须用重彩浓彩,才符合牡丹花开富贵寓意。“岂知中有松烟香,足治黄尘塞心窍”,“松烟香”,似指墨香,或是茶香;“黄尘”,比喻俗世;“心窍”,古人以为心有窍才能运思,元耶律楚材有《西域从王君玉乞茶》诗“心窍黄尘塞五车”。

其七,“请君爱护悬东轩,春风看到子与孙”,可推沈铨《水墨牡丹》当是一幅中堂立轴。“未须浪信五杂组，年年墨汁浇花根”，“五杂组”，古乐府名，三言六句，以首句名篇，偶句押韵，是当时较流行的一种诗体，代指当时流言。从“年年墨汁浇花根”可知，沈铨《水墨牡丹》历久弥新，栩栩如生。

综上所述，今人运用传统书画功底，利用现代科技手段，可模拟、复原出沈赤然诗中所题沈铨《水墨牡丹》。沈铨一生留下了大量的作品，据中国古代书画鉴定组编写的《中国古代书画目录》、日本玲木敬编的《中国绘画总合图录》统计，其存世作品有三百六十六幅，但散佚作品亦多，对于文献记载中沈铨作品的探佚，一可补现有图录之不全，又可使热衷收藏者避免购入同题赝品，不失为研究沈铨绘画艺术探索出了一条新的鉴识之路。

新市沈铨故居全厅

书男许宗彦

天下人没有不知道天一阁、嘉业堂的，但对于浙江藏书楼中的鉴止水斋却知之甚少，甚或全然不知。

鉴止水斋的主人是许宗彦（1768—1818），字积卿，号周生，德清人，嘉庆四年（1799）进士。他使用过的藏书印有“德清许氏陔华堂藏书”“鉴止水斋珍藏”“苕溪许氏”“臣宗彦印”等。考许宗彦藏书之始，源于父亲许祖京在官内阁中书时的有心收购。许宗彦幼年随父在京度过，十岁即不从师，经史文章均以自学入门，三十二岁中进士，授兵部车驾司主事（候选郎中），上任仅两月，就以亲老告归，从此大把的时间腾出来读书、藏书，真是“书男”一枚。得益于家底殷实，他本人嗜好寡淡，起居节俭，于是不惜重价买宋元旧本、异籍，藏书满楼，凡经部六橱、史部十橱、子部十一橱、集部九橱，共三十六橱，所载各书，类多精善。据丁申著《武林藏书录》卷末云：“许氏书，先得于粤东，又转得于瓶花斋零帙，实多秘籍。”

双亲病故后，许宗彦从北京迁居杭州马市街，盖了一座精雅的宅园。北室外有梧桐，南室外有双藟，藏书楼鉴止水斋居中。居杭二十年，他闭门读书和著述，继承黄宗羲等大师遗风，崇尚博通，主张“达于当世之务”，既深钻经学，又遍览儒释道各家，无汉、宋学的门户之见。重视考证，常与段玉裁、王昶、阮元等往来切磋，却又无当时迂腐、烦琐的夫子做派，能综合前代大儒的不同见地，纠正了不少传统的谬误，著有《鉴止水斋集》二十卷，收入《皇清经解丛书》。此外，他结识了大批寓杭的书商，以便掌握最新的书讯，不致被大买主捷足先登。有藏书纪事诗：

吴山有陶生，托业在书籍。携包买无人，时复就我奕。

（《夏日杂诗》）

近来书贵比珠玕，善本矜奇借亦难；不傍灵威仙洞住，只应写作画图看。

（《题吴更生〈借书图〉》）

他也注意手抄，比如北宋苏明允的《太常因革礼》未编入《四库全书》，书肆往往无见，他遂从杭州妻家借抄副本，请大舅子严元照作跋《书手录太常因革礼后》。既藏之于私宅，又开不秘藏之风，在清中期的藏书家中，有许宗彦此等识见者不多。关键他于书无所不读，实事求是，旁及道经、释典、名物、象数，必尽窥其奥而后已。据说他曾用西洋推步秘法自制浑金球，探求地球公转与自转规律，还观测过天王星，又推知东汉以前用赤道不用黄道。

回顾一生藏书事业，许宗彦作有一副自挽联："月白风清其有意？斗量车载已无名。"并留下家训："读书人第一须此心光明正大，澄清如止水，无丝毫苟且不可对人处。"鉴止水斋的藏书，在他身后，无奈抵押给杭人许辛泉。太平天国兵灾时，许辛泉家先为太平军某王府，后做了左宗棠行辕，鉴止水斋的这部分藏书尽散，唯少数后流入丁氏八千卷楼。许宗彦也许早有此担心，恐毕生经营惨败,生前即整理了《鉴止水斋藏书目》。随庵老人徐乃昌《鉴止水斋藏书目跋》:“兹观书目,知先生收藏宏富,居安资深,将学术之源泉,与性情之好尚,胥于是乎著。”清末洋务大臣丁日昌持静斋亦藏该书目。

今查嘉庆《德清县续志》,许宗彦曾为该志复审,负责批校志稿,南京图书馆保存有他校订的《德清县续志》手迹两册。2014年春,某君告诉我,在上海市城市管理职业学院图书馆见过此藏书目,未知确否,但愿是真!

附记:

许宗彦妻梁德绳(1771—1847),字楚生,号留香,晚号古春老人,杭州人。工诗,曾得阮元指授而益精,著有《古春轩诗词钞》。与丈夫将陈端生未完稿《再生缘》弹词续完,并刊刻于世。民国《德清县新志》载有梁氏诗一首,题为《辛丑九月三日避居德清感而作此》:“羽檄驰来四座惊,仓皇挈眷竟宵征。三更清露凝寒色,一夜飞鸿动远声。山水故乡重领略,干戈沧海虑纵横。伤心一月危城里,勇将空余汗血诚。”

超星胡渭

梁启超宏论清代学术史可分作四个时期，曰启蒙期、全胜期、蜕分期、衰落期。德清人胡渭和俞樾分别是启蒙期和衰落期的代表人物。令人惊讶的是，而今大多数人提到这两位先贤，已经很难产生浓厚的兴趣、由衷的敬慕和持久的关注。胡渭（1633—1714）何许人也，与朱彝尊、阎若璩并称“东南读书种子”，又系“国朝六儒”之一，可惜后之览者一无缘争睹其相貌，二无从感知其心灵，三无法领教其超能力。尽管胡渭也是“超男”，但没拍成影视剧，所以年轻人都忙着追“都教授”去了。

去精英化，消费为上，娱乐至死，学问与人生彼此脱节，造就了一个造就不出顶级大师的平庸时代。狭窄的受众面、枯燥的文风、琐碎的考据，当我开始啃胡渭的论著，问题倒不在于读不进，而是读不尽。生而有涯，学海无涯，我因为无知，所以无畏，甚而无所顾忌，是否允许有其他选择，而不读书呢？想多了。

胡渭，初名渭生，字朏明，号东樵，德清县北文昌里人。十五岁为县学生，经过考试，充增生。此后屡赴会试不中，乃入太学，曾在京师坐馆，由是谢科举，一生皓首穷经，以应文星。如果不是写了四部书，都收录于《四库全书》，他的一生事迹可记者仅此。时大清诏修《一统志》，他以白衣身份被选中参修，其间博览天下郡国书，用方志与舆图阐释《尚书·禹贡》，把“九州”的地域分界及山水脉络的沿革变化，详加说明，撰成《禹贡锥指》，开乾嘉学派的先声。不久又辑成《易图明辨》，直指《易图》是华山道士陈抟搞的把戏，把宋人讲《周易》的老底都揭出来了。胡适对胡渭下过一语：“训诂出一个古字，其功不下于宇宙中发现海王星，胡渭考正辨妄岂止一个古字。”诚然，胡渭这种廓清辞辟的研究开后人法门不少，给思想界很大影响。胡渭的另两部书为《洪范正论》《大学翼真》。

“昔日吾乡沈麟士，闭门教授见齐史。日诵诗书手织帘，故宅吴羌山下是。今我不学惭昔贤，到处抗颜论经旨……”史传胡渭“文采不宣”，其实他诗名早著，有诗集《东樵遗诗》，列名于《国朝诗人征略》。本人也有男神风采，吉林省博物馆藏有清柳遇绘《胡渭小像图》。在苍虬的古树下，胡渭斜坐于兽皮毡上，右臂倚书匣，双手合抱左膝，周围卷轴、宝剑、如意、拂尘、笔、纸、砚错落有致。据甲寅年款，考为康熙十三年(1674)，这幅小像是胡渭四十二岁时的写真。我们似乎可以得出一个结论：在古中国，舞文弄墨是男人最好的护肤品，加之他们年轻时多尚武，左剑右笔，很漂亮。无怪韩国媒体人要反过来说，中国男星的优点在具有绅士风度与平民质感，从身体到精神都很温暖。

康熙帝南巡，胡渭以《禹贡锥指》献之，被赐御笔“耆年笃学”。儒者咸以为荣，胡家请人制成金匾悬于胡氏家祠，此系胡氏蔚为德清望族的显赫标志。嗣后科第蝉联，诗礼传家。胡渭卒，赠文林郎、大同知县，归葬乾元镇大友村坞丘圩。侄胡会恩幼从其学，中康熙十五年(1676)榜眼，与邑人徐倬同授翰林院编修，后官至刑部尚书，康熙帝曾赞“渭所教出者，人才如此”。胡渭的家学由嫡孙胡彦颖继承，胡彦颖不私，去国还乡，办起了清溪书院，为首任掌教。

俞樾为清溪书院讲堂撰过一副楹联："合天目苕溪诸胜，龙飞凤舞而来，钟育英才宜此地；承胐明方虎之遗，经求文章相望，续修旧业在群贤。"方虎，徐倬也；胐明，即指前辈学者胡渭。

清柳遇绘《胡渭小像图》

傅云龙与俞樾的交集

近来看电视，随便转到一个频道，总能看到热播的清宫戏，银幕上的清朝官员似是一个模板里刻出来的，无外乎是些愚顽守旧之徒。说实话，我对他们，没有什么好感。直到有一天，钟管中学的潘达三先生无意中向我说到，他的祖父傅子桐曾被傅云龙请到乡贤祠，两人有过一些交谈，就在傅云龙返乡扫墓的那年。他幼时，在乡贤公祠里读过两年书，亲眼见到傅云龙的父亲傅爕梅、傅云龙和夫人的遗像就挂在中堂。当读不好书时，先生就要他们面壁思过，默思自己的祖宗死后有知，将会如何看待自己不肖的行为。这一说，随即引起了我的兴趣，一则傅云龙实在不是一般的人物，再则乡贤祠的环境和书院的环境颇为类似。

傅云龙(1840—1901)，字懋元，二十七岁后号醒夫，别名纂喜子，德清县钟管镇尚博村人。光绪初年入京为兵部郎中，得湖州同乡沈秉成提携，参修光绪《顺天府志》有功加三品衔。光绪十三年(1887)，以第一名成绩考取清廷出洋游历大臣，赴日本、美国、加拿大、古巴、秘鲁、智利、巴西、厄瓜多尔等 11 国考察。在考察途中，他给自己定下三个原则：一不拾人唾余，二不拘己成见，三不旷日因循，马不停蹄地编纂并刊刻游历各国图经，向国内引入“警察”等新名词，介绍华盛顿等要人。归国以后，他轰轰烈烈地投身洋务办实业，先后任海军衙门帮办、京师神机营机器局总办、北洋机器局总办等职，参与创办北洋水师学堂，主持开炼中国第一炉好钢，研制出无烟火药枪弹，以此警醒国人并自醒：中国必须主动地向近代化社会转型。对于傅云龙的一生，俞樾给过他很高的评价："真旷代逸才而中朝奇士"，并认为"此可为吾中国得人幸，非徒吾邑之光也"。

说到傅云龙与俞樾的关系，外界似乎只知两人是德清同乡，殊不知两人还是难得的知音，私下经常通信，在信中称兄道弟，浙江图书馆藏有《纂喜庐存札》。纂喜庐，是傅云龙为自己的藏书处取的名字，他有一方藏书印颇有意思，曰"云龙眼福"。更意想不到的是，两人在日本汉学界都有较高声望，唯一的差别是傅云龙到过日本。俞樾在苏州有一座属于他的曲园，傅云龙在北京也有一处宅子，名丰本园（据《湖州府同乡京官住址单》，"兵部傅老爷云龙"住"□□砒大人胡同东头路北小胡同内车门"）。丰本园三字即为俞樾所题，附跋："亦见务力根本之学，不徒以枝叶之辞胜也，则悳滋甚。"不仅如此，俞樾还为嫂夫人和贤侄女的安砚之所"红余籀室"书联："也对泠然亭畔月，未归余不溪边云。"（傅云龙撰句）傅夫人姓李，名端临，字藕青，号更生，乌程人，同治三年（1864）嫁入傅家，与丈夫同探研文字，酬唱奉答。她的诗洒脱超迈，即便送夫出洋亦少见儿女情长语。傅云龙出使归来忙于著述，她经常为他检书、抄录，使之顺利完成各国图志。平日则手执《尔雅》教子女读经识字，著有《红余籀室吟草》《女艺文志》及《续小名录》。还精通医理，明药性，治法多奇效。傅女范淑（1868—1930），字藜痴，自幼承母教，善吟咏绘画，还旁及医学，曾因割股疗亲传为美谈，朝廷赐旨旌孝，俞樾有诗赞之，民国《德清县新志》有传。

那个时代的人都有一个园林梦,因为时局就摆在那里,好不起来了,毋如坚守个人家园。或者浪迹天涯,以四海为家,“莫愁前路无知己”。傅云龙或许羡慕俞樾在苏州、杭州各安有家,“吴下营曲园,湖上为小曲园”。小曲园,即杭州俞楼,不出门也能游西湖,傅云龙早就想来看看了。据《傅云龙日记》载,光绪二十六年(1990)十月初三日,“是日微雨”,“过湖心亭至三潭印月,牌坊额曰‘小瀛洲’。过曲桥至‘亭亭亭’,联曰‘记故乡亦有仙潭,看一样湖光,添得石桥长九曲;至此地宜邀明月,问谁家秋思,吹残玉笛到三更’”。傅云龙看得仔细,书此联者正是俞樾(一说是俞樾弟子沈肖岩撰)。“又至中堂,额曰‘柏堂’,注云:‘柏植于陈,堂建于宋,年久迹淹。因将蒋公祠得其故址,筑堂补柏,为书此额。俞樾记。’”傅云龙将湖上俞樾或撰或书的楹联逐一抄录,真不知他是来游西湖,还是来访老乡的。《傅云龙日记》在同一日两次写到了俞楼,“过俞楼”,“又至俞楼”,足见傅云龙很想约见一下该楼的主人——此时俞樾尚在人世,正在苏州俞宅弄重孙。傅云龙于是感叹,“春在异乡容易老,书能多读不妨痴。团圆滋味离方觉,醉梦生涯到始知”。试问世人中,谁是“醒后看”? 别的人不说,他的两个老友,俞樾一直做着局外人,一向热衷于改良救国的李鸿章也老了,不再躬身入局,还能指望何人!

傅云龙晚年三次返里,祭扫和修葺祖坟,并为入祀乡贤祠的父亲建造祠堂。落叶归根,他明白自己的来日已无多,应该在故乡找个归宿。未曾想,没过多久,就传来傅云龙病故上海的消息,享年六十二岁,朝廷给了一品封典,归葬钟管。

畏友戴望

清咸丰同治年间，德清曾出两大经师，一是俞樾，一是戴望。可惜天不假年，戴望三十七岁就归道山了，葬湖州仁皇山东麓，其死而无子，著有《谪麟堂遗集》。以故时人恒感戴望是前辈，俞樾为后辈，而不知其实恰相反。邑人俞寰澄幼闻戴望故事，晚年撰《德清戴望传》，称“如戴先生者，奇才也，志士也，不当仅以经师称”。

戴望(1837—1873)，字子高，号促欣，天资高迈，邃于经学，守汉儒师法，世称“小戴”。人云，名师出高徒，在戴望这里，可谓高徒出名师。《清史稿·俞樾传》称戴望为“游于俞门下者”，实际他不只入了俞樾门墙，且属于那种“戚长依依似友生”的关系。俞樾著《群经评议》，每与商定甚有裨益，得知他羁旅江湖，多次致信慰问：“未知今年究馆何处？念之念之。”说来也巧，戴望的父亲戴福谦，道光举人，系俞樾在寓居临平镇开蒙时的塾师，同时是俞樾外祖母戴太夫人的侄孙。因此，戴望也即俞樾的表侄。

观戴望的科名不过诸生，职级亦低，仅充曾国藩幕僚，在金陵书局校勘经籍。但当时文人名士多识戴望，见所论著，推服无异辞。戴望之可畏在有实学，一生转益多师，又荟采群说；兼有真才，善证诸书之谬，且能间附己意。颜元死后一百五十年，他对其学说予以研考，写成《颜氏学记》；继述《公羊》以赞《论语》，作《论语注》，被俞樾称为“一家之言”，对后世有相当深远的影响。因戴望好读先秦古书，且熟悉版本，俞樾曾请他代为择今世经学要籍，得书单九十四种，又附列宜补刻、重刻等意见，然终未见用，一直被俞樾珍藏箧中，录于《春在堂随笔》，以待后人偿其愿。

戴望喜欢独处，有洁癖，不出仕，不求显达，似乎不太合群，世人妍笑以为狂，他却自乐其真，无所忌惮。有时，他也真是轻浮了些，愤世太深。在金陵书局，他与曾国藩论经学，因意见不合，便拍案大骂：“曾涤生如此不通，也配谈经？”曾国藩大度，笑而避之，道：“子高又发疯了！”

清人冒鹤亭《孽海花闲话》载，毛西河批校“四书”，刻一木人，题曰朱熹，改一错，则敲木人一下，曰阿熹汝错了。戴望亦爱攻朱子，供职金陵书局期间，著《论语正义》，得一新义，则往学宫，对朱子牌位溲溺（即撒尿）。书局提调洪汝奎恶之，向两江总督马新贻打小报告，戴望被遣归。待马新贻被刺，曾国藩复督两江，询戴望何在？底下人说，他被炒鱿鱼了，且以其事告。曾国藩觉得书生可怜，复招之入书局。戴望再到书局，洪氏不把他当同事看，借故扣发其一个月的薪水，致使戴望大为生活所窘。曾国藩病逝，戴望前往吊唁，对管事的洪氏语，今天你应以宾客之礼待我，我离开时，你要送到门口。洪氏无奈送之，过台阶，忽听戴望转身道：“立直，候我溲溺。”此话一出，弄得洪氏无计可施，只有甘拜下风。

又，李慈铭《越缦堂日记》云：“戴望，湖州府学生，游乞江湖，夤缘入曾湘乡偏裨之幕，尝冒军功，诡称为增广生，改其故名，求保训导。又窃军符，径下湖州学官，为其出弟子籍，学官以无其人申报，湘乡大怒，将穷治之，叩头哀乃免。”戴望在曾国藩幕下，备一食客耳，但李氏的日课所记，未必忠于事实，不能全信。

这就是戴望,“衣褐怀宝”,“诗龙章凤姿”,然其行与世道不入,所讲多与世违,故不得申其志。他一直有隐逸的想法,曾嘱“苕上七子”中的凌霞画《梦隐图》,笔墨萧疏,意境荒寒,非孤往绝俗之人不能赏。“七子”中的姚宗诚看罢此图感叹:“子高谋隐不得而托之梦,梦不可必得而托之图,其思益玄而其情益可悲矣!”不想,这《梦隐图》成了戴望的偈语。闻曾国藩去世,他如丧考妣,因悲伤过度致病情加重,呕血不止,手上另一篇《尚书述》尚未完成,就卒于书局。

每当想起小戴,脑海中总会浮现出两幅画,一是倪云林的《六君子图》,一是《梦隐图》。殊不知,《梦隐图》是《六君子图》的柔弱版,也是清季文人心境和情结的一种真实写照。画是如此,人何以堪?

清凌霞绘《梦隐图》(画中人即戴望)

第三辑

艺文

丰子恺的德清缘

世事人生都在缘，画亦有缘。暑天读《新月如水：丰子恺师友交往录》，身虽热心却迅速静了下来，而后若感有凉风。作为爱书者，还有什么能比置身这样的情境更为清热解暑呢？

书中写到丰子恺与夏丏尊的交往，当时两人都在白马湖春晖中学教书。春晖的校歌取自唐代诗人孟郊的《游子吟》，作曲者是丰子恺，每当学生唱起这首校歌，莫不为歌词中的母子之爱所感动，为老师们的循循善诱所感怀。俞平伯早年赴白马湖考察即将离开时，为让他留下美好的回忆，夏丏尊特意送给他一匣由丰子恺设计作图的春晖信纸。读过这两段，我轻轻地落下了一份惦思。

丰子恺（1898—1975），笔名 TK，桐乡市石门镇人，故居缘缘堂，可说是我们的近邻，绝非远客。德清县不少人还有幸做过丰子恺的学生。已故老校长、上柏汪霖先生在杭州高级中学求学期间，丰子恺正在该校任教图画课。据汪老回忆，丰子恺在第一堂课就开宗明义地告诉班上诸君："今天我来教大家图画课，只是希望每个同学对学图画有点欣赏兴趣就好了！当然，如果今后你们当中有人能出类拔萃地成为画家，那老师更是感到欣慰和高兴。"这几句话给了汪老莫大的鼓励，促使他后来考进了西湖艺专，学成返乡,历任武康县民众教育馆馆长、上柏湘溪中心小学校长、武康县中学校长,终身为教育事业服务,晚年人书俱老。

石门镇与吾县新市镇不过十里之遥,在运河里摇一摇船,便到了德清,且两地的风俗大同小异。丰子恺在《辞缘缘堂》文中特别提到了故居缘缘堂前挑过新市水蜜桃,当地邮局再迁新市等琐事。说新市毋如说莫干山,20 世纪 30 年代初,丰子恺的胞姐、与他志趣最为相投的丰满女士在莫干山上做家庭教师。1935 年 4 月下旬的一天,他特偕两位"都市之客"乘游览车上山探望。同来者兴致不错,他本人更收获不小,回去后撰写了脍炙人口的《半篇莫干山游记》。文中引述了这样一组对话:

> "你们这里有几份人家?"
>
> "就是我们两家。"
>
> "那么,你们出市很不便,到哪里去买东西呢?"
>
> "出市要到两三里外的××。但是我们不大要买东西。乡下人有得吃些就算了。"

因为车子半路抛锚,恰路边有一座朴陋的茅屋,两位"都市之客"即下车与闲坐在屋前的老妇人攀谈起来。听着老妇人的回答,丰子恺十分感慨:"我们一乡之中,这样的人家占大多数。我们一国之中,这样的乡镇又占大多数。我们是在大多数简陋的生活的人中度着啰嗦生活的人。"遂以此为主题,画了《旷野中的病车》《都会之客》,连图带文发表在该年 6 月 1 日出刊的《论语》杂志。"异乡风物故乡心",二十年后,丰子恺偕家眷重上莫干山,投宿在荫山街荫山饭店。又过十年,他三上莫干山,有人说,他是为构思《护生画集》第五册专门上山寻找灵感的。还有佳话,在新出的《丰子恺儿童漫画选·诗词卷二》中，有一幅“慈母手中线，游子身上衣”诗意图，一个打开的箱子，一位青年正穿母亲手缝的大衣。看来，丰子恺是很欣赏游子文化的。

德清确与丰子恺很有因缘。舒国华(1898—1965)，东阳籍诗人，在浙赣铁路局工作，原居杭州里西湖静江路37号，与丰子恺为邻。新中国成立后，舒国华与长子舒士安寓居新市镇(舒士安曾入新市纸品社，闲则在西河口摆摊修钢笔)。舒家父子与丰子恺书画结交、友情深笃，《丰子恺文集》收录了丰子恺与舒家父子的七封书信。1965年，舒国华病逝，丰子恺手书“诗艺长存”挽幛，以资悼念。据说舒家藏有不少丰子恺的画作，“文革”后，丰子恺之女丰一吟特意找到舒士安，欲寻父亲画的下落。舒士安竟保留着丰子恺八幅台湾风情画的印刷品，使见到遗珍的丰一吟喜出望外。1986年，在镇文化中心工作的韦秀程在新市发现了丰子恺与舒国华合作完成的《丰舒诗画集》和《蓬莱诗画集》。经几年整理研究，韦秀程主编的《丰子恺漫画集》于1990年11月由台南王家出版社出版，张令杭题签。翻看《漫画集》，不难领悟丰子恺所谓“有生即有情，有情即有艺术”的真谛。其实，一言以蔽之，艺术需要与人生密切相关方好。

费新我在德清留下的墨宝

费新我是现代著名画家,也是以“左笔”蜚声中国书坛的书法家,可谓书画俱精。

费新我(1903—1992),湖州南浔人,寓居苏州,晚年求字的人踵门不绝,日常生活几乎被打乱,每天信来人来新事情来。纵然他身体尚健,又为人谦和,总不免为事所迫,疲于应付。尽管如此,但费老对于要做的事一点不马虎。1984 年的一天,湖州市图书馆学会组织会员赴苏州、常州等地公共图书馆参观学习。同行的德清图书馆馆长潘鉴秋忽然想到费新我的家在苏州,住原干将路二百九十一号,机会来了,此行是否可请费老题写馆名,为我德清再留墨宝?潘馆长记得 1963 年德清筹办历代书画展期间,苏州方面因有费老的帮忙,征得作品最多,费老后来还亲临德清指导,留下了许多墨宝,可惜这些作品“文革”中毁掉不少。

于是,潘鉴秋找到了费新我内侄、时任湖州市图书馆馆长萧德润先生,托他恳请费老为德清图书馆题字。热心的萧馆长满口应承,约定趁工作之便,由他先至费老家中拜访,征求费老的意见,若费老口风较松,潘馆长再与之同往,当面提出为德清图书馆题书馆名。

抱着试试看的心态，萧馆长来到费老家中。可讲到德清，费老很不服气，当年在德清他的法绘《俞曲园造像》，不仅被指责为封建遗老歌功颂德而遭焚毁，还成了他当年的一大罪状，他本人被批斗得很凶。“姑父，这种事都过去了，已经弄清楚了。眼下德清要建一个新图书馆，特意请您写几个字。”文化人对图书馆有一种天然的感情，弄清来意后，费老略做考虑，由衷地说：“我明天写。”

次日，萧馆长与潘馆长同行。进得石库门，穿过天井，有一个客厅，费老正在里面的一间书房写字。费老执笔很低，接近笔毛，先后写了两张竖的条幅，都不满意，没通过，揉皱了纸，丢在书桌一边。直到第三张，写完后，他朗声道“就这一张了”，并欣然落款“新我左笔”。随即费老喊夫人萧常娥取印章盒子来，他打开后挑了一颗名章“新我”，在条幅一角揿了下去，大功告成。是日为 1984 年 10 月 23 日，潘馆长对这一天的印象特别深刻。

展观费老的这幅佳作，颇显“我随笔势，笔随我意”的意境，与图书馆的文化氛围甚吻合。回德清后，潘馆长即着手请县文化馆美术干部冯缵鑫据费老的字制成木牌，悬挂于德清余不弄图书馆前，墨光照人。回忆这桩三十年前的往事，潘鉴秋的心情至今非常激动，这不是一件一般的艺术品，而是费老的一颗心。

“我请费老写字，那点土产还是他侄子老萧带去的，没有送红包的事。”这样的真情交往令今天的人难以想象。为善最乐，诚如费老的一篇文章《漫谈老而不老》里所写：“思想不妨开朗些，新一些，‘新’就是不老。尽可能对社会做出一些劳心或劳力的贡献，可以心安理得。”

附记：

1935 年夏，费新我上莫干山避暑，得知友人在上柏山中购地造屋,就下山拜访。恰闻沪上画家陆俨少也在此买地,于是两人约定同做“墨耕笔樵之山人”。费新我对陆俨少非常仰慕,在邂逅上柏的日子里,他们相约闲步竹径丛林,或切磋书画艺术,欲建费陆山居长住山林。无奈后来抗战军兴,而重建计划一直搁浅。1988年9月费、陆两人结伴重访上柏福庆坞,费新我曾提议由他出书法作品一百幅,陆俨少出画作二十幅,用拍卖所得资金重建山居,只是这个愿望最后未能实现。

沉醉在陆放的版画世界里

藏书票、私人藏书、藏书楼、版画藏书票馆，我们的故事一开始，即注定是一种亲上加亲的联姻。“藏书票离不开书，藏书票馆牵手藏书楼，这是最好的结合。”（费美珍女士语）2011 年 11 月 28 日，融合了这四种概念于一体的陆放版画藏书票馆开馆，于是莫干山麓又增添了一道古典又现代的人文风景。

从德国到中国，从黄郛到陆放，从西湖到莫干山，这是一组鲜明的标记。其实，对于莫干山文化生态来说，有太多这样的舶来品，后成为莫干山制造。藏书票最早出现于 15 世纪的德国，中国直到 20 世纪 30 年代才兴起制作使用藏书票，目前国内从事此业者约有上千人，但藏书票爱好者却以百倍于制作者的速度增长着。再说黄郛，这位曾在“中华民国”前期历史中举足轻重的人物，于 1936 年春在此地建起一座文治藏书楼。靠山朝南，系四底式独立建筑，楼前这两棵大香樟树即是楼建成时黄郛手植。楼内装修十分典雅，堂中挂有贺天健绘《怀抱思亲图》，两旁挂《怀抱思亲图记》和《文治藏书楼记》，另有庄思缄书赠的一幅立轴“诸葛武侯曰：吾心如秤，岂能为人作轻重！”黄郛夫妇曾在楼中度过了上莫干山以来的第一个春节。七十五年后，一个名叫陆放的版画家的两百余件藏书票及一小部分母版搬进了这里。

也许,山水与人一样都是有情结的。陆放先生是昆山人,而诗人孟郊的父亲曾为昆山尉,此为地理意义的重叠;陆先生因其杰出贡献曾获中国版画界最高荣誉——"鲁迅版画奖",而德清人许仑音(原名蔡思诚,名字见于《鲁迅日记》)的木刻1935年曾入展鲁迅策展的全国木刻联合展,此为人文意义的传递。早在1972年夏,陆先生与美院师生上莫干山小住半月,回去后创作一批作品,初与德清并无关联,德清给他留下的印象是遥远而美好。几年前,他故地重游,心仪于此,欣然创作了《旭光台》《雅居莫干》,又泛舟下渚湖,漫步新市镇,精心刻制了《月照下渚湖》《古镇新市》《古镇雪景》,随后专访孟郊遗迹,为这位伟大诗人量身定做了《孟郊像》,他将这个充满德清元素的系列,取名为《名山·湿地·古镇》。

众所周知,版画是视觉艺术中的一个重要门类,其特点主要是手法概括洗练,形象鲜明,对比强烈。而谈及版画的概念,一般人多报以漠然的反应或不了解的眼光,偶尔有人会指版画是舶来品云云。外行甚至认为版画是"印刷品",这是一个很大的误解。举木刻版画为例,前人总结出了三味:刀味、木味和印味,而水印木刻还有她独特的水味。陆先生在继承和发展水印木刻上可谓集大成者,他的版画借鉴了始于17世纪南京十竹斋的技法,在保留传统刀味与木味的基础上,大胆运用套色宣纸水印中的水晕技法,使作品在艺术表现上达到内容与形式的高度和谐。欣赏陆先生的版画,脑海中会跳出这样一些词:色润、墨晕、层次丰富、气味香、律动,有一种宋词里的清平之美。总之,一饱眼福,叹为观止。

西湖,我是不陌生的。但在陆先生的版画中读西湖,在故乡读第二故乡,这还是第一次,这种感觉就像徜徉在春风沉醉的晚上。陆放先生以"西湖陆"著称于画坛,这些早已成笔在胸的西湖的一情一景给予了他不尽的源泉和灵感。杭州贡院有一副对联："下笔千言，正槐子黄时，桂花香里；出门一笑，看西湖月满，东海潮来。"有媒体记者这样写陆放："天容水色西湖好，何人解赏？陆放。"我的观点也是。观陆先生的从业经历，真够幸运的。1955 年考入浙江美院版画系，毕业后留校任教，数十年与西湖朝夕相伴。他看西湖如照镜子、饮茶、开窗，每天都是如此，俯仰之间、出门在外、连梦里都想念西湖。他深谙潘天寿先生"西湖好看难入画"语，但他不肯作罢，抓住月夜、雨中、雾里、雪后，一幅幅版画西湖得心应手、呼之欲出。"雷峰夕照""三潭印月""断桥残雪""苏堤春晓""平湖秋月"……他的作品里，以堤连湖、湖中有堤，水分、颜色都是活的，意境、神韵难以复制，价值、意义不言而喻。一位读者如是说：西湖的美，他原真来不及欣赏，想她晴却雨，想看朝霞竟太迟了。现在，他这个遗憾可以稍加弥补了，何况这位先生笑言手边有我的小书——《湖烟湖水曾相识》，配着读，绝妙！

最令我敬佩的是，一方费三个月心血完成的母版，每次印完限定的数量后，陆先生即按国际惯例，毁版。足见，他对于此艺术的精益求精、不惜代价和大师风范。今年 3 月中，我在《新民晚报》上读到他论西班牙阿尔塔米拉洞窟的一篇大作，开头有这么一句："在没有科技、时刻面对生存威胁的时代，艺术便已经蓬勃了起来。"艺术虽有门类之分，但精神追求是一致的，大艺术家的心灵必须敬畏、感恩如此。

方寸觅真趣，书票映书魂。藏书票作为版画的一个有趣分支，既美化图书，又传达给人一种健康、优美、科学的情操。藏书票的图案取材非常广泛，著录的信息包括藏书者姓名或斋名，以及国际通用的拉丁文"EX—LIBRIS"字样，表示私人专属。陆先生善于通过面容领悟命运，透过眼神传递心理，所创作的每一枚藏书票都图文并茂，妙趣无穷，具有极高的辨识度。譬如《巴金藏书》一枚，以夸张变形的手法，创造出的巴金形象既有脸谱特点，又有寿星风貌，高大的脑门象征着这位世纪老人的智慧。同样给人过目不忘的印象的还有《三毛藏书》与《琼瑶藏书》。三毛一枚，绿衣的台湾作家三毛鬓边红花似血，竟预言了她红颜薄命的结局；至于琼瑶一枚，纯以风月描绘，只题“青春小鸟飞去不回来”（小鸟二字为鸟形），想到琼瑶所编织的爱情美梦对中国大众文化和娱乐生活有很大的贡献，那些年我们的记忆跃然纸上。唯有《鲁迅藏书》，他刻画得最规规矩矩，且不只一枚，为何？他这是在向先驱鲁迅致敬。最后，想特别提一下陆先生为自己设计制作的两枚藏书票——猴票。顾名思义，陆先生的生肖是猴子，加之他深爱京剧脸谱，又能融会西方漫画元素，所以他的自刻像颇有孙悟空的形象在。而他正是用一双火眼金睛摄取现实世界里的千变万化的。

陆放作品《孟郊像》

魏兰与白话

近日，在网上读到一篇老版的《浮云集序》："余观夫魏子辛亥革命之后，功成不居，身抱士元之才，屈居百里之职，人皆争为魏子惜！"序中的魏子，即魏兰（1866—1928），字石生，号浮云，丽水市云和县人，幼怀大志，不作命考之题，"碧血丹心仰岳王"；中年出游，两次东渡日本，六载常驻南洋，北上燕都，西达汉水；辛亥革命后担任过浙江临时政府参议员、都督府上校参谋长、永康武康长兴三县知事、上海铁路南站税务局长等职。袁世凯复辟，他以救国储金团浙江省代表的身份参加在上海召开的全国联合会，积极声援讨袁运动。《浮云集》是他以浮云为笔名创作的旧体诗集，1917 年在上海出版，其诗如浮云流水，自得天机，无雕琢痕，易懂。

对于辛亥革命，魏兰是出过大力，应记大功的。早年他与蔡元培、陶成章等在上海发起成立了光复会，而后往返奔波于浙省各州府筹建革命组织，团结和联络各会党，致力于推翻帝制、创建中华的伟大事业。其间，他荡尽祖业，倾尽全部才智，冒着牺牲性命之代价，诚如他本人所说："小人之攻我，手枪之击我，爆弹之掷我，在所不免。"然而，魏兰在辛亥之后政坛上的表现太让人意外，多数要人、元勋的官职越做越大，他却一再下行，直至身退。他是在 1913

年夏到任武康知事的，时民国新立，封建枷锁仍然坚固，关键当时民智未开，以为今日事换了龙旗改插五族共和旗便了，其余一切照旧。为此，他在各种公开场合积极传播新思想，鼓励民众参与建设新社会，同时倡导新风尚。他很亲民，不打官腔，讲剪辫、禁烟、卫生等问题好像做脱口秀节目。他在武康任上，辑有一本《武康宣讲稿》，而今翻出来重读，仍不觉有耳目一新之感。魏兰可谓近世中国改文风的先驱。兹录《武康宣讲稿》中《剪辫》一篇：

辫子这样东西是很不好的，我们中国人本是没有辫子的。你看戏台上做戏，我们中国人是没有辫子的；你看图画上，我们中国人也没有辫子的；孔夫子是你们最相信的，孔夫子也没有辫子的。

这个辫子放在这里很不好的，有好的衣服穿起来，那个辫子托在背上，几天功夫那个衣服就拖龌龊了。做起事体来，这个辫子忽而走在前面，忽而走在后面很不便的。如果到毛厮里去解手，那个辫子拖下来一时不留心就要拖到粪里去，你看龌龊不龌龊。还有一种事体这个辫子更不好，譬如同人家打架，他们没有辫子，我们有辫子，他们能够拖我，我们不能够拖他。一打就打输了是不是？这样讲起来，这个辫子还是不要他的好。快些剪了去，你们为什么事体不肯剪了去呢？

有几个种田的人对我讲，他说这个辫子剪了别样都好，就是不能够戴箬帽。哎！你们实在不聪明，这个是很容易的，你只要把那个箬帽上的绳索儿放在前面，扣在这个喉咙底下，就是有很大的风也不能够吹去了是不是？

辫子剪了，有什么好处呢？好处多得很，辫子留在这里是很龌龊要生毛病，辫子剪了我的头天天可以洗，洗得很干净，又不会生毛病又不会臭，你说好不好？这个头发可以保护脑髓的，如果剃了头风吹来，这个脑髓一定把他吹坏。慢慢的就要生毛病，人要呆了一半，命也短了几年很有害的！如果不剃头辫子剪了，头发留一点点，风又吹不进可以保护脑髓，天天可以洗，命要长一点，臭也不臭，你说好不好？这样讲起来，你们这个辫子总要剪了得好！

讲述剪辫子之利弊的文章不算少，但如魏兰这般将剪辫作为专题又有段子的演讲不多见，使百姓深感到辫子"如绳索、如锁链、如兽尾"，莫不争先恐后咸与革命，剪掉辫子，还我大好之头颅。可以说，就中国人的日常生活而言，民国就是从剪辫子开始的。举丰子恺的《我的少年时代》和夏衍的《辛亥杂忆》两篇文为例：

民国光复之初，我正在高等小学读书。一位已剪辫子的先生在上课时对我们说："我们汉人本来没有辫子。二百余年前，满人夺了我们的土地，强迫我们养辫子，不听号令者死罪。我们屈服了二百多年。如今大汉光复，我们倘再保留这条辫子，无异甘心为人奴隶。大家赶快剪去！"我们一班同学少年听了这番话，个个感应，没有几天，大家脑后拖着半尺多长的头发，戴着鸭舌头帽子，活像现今戏班子里的花旦下台时的模样了。

（丰子恺撰《我的少年时代》，原载《少年周报》1937 年 4 月 8 日）

……最轰动是剪辫子这一回事了，我以一个偶然的

> 机会，光荣地开了风气之先，听说光复了之后要剪辫子，一位恶作剧的表兄和我开玩笑，说你的辫子粗而短，不好看，剪了吧。我本来就讨厌这东西，便毫不迟疑，未征母亲同意地剪掉了。当时杭州尚未光复，一般人还不能肯定革命党一定能够成功，因此母亲便和那位表兄大大地闹了一阵，结果表兄说着“要杀头我陪你”，生了气便一剪刀将自己的辫子也剪掉了。
>
> （夏衍撰《辛亥杂忆》，原载香港《华商报》1941 年 10 月 11 日）

在未读到魏兰的《剪辫》前，我以为丰子恺和夏衍的这两段剪辫的回忆已经写得很出彩了，但两者比较下来，魏兰之文略胜一筹，难能可贵。他的宣讲真的做到了明白如话，非以虚文取胜，而以实见著称，百姓完全可以知之，响应之，效法之。不过，后面的考验是，叫百姓剪掉头上的辫子很容易，要他们剪掉落后思想的“辫子”却很难。

公余览胜，惜魏兰在武康没有留诗，却有留石。防风山蝙蝠洞内的“魏兰来”摩崖，我在上中学时就有幸一睹为快了。别具一格的古隶体，飘逸潇洒，豪放不羁。同行者皆不以为然，反问道：“魏兰来”三字与“某某到此一游”有什么两样？但我不这么看。魏兰的身份是有点特殊的，他是知事，可以不必直呼姓名。他还是诗人，完全可用诗语来表达情怀，哪里会词穷到要用一个“来”字。结论大约是，魏兰是勉力为之的开明绅士。2013 年 4 月 12 日，我在参与拍摄防风文化影像资料时，于防风山半山腰一眼发现了一块“魏兰又来”勒石。我当时兴奋极了，同时又心痛不已。这么一位近代史上重要人物的遗迹，竟被当作迎客石，简直太屈尊、太漠视、太冷落了。

蔡宝善的身后名

夕阳楼外烟初暝，林梢蓦见蛾眉影。今夜泊清溪，板桥流水西。

醉歌怜独客，归梦江潮白，潮白晓星寒，愁人千万山。

这首《菩萨蛮》，其写作地点在清溪，即德清余不溪；考其作者，姓蔡名宝善，有点眼熟的，确实也是德清籍知名人士。

蔡宝善（1869—1939），一名震，字师愚，号孟庵，祖籍德清，生于江西，曾参与修撰《德清蔡氏宗谱》。光绪二十七年（1901）举人，光绪二十九年（1903）经济特科乙等及第（俞陛云是同科甲等）。在清末的官方秩序里，蔡宝善任过京师大学堂庶务提调、陕西五个地方的知县，巡抚曹特保其贤良，吏部考为州县事实最优等。进入民国，蔡宝善先在内务部、平政院、全国选举资格审查会等所属机构效力，后期主政江苏，干过几任道尹，熟悉省情，颇有政声，晋给二等嘉禾章。然正值壮年，他表示倦勤，也不回德清老家，卜居苏州沧浪亭畔蜜蜂洞，与人缔结词社，诗酒唱和，不问俗务，足迹略似南宋词人周密。著有《观复堂诗集》《听潮音馆词》《沧浪渔笛谱》。《民国五百家词钞》收有其词。抗战爆发，他避居上海，日伪政府几邀他出任显职，悉被拒绝。1938年曾返德清县乾元镇溪东街莫宅小住，以解思乡之愁。翌年病故于上海，享年七十一岁。二子蔡谦、蔡晋均大才。

蔡宝善秉性耿直，不喜逢迎，一生交往的人中不乏贤才俊彦。沈小沂与他是总角之交。小沂名兆祉，在袁世凯的北洋幕府任总统府机密，以结交各省文友著称，人赠“小智囊”。袁世凯死，小沂旋逝。蔡宝善哭以联曰：“是纵横捭阖之才，睥睨到时流，也如太白当年，雅有狂名惊海内；从陵谷变迁而后，凄凉悲故旧，一样兰成身世，只余辞赋动江关。”字字实录，情文并生。

不错，蔡宝善虽是官员，本质上却是一个骚人，以所得山川清淑之气发而为词，芬芳悱恻，殆如塞雁唳秋，哀蝉咽露，有南宋遗音。他自比词之三境界曰绿芜秋雨、箫心剑气、瓶笙花影，字面那样简单，含义却异常悠远。譬如苏州的园林，私以为其最美之景色在晨、昏，当薄雾笼着，或霞光初照，眼看心也想，“三生花草梦苏州”，骚人只消一双青眼，便足以看尽园中的风韵、风情与风流。可惜现在对游人开放的时间里，绝见不到此等美景。蔡宝善生前刊印的《听潮音馆词》，卷首有余姚邵启贤题词。苏州才子吴梅更填《甘州·读蔡师愚〈听潮音馆词〉》向词林隆重推介宝善，形容宝善的词是“重吊吴宫遗恨，铜辇梦秋衾”，为人“低首藏人海，肝胆森森”。试想，蔡宝善晚年侨居苏州，学曲园老人，一方面正是移情于此，傍沧浪好洗足；另一方面也是贮灵于此，愿“樽前携手，花下题襟”，“同抚瑶琴”。怎奈他没能老在苏州，现在他住过的蜜蜂洞也没有了。

沈尹默可谓蔡宝善的小友。蔡宝善工书法，挺拔遒丽，结构方整严谨，富有魏碑笔意，德清望族堂额多出自其手笔。沈尹默二十岁时与他相识，始闻包世臣的碑学论。当沈尹默自费赴日求学，蔡宝善致信在日留学的同乡许炳堃代为关照，可见爱才之甚，两人多有唱答。几十年后，沈尹默撰文《我和北大》，还特别忆及这位前辈："当时，有一位在江西出生的浙江吴兴人蔡宝善在陕西做候补县官，因同乡关系，蔡写信给在日本留学的许炳堃，托其照顾我和兼士。抵日本时，炳堃特来迎迓，从此订交。"

蔡宝善富藏书，以诗词集为多，间有善本。自他去世，苏州蜜蜂洞所藏皆插架无恙。到 1940 年 6 月，《苏州新报》有报道称《蔡宝善藏书已全部流出》："最近其家属，已将此项遗书，扫数卖于旧书商，得代价为六百元，随为北京旧书掮客，将其中精华，选去装运往北方，而其选余，则由苏书店零碎卖出，其中尚时有善本或精抄本可得云。"据在苏州某杂志社工作的黄恽云："（苏州）护龙街某书画店，收到大批联轴，内中均系名人手泽，蔡氏一生好古，仙去未久，所藏诸件，已易其主，不禁有十年桑田之感。"今蔡宝善去世不到百年，其人无闻，其藏品无寻，大概与他生前"虽富收藏，而不以收藏名"有关吧。

由几幅画想到蔡振华

春节又近，看到老县城街边小铺里贴了几幅颇有年味的画，不由地想到了已故德清籍漫画家蔡振华先生。

看老画报，可窥见中国娱乐萌芽时代的缩影。新中国成立不久，带有醒目标题、明快风格、写实题材的宣传画，配合群众运动出现了空间的繁荣。蔡振华即其中的佼佼者，如他在 1959 年所作《民间灯彩展览会》，很接地气。一小女孩骑在走马灯上，胸前戴一朵红花，手挥一根柳条，追逐嬉闹着，融合了浓浓的中国传统味儿，人见人爱。

20 世纪 80 年代影视类年画喧嚣一时，许多经典画面开始集中涌现。比如蔡振华的《亿万金星贺新年》，一个儿童背一把吉他，旁边跟一个小狗，背景是满树小星星，充满童趣，又不乏当年金星共产主义儿童学校的身影。进入 90 年代，传统年画尤宣传画已淡出市场，但蔡振华有一幅《明年谁接班》，画得极为出彩。生肖羊、猴、鸡、狗、猪，“团”在一块方毯上，正中一只吉羊信步走来，一个灵猴伸手欲夺其红盖，方寸之间，妙趣横生。此画当为 1992 年猴年新春所作，真“稚子之戏耳”。此时的蔡振华其实已年近八十，这份童心极为不易。据说他九十岁时，因目力衰退，连签名也一改再改，却终放不下手中画笔，在他笔底线条粗放、抖动，依旧透露昔日功力。

蔡振华(1912—2005)，出生于德清县乾元镇敏仁弄蔡家厅，门悬“是亦为政”四字。因父亲蔡经贤在杭州创办虎林丝织馆，蔡振华三岁便随父举家迁杭，住杭州马市街紫金观巷，家中配有保镖，轿车接送，很是神气。童年，他常陪祖母外出看戏，对戏台上的人物扮相很感兴趣。到了上学的年纪，他即大量阅读了外国旧杂志中的漫画，得知《上海漫画》创刊，就专门订阅了一份，并尝试着给编辑部投稿。十七岁那年，他考入了国立西湖艺专，成名作《国立艺术院教授群像图》。毕业后，他在上海几家大公司做工商美术设计，备受广告界和出版界注目。之后，进入上海市立剧专和私立上海美专任教，在此期间加入上海市美术工作者协会，大量创作漫画和宣传画。1954 年加入中国美术家协会。他各个时期最著名的漫画当属《哥伦布:“孩子们！在我发现新大陆之前，台湾早已是中国的领土了”》《地位变，外形变，善良不变，人杰也》《书香那及铜钱香》《你敢！你敢！》《驴语》等几幅，端详之，民族精神和文化知识始终是他的艺术之核。殊不知，人民大会堂上海厅和国宴厅的总体装饰设计也是他主持下的作品。鉴于他多年为漫画事业付出的努力，中国美术家协会漫画艺委会特授予他“金猴奖”。

蔡振华的艺术和为人颇得美术界称颂，我虽无缘见一面，却极欣赏同为漫画家的詹同在 1978 年为他画的一幅小像。嘴衔一只烟斗，一副大方框眼镜，眯着眼，两腮微红，不消说这正是一位人民艺术家的憨厚形象。蔡振华曾于 1988 年 4 月至 6 月间给德清图书馆写过三封信，当时他的通信地址是上海市新闸路八百五十三弄二十八号。在使用中国美术家协会上海分会笺的信中，有几行字写得幽默:“像我这样的档案材料，估计别的同志也未见得有类似的材料，积存在手边，所以这样的档案材料既显得孤单，也很突出。”

看得出来，蔡先生对寄赠的这份个人艺术档案是很看重的，档案中包括他的经历、艺术活动、代表作品（部分），总算都略备一格。《讽刺与幽默》杂志曾刊华君武先生短文《老漫画家蔡振华》，称蔡振华的贡献是多方面的，“他在中国漫画的发展道路上，几十年创作了大量的漫画，为中国漫画添砖加瓦”，“实在令人敬服”。2008年元旦，上海人民美术出版社精印出版了《蔡振华艺术集》。谁能说蔡振华的贡献是不突出的？

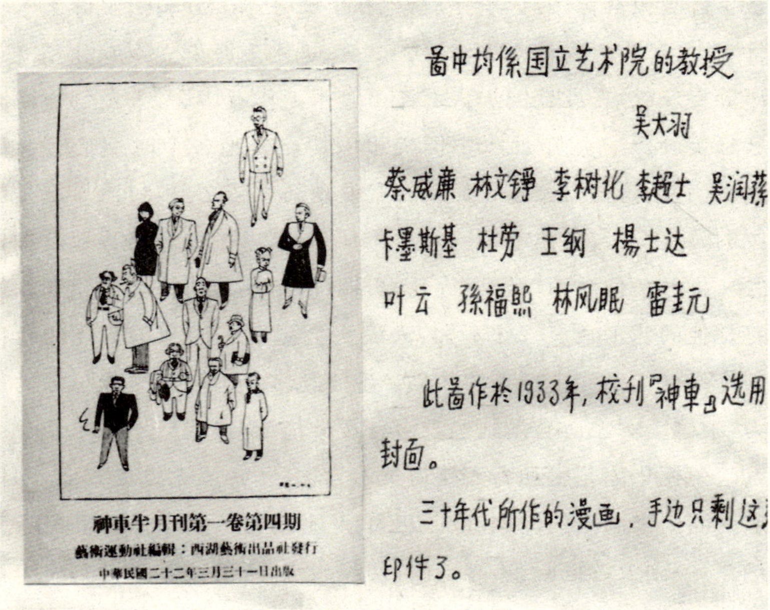

蔡振华漫画《国立艺专教授群像图》并亲笔说明

书魂蔡剑飞

近来有不少回乡探亲的中年人问我，有几年没来，城关镇怎么就改名乾元了，叫清溪也可以么，一条清溪穿城而过，是城关的一大特色，清溪小学就以清溪为名，挺好的。我一时不知如何接话，想起已故蔡剑飞先生对此有一段经典说白："城关镇，现在改称乾元镇，是以山名。乾元山，又叫吴羌山，是汉吴羌、南朝沈麟士隐居之地，过去有德清人不见了乾元山就要哭的说法，因此这个镇名是改得不错的。"

但凡喜欢一点德清文史的人，对于蔡剑飞这个名字，应该不会感到陌生；研究德清文史的人，对于其名，则如雷贯耳。有前辈学者如是赞叹："不管是谁，只要想深入了解、研究德清的历史，就绕不过蔡剑飞，绕不开他编撰的书。"此语足见蔡剑飞在德清文化史上的地位和分量。蔡剑飞一生编著之书多达二十四种，被誉为"德清活字典"。这是他个人的殊荣，也是全体德清人的骄傲。

因为工作的原因，我比同龄人有更多机会接近这些乡邦老人。我尊敬他们，并在与他们的交往中深受教益；我感佩他们，被他们人生故事里、文艺作品里散发出的绵延不绝的浑厚力量鼓舞不已。当我读到蔡剑飞的作品时，他已经走了，但冥冥中，如同他传之后世的作品一样,其研究乡土的精神犹在。经整理点查,德清图书馆存有蔡剑飞校本的《德清文史资料》第一至第三辑,卷首钤蔡剑飞名章,校改处用红字,兼用蓝字,并夹有勘误纸片。当是他数次翻阅、查对之校记,少则一个标点、一两个字,多则密密麻麻一段,不吝自纠当年留下的粗陋,而不少系补记的新材料。经岁月的风尘、汗水、手泽的浸润与摩挲,这些墨迹业已产生一种沉静的幽光。

蔡剑飞(1916—2005),笔名今是先生,生于德清县乾元镇溪东街,系德清巨族蔡家之后。生父蔡子良曾为余不区区长,编过《德清新闻》报,创办有轮船公司。继父为同族蔡丙炎,继母许紫娥是县绅许德修之女。十七岁那年,他从杭州安定中学毕业,又至上海建国中学高中部读书,后考入暨南大学中文系,追随张世禄、郑振铎研读音韵学与通俗文学。因日军占领上海,他肄业回乡,辗转在敌后多所学校任教。抗战胜利后,历任德清县简易师范国文教师、《时事新报》编辑、德清县政府督学、浙江体育童子军专科学校文牍、余不镇中心国民学校校长等职。早在20世纪50年代,蔡剑飞就有《形声字概论》《语法图解初步》两部文字学专著出版,共印一万一千册。但突如其来的变革和多舛的命运,使他在之后的二十年中历经坎坷,受尽苦难:先是被诬下狱,又遭错误批斗,游街,被剥夺了公民权利,在市政工地以做苦力为生。然而即便身处这样艰苦的环境中,他不计较,不介怀,不甘沉沦,仍坚持读书、写字。“青青竹简源源刻,淡淡寒花岁岁开。”正是他经年的工作,整理、挽回、抢救了部分珍贵的文献资料。在编纂史志期间,他几乎每天往来于档案馆和家之间,从馆藏志书里将宋葛应龙《左顾亭记》中“县因溪而尚其清,溪亦因人而增其美”一句提炼为“人有德行,如水之清”,使之既语意直接,又读来上口易记,被公认是对德清县名的美好解释。从1994年起,他每年自费出一部书,陆续印成《鸡冠集》

《鸡肋集》《羌山集》《前溪集》等书。这些书籍，或辑佚历代德清文献，或记录自己的人生见闻，实为德清现当代历史与风俗的真实存盘。

几个月前，在徐克政先生处，我问到了蔡剑飞之子钟小平的地址及电话，得知蔡家尚未搬家，只前几年“走了一次水”（即失火），毁掉了一些东西。闻之，我好心痛，但愿蔡老遗著与藏书无伤，于是决定择日拜访钟叔叔，将未入藏的著作尽可能补齐。若能从蔡家书房中寻见其他有关德清的文献，哪怕是散页片纸，则当属意外之大喜。

钟小平是蔡剑飞的幼子，跟母亲钟念慈姓。谈起父亲，他像打开了话匣子。父亲待人的谦逊和蔼、对知识的海量储备与灵便运用使他领教了什么是为人治学，更难能可贵的是，父亲年近九秩还时刻关注县内文化建设，为晚辈楷模。“不管是多久以前的事，还是最近发生的事，父亲脑子中都装着，一般的老人都是记得陈年往事，但他对新近的事也记得很清楚，这可能真是一个特例。所以遇到什么疑难问题，埋头查书不如直接问他方便得多。”2005 年 10 月 10 日，清晨 6 点，“德清活字典”化作了一缕书魂，享年九十一岁，留下一部书稿《德清县人物史料专辑》。为完成乃翁遗愿，钟小平于翌年 9 月代为出版了此书。我向钟先生提及该书图书馆还没有收藏，他一再说抱歉：“应该早点送的，我竟忘了，书已经不多，你先带一本去，其他的我再看看。”

《德清县人物史料专揖》为大三十二开本，橘色封面，配有一幅武康千秋桥的旧照。在此书“蔡剑飞年谱简编（二续）”中，我读到了两条老人赠书图书馆的记载：

2004 年 6 月 14 日，上午赴武康。到县图书馆送去

《民国德清人物志》5 册。

时蔡剑飞老人已八十九岁高龄。

2005 年 2 月 2 日,下午赴武康中兴南路、永安街发书,计图书馆 5 册。

所赠之书为一日前刚印得的《德清县城乡建设志》(增订本)。

此去,我告诉钟叔叔,德清图书馆藏有一部蔡老的《德清故事集》手稿,初稿成于 1983 年 4 月,蓝色钢笔字,写在红底稿格纸上,共一百八十五个页码,1984 年 9 月修订过一次。我读过其中几个故事,譬如《姚恢囚女》一则,篇首云:“德清城关,旧传徐、胡、谈、蔡为四大家族。而在古代,整个武康德清地区的大族,首推姚、沈两姓。姚氏的祖先姚恢,沈氏的祖先沈戎,都是在汉王莽时避乱南迁到这里的。”句子不长,却耐人寻味,至于内中情节俱详实,皆可考出处。说着说着,钟叔叔表示此文稿确为父亲未刊之作,家中无存,意与清溪小学联系,整理、开发为校本读物,让德清的小孩子读德清自己的故事书。

一来二去,可能是我俩年龄相仿,又彼此话很投机,我与蔡剑飞之孙蔡延耀成了好朋友。2012 年 12 月 30 日下午,我从洛舍回武康的车上,拨通了延耀的电话,想在乾元下车到蔡家老宅看看。延耀回道:“来吧,在戴公祠前碰面,不过看了你会伤心的,书都烧得不能看了。”就这样,我冒失地进了蔡家老宅,难以想象,这焦柱残垣里曾是德清第一书香门第,这断砖碎瓦上原摆了蔡剑飞所有的珍藏,竟这么一下没有了,可惜了!人道是,睹物思情,何况无物可睹,我看出了蔡延耀的心思,对于蔡家,这不是败,而是重生。

名媛蔡燧年

因从事地方文献工作的关系，我对于德清蔡家的名人与宅门故事充满了兴趣，每见书报中有新材料，或逢蔡家子孙向我口述家史，我总会据此写成小文，以为纪念。写罢《德清蔡家与俞家的交谊》一文几日后，尹小平跟帖，说她的母亲蔡芗芳是蔡镜莹第四子蔡远焘的女儿，母亲有一个堂姐蔡燧年，是苏州大学教授，已过世，有一些遗物放在母亲家。

尹小平是德清县作协会员，原在建设局工作，编办过几种企业报，与我也算相熟，我叫她尹阿姨。约了几次，未有行动，今日总算如愿登门，看到了蔡燧年的遗物，含各个时期的证件、译稿、照片和友人为纪念她专门制作的光盘等。

蔡燧年(1924—1996)，可谓德清名媛。父亲蔡远泽，字惠臣，号璋石，毕业于北洋大学，后赴美获麻省理工学院和哥伦比亚大学双硕士，曾任北洋公学院首任院长。母亲孙恂芳，系前清状元宰相孙家鼐的孙女。蔡燧年降生时，父亲已改任国民政府财政部盐务稽核所盐务学校校长。得益于自幼接受的是新式教育，又成长于北京、上海等大城市，虽同系出身名门望族，蔡燧年还是迥异于当时在德清的几房大小姐。

1947年,蔡烋年从上海圣约翰大学英文系毕业,执教于清华大学。1951年底,在美国获斯坦福大学心理学硕士,同年进入斯坦福大学胡佛图书馆工作。1953年9月,她怀着对新中国的无限热爱,毅然回国参加建设,任江苏师范学院(今苏州大学前身)心理学讲师,希望于国人有所启蒙于学科有所建树。1957年,因海归的身份,加上教的又是西学,她被打为"右派"。从1960年2月起,她被调入校图书馆"待命"——与其说"待命",不如说是"雪藏"。"文革"期间,她因"特嫌"被长期监督劳动改造。但她毫无怨言,甘坐冷板凳,积极为一线教学和教研服务。一直到1987年8月退休,她的本职都只是个小小图书馆员。

试想,一个有留洋背景的高级知识分子,被安置在图书馆,且不论大材小用,专业不对口,本可能会泯然众人矣,甚或是蹉跎一生。可是,蔡烋年没有,令人意想不到的是,她将图书馆员这份职业做得极为出色。她努力学习图书馆业务,前瞻地认识到现代图书馆肩负着改造社会的责任。默默无闻几十年,她翻译不断,大作频出,在《比较教育研究》《外国教育动态》等刊物上发表译文十八篇;更陆续完成并出版了译著《儿童的智力》(英译中)、《人类的智能》(中译英)、《中学教学法》(英译中,第十至第十三章)、《中国心理学史》(中译英,负责绪论部分)等,译著的稿费都捐给了苏州儿童福利基金会。蔡烋年的闺蜜、苏州大学物理系教授姜光亚这样评价她:她是蔡家的才女,她的文言文、白话文和英文俱好,许多名教授恐都不及。可惜了,她的才能远没有得到充分发挥。

不管是给学生上课、翻译资料,还是做她长期从事的外文图书分编工作,蔡烋年都高度负责、万分认真。整个江苏教育界对她的德业深表肯定,授予她江苏省优秀教育工作者、江苏省三八红旗手等称号。

此外，蔡焌年还担任了大量社会工作。她曾是民进江苏省委委员、苏州市委常委，政协苏州市第八届委员会委员，苏州市女科技工作者协会副主席。平日里忙忙碌碌，一心扑在妇女儿童事业上。退休前一年，她应美国友人之邀，赴美讲中国妇女、儿童和老年人问题，又参加美国的妇女活动，蜚声海内外。

1996年初，蔡焌年做了第二次肠癌手术，然而她笑对人生，在开刀前游了苏州园林，坦然走进手术室，八个月后终命。蔡焌年没有子嗣，她的丈夫是在新疆工作的外文翻译（外人仅知道她的先生姓王），枉死于“文革”中。蔡焌年晚年以奔走、倡导、组织、参加振兴京剧为己任，票友们对她的印象常定格在，她放开嗓子唱完一个剧后笑盈盈地骑着自行车回家。

附记：

2013年12月25日，《德清新闻》副刊载尹小平的《台湾表妹在德清》，文中提到我：“当我告诉她，县图书馆地方文献室有个叫朱炜的年轻人在搜集编撰德清蔡家的人文历史，我有时候在做一点配合他的事情……她动情地对我说：‘有劳表姐辛苦了，替我谢谢他，有什么需要我做的，你一定要跟我说。’”

独破庐主人的词

2010 年元月的一天清晨，我还在梦中，接张炜先生的电话，说有位吴先生要送我两本书，让我现在到他那儿取。于是，便想这吴先生是谁，他要送我的又是什么书？我这样想时已在去张先生家的路上了，直觉告诉我那书一定和诗词有关。

到张先生家时，赠我书的主人正坐于沙发上与张先生闲聊。我早听人说，吴冠民是本县知名学者，研究防风文化，好菜谱，漫谈书画艺术，尤专诗词。因为眼疾，看东西需要贴得很近，故传言他看书从来只用闻。未等张先生介绍，我已向吴先生问了好，双手接过他著的两本书。吴冠民，字越人，和我熟识的张炜、卢前两位先生同是莫干山诗词学会的负责人，青年时就酷爱文艺，中年以后沉浸于诗词，矢志传承传统文化。无论是为人还是为文，三位先生都一样的真诚、净化，为后生的我所敬慕。

细想起来，我和吴先生应碰过三次面，第一次是在县图书馆，彼时他正请张先生校对他的书稿。他看了我写的五绝《乡愁》，口中念着平仄，直说“暮色暗千家”一句最妙。第二次见吴先生，是在张炜、张功华“诗书合璧”作品展后会餐时，我给三位先生敬酒。第三次就是今天，吴先生嘱我为他的词稿写点读后感。

打开吴先生的《独破庐词稿》，七年的光阴，近三百首词的集萃，仿佛眼前一片桑田，没有铁犁的划痕，有的只是美丽的脚印。这是一种诗的描写、赋的叙述、画的点染和曲的抒情，不是严苛的曼声协律，亦非拟古者的波澜老成。都说词以豪放为雄，婉约为宗，可我不知把吴先生的词归于哪派。说它豪放，显然气场有些不够；说它婉约，确与气质不合。我以为它更像宋元之际的曲化之词，雅中有俗，文中带白。

词稿中，我最爱的是几首写秋写月的词。如《桂枝香·秋夜》上阕中的一句“风凉霜降寒蝉叠”中巧把寒蝉意象相叠；《虞美人·秋闲》下阕中的一句“常忧何处寄残生，最慕门前烟柳后溪清”，寄余生于静谧的柳溪。另有一阕《扬州慢·乙酉中秋在伊藤别墅赏月》，词的最后两句我甚是喜欢：“晦景送穷长记，悲苍昊，兔魂蒙尘。愿斯时明月，年年朗丽天垠。”苍昊指苍天，兔魂指月影，词意充满了悲天悯人的身世哀感，但愿景却不见一点悲情，多的是豪迈的明月朗照，是高格。赏读之余，不觉想起苏东坡，想起“但愿人长久，千里共婵娟”。忘了是第几期的《吴越风》杂志上登过这阙词，我依稀记得当时词末一句是“年年朗丽天心”。《扬州慢》原系姜白石的自度曲，双调，四平韵，可通押。吴先生的这阕词所用真、文、元韵同属一部，若此处用“心”字，同样兼顾了平声，可心属下平，和上平毕竟有别，且心在十二侵韵，倘用心字不免会犯出韵，故词稿出版时换用“天垠”。吴老师填词时的缜密与反复推敲由此可见一斑了。

如作者所说，今人填词是根据题旨，在韵脚、平仄、字数、格式等的限制下，运用一系列修辞进行的一种散文创作。我向以为填词于散文写作有益，词虽不是今日流行的文体，却可以化在今日的散文中，成为文中一个清丽的句子，一个短促的强音。读吴先生的文稿，即有此种感觉，读罢有余味，重读有余思。套用余光中先生的观点，就是白以为常，文以应变，俚以见真。白话是当下我们写作的常态，但当我们需要写一些警句发一点议论，完全可以借助于文言和俚语，使文章更见功底，更富生命力。而吴先生搜词炼句的功夫实出于几十年的“细改删评夜已阑，聚神忘却早春寒”。

此外，几阕登临怀古词也颇见气象。如《永遇乐·重到南京》中的“金城霸气，秦淮秀色，雄俊婉柔同注”，一个“注”字激活了南京全部的底蕴。又如《木兰花慢·重阳登云岫山》中的“空苍，渐云出岫，让糅黄点翠满平冈”，“点翠”二字唤醒了云岫山禅意的风景。

合上《词稿》，又看书名，我好生羡慕吴先生有一座独破庐。“莫干握别破庐逢，听雨举杯谈笑中。乘兴敲诗聊慰藉，丹青又寄一春风。”（《独破庐雅集口占》）另他在《雨霖铃·独破庐殉难四十周年》中如是忆云：“清深堂屋，傍城郊处，聚静幽筑”，“念岁岁，冬坐春眠，豆雨凉归好晨读”。独破庐，是他的室名，给了他半生的文化给养，只可惜实体建筑于 1968 年倒掉了。

江南是一首小词，爱词的人都这样说。而吴先生的笔不正是那蜻蜓、荷露、莲子、雨滴？他尽管谦称自己写词还只是在尝试，称不得方家，可读他的作品却无一不合律，无一不是创造！有词江南，愿爱词恋词的吴先生再出新作。

那一滴葳蕤泪

人世间，总有那一两滴葳蕤泪从有情人眼里滑落，如蚌孕珍珠，既浪漫又辛酸。路过湖州师范学院赵紫宸赵萝蕤父女纪念馆，悲伤更深了，想到二人是新市人，纪念馆没有建在新市，顿生一种难以平复的遗憾。

赵萝蕤(1912—1998)是个略嫌凝重和端庄的名字，有一种独到的韵致，这或许与她的父亲赵紫宸对中国古典诗词入迷且研究精深有关。1912 年 5 月 9 日，赵萝蕤出生于德清县新市镇，父亲为她取名萝蕤，典出李白的诗“绿萝纷葳蕤，缭绕松柏枝”，岂不妙哉！赵萝蕤从小深得神学家父亲的钟爱，受到的完全是美国式教育。七岁入苏州景海女子师范，就开始学英文和钢琴，国文成绩优异，这要部分归功于她的父亲。赵紫宸国学修养深厚，在赵萝蕤幼年时，就口授她《唐诗三百首》和《古文观止》，并教她唱歌般的吟诵，这比学校里唱诗班男生的咏叹调要美妙得多。

渐渐地，赵萝蕤在这种中西双修的环境中长成了一个佳人。那年，她剪了美丽的辫子，改以蓬松整齐的短发，收起红绿花边的裤脚，套一身及地的美旗袍，出现在燕园。俨然，她是燕京大学的校花，外号林黛玉，据说追她的人不少，让追求者同时惊艳的是她的诗。她有一首《中秋月有华》(曾发表于戴望舒等人编的《新诗》杂志),含蓄亲切,读了好喜欢。

何以今天我看见月亮,/多半是假的,/何以这样圆,圆得/无一弯棱角

这圆满/却并不流出来,/在含蕴的端详中,/宛如慈悲女佛。

若说此诗太文学家气味,这首《咏月亮》必雅俗共赏,深具现代诗风。兹选最后一节:

这是一颗月亮,/一颗非常寂寞的月亮,/她又可以发亮,又可以消灭。

这是一颗月亮,/一颗非常寂寞的月亮,/她常常激起我的思想。

赵萝蕤不仅富有诗人气质,更是一位一流的翻译家。艾略特的《荒原》一诗,素以艰涩难懂著称,她却独自翻译下来了,并在书中用了近一半的篇幅为该诗作注释。

人子啊,你说不出,也猜不到,/因为你只知道一堆破碎的偶像,承受着太阳的鞭打。/枯死的树没有遮阴,蟋蟀的声音也不使人放心,/礁石间没有流水的声音。……

《荒原》中译本的出版,使她一举成名,但很少人能想到,这位功力深厚的翻译者,竟是一个年轻的姑娘。

虽然身边追逐有人(钱锺书就曾是追求者),赵萝蕤独赏陈梦家的长衫落拓气质,逐赋归与。《万象》杂志曾刊有一张赵萝蕤和陈梦家在20世纪30年代的合影,郎才女貌,或谓金童玉女。当时的陈梦家英武潇洒、风流倜傥,人称考古所的美男子,年少成名,师从徐志摩和闻一多,不到二十岁就出版了《梦家诗集》,为新月派的重要诗人。相识不久,陈梦家就把自己的一张照片赠之,以示爱慕之情。恋爱四年,终于有了结果,婚礼放在燕大校长司徒雷登的办公室举行。赵萝蕤从此名花有主,先生比她大一岁,且志趣相近,又都与诗有缘,所以伉俪甚笃。婚后,陈梦家一直以知友兼伴侣的身份出现在赵萝蕤的生命里。

1935年,赵萝蕤研究生毕业后,转入清华大学西语系任助教;陈梦家在燕京大学做了两年研究生后也留校当助教,发表了一系列学术文章,开始了他的学者生涯。1937年8月,卢沟桥事变发生不久,赵紫宸提出让女儿回故乡避难,陈梦家相伴并偕岳母、妻弟南下,经苏州而达新市镇,住赵家旧屋。在故乡,生活是恬淡、静谧而充满诗意的。赵萝蕤趁清闲,教弟赵景伦读《古文观止》,那时赵景伦刚读完初中上学期。这时的陈梦家走下讲台,远离事务,每晚陪妻在市梢石板桥头纳凉,看黄橙的月亮从桑树头上出来,看远远一条矮矮的山缘渐渐地暗去,看月色留下一片灵智的光明。这样的意境此前仿佛只在诗中。有诗印证:"今夜风静不掀起微波,小星点亮我的桅杆,我要撑进银流的天河,新月张开一片风帆。"(陈梦家《摇船夜歌》)但三个月后,炮火声便逼近新市,他们只得离开这像"罗袜绣襦一样"的故乡。

时长沙正办临时大学,陈梦家应闻一多之约,到此教书。一家人乘公车沿京杭国道到南京,转乘轮船到武汉,再乘火车到长沙。后来临时大学搬到昆明改名西南联合大学,夫妇俩又乘火车南下广州，转香港，乘轮船到海防，再乘火车沿滇越路到昆明。西南联大虽由清华、北大、南开组成，但仍循清华旧规，夫妻不能在同一学府任教。而当时物价腾贵，做教授还不及当保姆收入可观。赵萝蕤自甘为丈夫做牺牲，因而在联大的八年里，她基本以操持家务为主。但骨子里，她终究是一个读书人，即便在灶头烧火时，腿上也不忘放一本狄更斯的小说。家务间隙，也经常写点文章，发表在《大公报》《生活导报》《时事新报》副刊上，她把这段“厨房怨”的日子写得煞是好看，“刻满了悲凉痛楚的想念”。其中有一篇记述故乡新市的《浙江故里行》，“这所旧屋在镇东的市梢头，在一面街、一面河滩、一面桑园、一面祠堂的中间，孤兀地铺设在一片空场上，有大小两座石库门吐出两条石子路，连到街心上……”文笔简朴却将江南小镇的一角描绘得如诗如画。她所不知的是，老屋、故乡发生了太多变化，早已物是人非，只有那颗月亮照例温暖又寂寞。

抗战胜利前夕，经人推荐，陈梦家得到了一份到芝加哥大学东方学院教授古文字学的工作，赵萝蕤欣然同往。不过，作为妻子的她没有过起相夫的生活，而是如饥似渴地独自攻读芝大英语系文学博士。其间，艾略特请她在哈佛俱乐部共进晚餐，诗人即席朗诵了《四个四重奏》的片段，并且在她带去的两本书上题字——“为赵萝蕤签署，感谢她翻译了《荒原》”。三年后，陈梦家先行回国，执教于清华。她迟一年归，回来后特别惊喜。燕大朗润园他们的家中摆满了清一色的明式家具，都是陈梦家亲手搜集来的，客厅里还摆了一架属于她的“斯坦威”钢琴。而燕大西语系，则是她学成归来最好的用武之地。

不料，政治运动来了，秀才遇到兵有理说不清，赵萝蕤明显憔悴了，她有做不完的“检讨”和里里外外的事情。1966 年 9 月 3 日晚，陈梦家自缢身亡，年仅五十五岁。她几度精神分裂。陈梦家是她心灵永远无法愈合的伤口，她试图掩盖但遮藏不了。她自语："梦家死时连骨灰也没有留下，所以我只能是在心里悼念一番。"无儿无女，孑然一身，她突然意识到自己是那个被留下的人，作为劫后余生者应该有所作为。晚年的她坚持抱病翻译惠特曼的《草叶集》来疗伤，以此向这位伟大的诗人和他的事业致意。

艺术悠长，光阴短促，赵萝蕤病逝于1998年元旦，生前出版的最后一本书是《我的读书生涯》——遗稿《读书生活散记》于2009年由南京师范大学出版社出版。如今提起杨绛，家喻户晓，可是换作赵萝蕤，恐怕不知道者居多。我忍不住要问，这朵历经大风雨而仍然挺立、依旧芬芳的葳蕤之花，是否应该被我们记取呢？

赵萝蕤在美国芝加哥大学里弹钢琴

阅读资中筠

中国的老派知识分子，在精神上向有经国济世的传统，孜孜于“以有涯随无涯”，在身体上能坐冷板凳，肯劳己筋骨又饿体肤。他们开阔的阅读视野、舒展的文化结构以及内外兼修的基本功着实令今人汗颜不止。俞锡璇、钟昭华、沈兹九、蔡焌年、赵萝蕤……她们是美而不同的现代知识女性，也是德清读书界的骄傲。

若以母籍论，这一串铿锵的名字后面还应加上两位，即资中筠与张抗抗。资先生，是新市童厅主人童米孙的外孙女，母亲童益君是养蚕里手。抗抗老师，是儿童文学作家朱为先之女，曾以德清的淡水湖洛舍漾为其小说《赤彤丹朱》中的一幕场景。德清是两位的外婆家，两位在斯地实有不少故雨新知。你如能在人前提起这两位的名字就可以震他一下。而我又怎会与资先生有书谊呢？

这还得插播一小段。资先生的外祖父童米孙是俞樾的学生，而我手头正在写《花落春仍在：寻访德清俞氏》一书，年来在南方的报刊上发了一系列有关俞樾的文章，于是便被与俞氏有“亲”者注意。今年 5 月 17 日下午，资先生携女至新市镇参观舅父童润夫的纪念馆，我未能一见深以为憾，故再不能错过向资先生要签名。幸运的是，后一个愿望，经张建智老师的帮助实现了。

资中筠,1930年生于上海,幼承母训,力戒纨绔子弟作风,父亲常敦促她要在政治上求进步。初,她以曾国藩的一副对联"学求其于世有济,事行乎此心所安"作为理想,自燕京大学转入清华园读书后,改以"为学在严,为人要正"(一位学长短文中的两句话)为座右铭。从清华外文系毕业后,具有英法双语能力的资先生,顺遂地进入新中国外交界,曾被调入"和大"(全称"中国人民保卫世界和平委员会"),从事民间外交与国际活动的工作,间或担任国家领导人的外事翻译;改革开放后,任中国社科院美国所所长,以读、写为业,是中美关系学科的奠基人,为国人近距离看美国做出了切实的贡献。更因为一生专注于此,她本人与诸多异域学者建立了私人友谊,一如她笔下的海伦·斯诺几近信仰地爱美国和自己的公民身份一样,她的思想虽比较早地受美国文化洗礼,她的言行举止呈现出的仍然是一位非常中国式的东方老太太。除专业著述外,退休之后的她撰写了大量随笔、杂文,如《"平戎策"与"种树书":——中国读书人的入世与出世》《钢琴与政治》《方孝孺和布鲁诺》《五四运动与〈列女传〉的联想》《我国现代图书馆的先驱——袁同礼》等名篇,"汪洋恣肆"(宗璞语),尽显"70后"的识见、用心、修养和风骨。

学友羡慕我有许多名人签名书,其实我并不特别藏书。倘若藏而不读,或者仅为秘藏而不示人,大约只是低级趣味者之雅痞,算不得真读书人的。进图书馆以来,我翻过的书不下一座小楼,慨叹值得一读的不到三分之一,属于"花果"的更在少数。而读资先生的书,以启蒙享受、传统气节教育和不尽之思,惠我良多。谨录《资中筠自选集》中的几节,并附笔记:

其一:晚生于我的学子,少年时有一段失学,基础较

> 差，但是机会来时仍然风华正茂，有志者还来得及补课，施展的天地要（比我的时代）广阔得多，当然又须经得起新的“世风”的诱惑和考验。

我在中学有过一段不愉快的求学经历，遭遇了一位无德且自以为是的教师，煞风景莫过于此。这些年，我经“恶补”和在“做”中学，在浙江大学取得了在职本科学历，业余出版了一本小书，前辈学友们每以“好学深思、有所守望”之嘉言送我，又不断赠他们的著作予我，真的感谢，唯期他年有所回报。

> 其二：我们不愁没有能言善辩的年轻人，我们需要大力挽救的是一份真诚、执着、追求真理的勇气，乃至傻气。……时至今日，对下一代精英首先培养真诚，其意义想必超过商品的“打假”。

我自己就做过讲解员，景点的解说词倒背如流，听上去内容生动，知识丰富，录下来复听，史实与胡编并行，今古逻辑混杂。这不是一个“煞是有趣”的问题，而是混淆视听。今天的我们缺的正是这种追求真知——超越于“经世致用”的客观存在——的“傻劲”。

> 其三：我经常记起孟子所说：“不怨胜己者，反求诸己”，也就是说看到别人比你强，比你行，甚至于还欺负你，你别怨，应该回头来看看自己有什么弱点。这是一个正确、有出息的态度。

大约从 1941 年起，抗战中民国政府的不少学校都增设了每星期一堂的经训课，推广读经。按资先生回忆："自初一到高一，依次为《孟子》《大学》《礼记》《诗经》《左传》。"像"富贵不能淫，贫贱不能移，威武不能屈""三军可以夺帅，匹夫不可夺志""自反而缩，千万人吾往矣"等儒家之言，幼年就在学生的精神里扎根。反观我们在中学读经，大半是为应试时多对几道文言文题，读没读进去全不管。

> 其四："人文有什么用？"是最常听到的问话。而所谓"有用"又是最急功近利的短期物质或政治效应之用。

抽去人文，人不过一具躯壳，疲于生活之混乱、繁杂，几无情操和灵魂可言，更何谈创造，何来成就？人文是什么？人文就像是我们的精神血脉、素质养成、价值范导。倘若这些无用，我们必然会陷入无所适从，徘徊于自大与自卑之间。

> 其五：我绝对无意反对学外文。只是要强调，一个人的文化底蕴，首先在本国文字的修养，因为文字是和历史文化分不开的。在今日之中国，这一点无论怎样强调也不为过。

把文化造诣念成文化造"旨"，有些人是真无知，还有些人是秀才读字读半边，但毕竟忠于元典不够，因为回避了对根源的探究，不明白其所以然。譬如于丹根据她的教学笔记整理出版的《重温最美古诗词》，书中硬伤不少，堆叠太多。毋如资先生对传统诗词的颖悟与把握：

> [德彪西的]《月光》的确很美，那月亮不是从海上冉冉升起，而是洒在寂寞庭院的寒光，或者是如镜的湖面中映出的倒影。静极，纯极。特别是中间稍快、活泼起来的一段，左手流畅的琶音总是使我想起“今夜月华如水”。东西、古今，以声、以词表达同样的意境都如此贴切，人类的智慧和审美如此相通，使我因敬畏而震颤。

关于诗词的记忆，她在《残缺的记忆》一文中述及：“母亲一边给我穿衣服，一边吟‘春眠不觉晓……’”她最早听会的一首唐诗就是《春晓》，而且至今还能用湖州话背诵。她在悼念丈夫陈乐民的诗中更云：“老死春蚕丝未尽，文心一脉思悠悠。”母语学到什么程度，整个文化底蕴及思想深度就被决定了。较之资先生那一代人，我们的中文基础显然没有打好，外文又是夹生的，学习条件是优越的，但教育环境更糟糕。

掩卷，望月，踱步，吟资先生所填的半阕词：“东风何事催白头，壮志今须酬。妩媚不让春色，芳菊傲霜秋。重试手，展风流，与谁俦。夕阳无限，肝胆依旧，心照神州。”（《调寄〈诉衷情〉》）一言以蔽之，读资先生的大著可以去俗，亦增阅历，却不敢忘忧，更不敢不在心中播种下大美情怀。

江南女儿汪逸芳

夜 9 点，晚生华发新书见面会结束后，我在晓风书屋门口，等来了著名散文家汪逸芳女士。之前，我已经做了她多年的读者，也在其他场合听过她谈文学。但，这一次，不同以往，我向她问好，又握手。她笑着说："我读了你的书和博客，蛮有意思，没想到你这么小，小朋友！"我说："谢谢。汪老师，我想向您讨一期您主编的《古今谈》看看？"她当即应允了："好呀，《古今谈》我会叫人寄给你，这样吧，你给我们多投投稿。"

真是，汪老师用稿并不避故乡人，对我们这些年轻人更是颇多鼓励。十年前，她研读了大我几届的郭黎霞的小说后，认为郭黎霞有很强的构架故事的能力，这样的苗子应给予培养、呵护，使之成才。她的这一番言论，引起了省内一些高校的重视，间接帮助郭黎霞走进了湖州师范学院的校门。

汪逸芳老师有一个好性格，一副好眼力，一颗特别敏感的心，一帮好朋友。这形成了她几十年编辑、写作生涯需要的好状态。她是一流的女编审，同时也是知名的女作家，其大名如雷贯耳。汪老师出生于江南水乡塘栖（与新市镇不远），童年住过乾元镇丁家弄十一号墙门，窗下就有一条昼夜不歇的小河。水养人也磨人，这是福分，也是养料。她的散文里，似乎有说不完的新闻，道不尽的江南旧事，智慧含量很高，其文字简深而情韵宛在，异趣频出。

我第一次读汪老师的文章，是在张炜先生家。汪老师原就读于新市三中，张先生是她的语文老师，在中学时她的文笔就很不错，因此格外备受期许。我有幸读了她赠给张先生的1993年出版的《心雨》，湖绿色的封面，封底印有两小段话："我从水乡的老屋、残街、小巷中走来，撑着我的小伞，走着非诗非梦的人生之路。雨落在伞上，是天上的雨？是心中的语？我不知道。"我叹服于她对江南小镇生活和西湖生活的那份了解与心灵契合，当然她的写作题材、视野和角度并不局限于此。静读她的文章，我总会不由地想起新市，想到西湖，这种感觉就像在家摇蒲扇、吃茶糕、饮龙井，简单、平和而知足。

这一次，我系统地读了汪老师早期的另一本集子《逸芳散文》(浙江文艺出版社2001年版)。近现代人写西湖的各种文章不可胜数，但耐读的、有思想火花的、与风景和人密不可分的篇什不多。汪老师没有辜负湖上华时，亦没有使读者失望，一个西湖，她写出了她的风格、味道、境界，着实不容易。我尤推崇书中《在浪漫邂逅的背后》和《山外青山楼外楼》这两篇。前者全篇几乎无一句废话，文笔很活，寥寥几句便可惊人魂魄，足见功底。文中，她恰到好处地引了美籍学者黄仁宇先生的观点："即使民间传说，中国人也保持传统观念，认为由浪漫邂逅而来的婚姻必大为不详。不是蛇在引诱女子，而是女人本身即为蛇蝎。"得出《白蛇传》的故事流传的真正原因：也许正在警示作为凡夫俗子的许仙们，要么平静度过一生慢慢变老，要么选择波浪迭起轰轰烈烈？爱情，必须有代价。"西子湖有一环青山，不缺山之仁；有一抱绿水，不少水之智"，后文将张中行老先生的杭州之行写得情致盎然，譬如这几句可谓匠心独运："先生往那桥下一站，就站出许多古意"，"(先生)结果在沙发茶几上铺纸笔谈,'谈'掉了厚厚一叠纸"。尤其结尾处甚佳,化用了一句杜甫的诗,又将西湖上的阴、雨和阳光戏称为三副奉客的"脸面"。试问,这不是神来之笔是什么?

汪老师一直提倡眼界要打开,读书要读解、读懂。《门临花市占春早》一文可为这一言论的代表。汪老师在文学圈子里人缘极好,1992年与留美作家琦君相识后,几乎每年她都能收到琦君剪的"春"字,一年一"春"。平日善于感物的汪逸芳发现在琦君笔下,常出现一个叫小春的女孩,那个女孩三十二岁离开杭州,虽中间回来过两回,但都没能见到她希望见到的西湖春景,于是与西湖之春相约竟成了她悠远的乡梦。汪老师只管叙事,没有明说,其实,谁都能读懂,小春就是琦君。同时,这个小春未尝不是汪老师自己呢?我来不及当面问汪老师,但想来,汪老师一定会赞同的。二十岁那年,她即离开了故乡德清,从此故乡的影子就始终印在清粼粼的水面上。她的情绪完全是江南的,娴雅淡逸中不失清亮通脱的本色。她的那颗女儿心充满了思恋,她对未经污染的20世纪六七十年代的风景和人心爱得那么深,爱得那么认真。

附记:

汪逸芳新著《行走的风》中自序:"从睁开眼开电脑、开电视、看书、看报道、闭上眼做梦,眼前飞舞的全是文字,说得好听点,生活在泛文化时代;说得直一点,文字垃圾。扪心自问,你是不是也是一堆垃圾啊?也许。"说得多么自谦又使人不得不警醒。一个好作家诚如是,我们应该树立这样一种观念,身为作家不仅要对自己负责,对写作的对象负责,对编辑负责,更要对读者负责,对作家这一职业负责。文字是心灵的分泌物,同时是从指尖刻出的铁划痕,从今日始,我当常常审视自己:今天,我是不是制造了垃圾?

诗人李一航

2012年4月20日,我收到钟伟今先生寄来的《李一航先生纪念集》(江晋华编),钱塘诗社2008年版,封内印一航先生诗手迹。我忽然觉得应该写点什么,不知是否因为一航先生是我们的老校长,又或许他那不忘不懈不止的诗人精神深深吸引我。当我把这个想法跟俞泽民先生(德清简师学生)交流后,他长吁了一口气,特别叮嘱我:"李校长一生并不顺利。人在顺境时并没有什么了不起;相反,在坎坷中就显出光辉了!你应该好好写写他。"

李一航(1916—1991),原名李邦贤,笔名虹飞、李菲、黎央等,中国作家协会会员,浙江省文史研究馆馆员。1916年6月8日生于德清县松山乡青登村(今钟管镇青墩村)。幼时家境富裕,父亲是当地的名中医,买有丫鬟,雇有长工。李一航在县内念完小学,随即考到省城上初中,继而被保送省立民众实验学校。该校学术氛围极好,师范生三年,他深受孟宪承、钟敬文等先生的影响,博览群书,并刻苦攻读日语、英语,迅速成长为一个有文学专长的年轻人,课余一边每周编辑一期《铜驼诗刊》,一边以"虹飞"为笔名在《新垒》《艺风》上发表新诗。

20世纪30年代,德清到杭州只能走水路,可从县城直接搭乘，或经县东新市镇坐小轮船，但以在新市小南棚轮埠候船最为方便。李一航走的正是后者，候船期间，望着水乡古典的场景，不少抒情诗应运而生，如《别新市》：

今晨我悄悄的走了，/沿沉默里的港湾和小桥，/且等待着下次来时，/我的心该已是为你焦掉。……听我极细小的声音，/念着别你时伤心的诗句。

又如《桥》：

我记起一座桥，那座桥/在我离了七年的故乡，/幼小时我常站在上面，/看水，看那美丽的村庄，/它记住我底年纪，记住我底/性情，记住我当年的希望

我的眼眶已经开始微湿，心神不由自主地激荡。这是汲汲追求，更是绵长诉说：液体的江南、童年、肌肤，还有藏满了故事的岁月。随着涉世渐深，他一改以往温和的诗风，变得刚烈起来，痛起来，自贬“我是个虫”，又强调“不是吸血的蚊子”。

不是我高兴，就唱出我忧愁，/我本知道这些原就是祸根，/什么东西我看的清……我肺腑上打穿了这多的洞，/忍住一滴泪，虽是痛。

（《愿》）

这些诗经他整理结集为《虹飞诗集》，由上海群众杂志公司于1935年出版，臧克家题签。用今天的眼光来看，集子中的一些诗

不免青涩、朦胧，但在那个后徐志摩年代，能编印这样一本诗集着实不易。更难能可贵的是，李一航没有单写他的小生活，而是将诗笔浸在时代里，自觉地展现文艺与社会的关系，对小人物的悲哀命运寄予同情和不平。如他在《挽》诗所道：

> 没有人为你唱一曲丧歌，/没有人为你哭一声命苦；/你在异乡荒街的路口跌倒，/开始闭起眼睛，/脚一伸，/死了。

这就是当时中国的世相，说起来很假，但真实的病症、人情就是如此。

人生无常，无常即常，属于李一航的个人不幸发生在1936年。那日，他正准备参加省立民众实验学校的毕业考试，突然接到家中电报，“父亡，速回家”。当他匆匆坐船回家，进屋看到的是两口棺材。父亲故后，后母也紧跟着走了，在同一天。这年，李一航刚满二十岁，本应是最好的年华，却落得个了无牵挂。同年他孑然一身东渡日本，入东京日本大学社会科学系就读。翌年，“七七”事变爆发，他毅然回国参加抗战。初入南京教育部召集的留日学生训练班，投身青年学生运动，在武汉秘密加入中国共产党。后接受中共地下党的委派，由国民党方面分配去桂林军校第六分校任政治指导员，《国民公论》登载了一篇出自他笔下的著名时文《政治赶不上军事》。

在桂林，李一航结识了艾青等一批文艺界名人。不久，他从桂林到达重庆，中共地下党组织安排他担任陈诚的少校秘书，因工作特殊受周恩来秘书周诒单线直接领导。1939年7月10日，笔耕不辍的李一航在艾青主编的《广西日报》副刊《南方》上发表长诗

《给——》。随后周诒找到他，请他注意不可暴露身份，严守党的组织纪律。于是，自1939年下半年起，李一航再也没有写过即兴的、有一定篇幅的作品，将主要精力都放在了革命工作上。虽然他曾如是说："我爱上文学正是为了革命。"

1946年6月，李一航满怀乡情偕妻子李海琴回到德清。对于他的这次返乡，家乡人却不看好，他们睥睨于他与国民党高官陈诚的亲近关系，对他又避又惧。而他是中共党员的真实身份一直无人知晓，皖南事变后，他与组织失去了联系。时德清县唯一的一所中等学校——德清县立简易师范学校难以维持，李一航被任命为校长。他深感当时的简师是一个烂摊子：校舍简陋，师资薄弱，教学内容和方法陈旧。唯恐误人子弟，他决心重振简师，使简师具有新知识、新源泉、新风貌。

1947年暑假，他即为学校置办了一套《万有文库》，订了一些报刊。请来了北师大毕业的黎扬（思友）教教育学和国文，重庆美专毕业的喻光教美术、音乐，而他自己虽碍于日常事务繁重，但也抽时间尽可能给学生讲几堂课。正如他在《青春岁月》中所写："学校里现在已经听得到国民党禁唱的《茶馆小调》《古怪歌》等歌声了。一时学校学习空气浓厚，各种课外文艺活动蓬勃开展，我为能按照自己的理想发展而充满了信心。"确实他执掌下的简师是被县里认可的，是值得称赏的。为此，他在《浙江民众教育》该年第一期上撰文《国民学校办理民教之我见》，谈学校行政组织、经费、人事、主要工作及施教方法等五点经验。

不久有反动分子插手学校事务，搅乱师生情绪。作为校长的他很气愤，找国民党县党部书记李俊吵了一架，但终究于事无补，反将自己陷入更加被动的地步。既不能按自己心愿办学，又何必蜷缩于无形的"牢笼"，他当即向县长提出辞职。县长见挽留不住，只好在李一航的辞呈上批示,“念该校长办学辛苦,准备离职,休养一年”。一年后,在全校师生和地方有关人士的强烈要求下,李一航回到简师。这时一批新教员也来到简师,学校的各种进步活动日益壮大,地下读书会、文艺宣传队等相继成立,并演出了大型话剧《金玉满堂》《丁赞廷》等。

1949 年 5 月 3 日,德清县城解放,李一航快乐极了,带领师生手举大幅标语和各色小旗列队夹道欢迎解放军,并主动送一批应届生参军参干。1950 年 8 月,德清简师改制为德清县立初级中学,李一航被一致公推为校长兼校务委员会主任委员。遥忆他上任之初在一次师生欢迎会上所说:“我想在家乡办一所真正培养人才的学校,这对我这个远离‘母亲’多年的游子来说,也算尽了一点报答‘母亲’的责任。”他真是这么做的。

原本艾青点名要丁玲调李一航去在京的人民文学出版社工作,但后因浙江省教育厅副厅长俞仲武盛情挽留,李一航遂在杭协助筹建浙江省文联,负责创办机关刊物《浙江文艺》《东海》,编审外来的外国文学翻译稿。1954 年盛夏的某天午后,正值“肃反”高潮,李一航因历史上的某些误会,被隔离在省文联创作组兼宿舍的一个狭小房间里,接受审查。书法家姜东舒走过他的窗前,曾听到他哀痛的啼泣声,于是冒险悄悄在一张白纸上写下四行诗,从窗缝里塞给他。那四行诗是:“误解和偏见,一定会被历史沉淀。痛苦和灾难,都会落在时间的后面!”“文革”期间,他所受到的苦难更深重,一度被拘押回德清。

1972 年初,铺天盖地的消息传来:周恩来总理将陪同美国总统尼克松一行来杭访问。国宾大道是必走的,或途经西湖边的昭庆寺广场,往灵隐寺。2 月 26 日,李一航偕夫人及学生江晋华早早地等候着,以便夹道欢迎。当车缓缓驶过,隐隐约约看到了周总理的身影。倏地，江晋华发现老师李一航面色苍白，当时他还不知老师早年与周恩来的特殊关系，也未敢妄问。此时恰遇沈虎根也在人群中，此人是李一航一手培养起来的作家，寒暄了几句，这才打破了现场的尴尬气氛。进入 20 世纪 80 年代，李一航终于守得云开见月明，重返浙江省文联，继续编辑《东海》。其间，他基于与艾青长达半个多世纪的友情，以回忆有关往事和随感的方式，撰写了艾青研究的重要论文《艾青与欧美近代文学和西洋美术》。浙江人民出版社出版了他的专著《外国文学艺术家轶话》，且一版再版三版，更被译成蒙文教材。他本人被聘为浙江省文史馆馆员。

创作不是一件人人都能搞的轻松事。李一航始终认为自己诗心未死，诗肠犹热，诗笔不枯，晚年与老友王斯琴等结起钱塘诗社，培养专攻现代诗方向的新人。1991 年 9 月，诗人李一航病逝于杭州，没有什么特别的物质遗产，只留下了几大书架的书。世人说，诗人是很容易老的，需时刻保持初心，寻找初恋的感觉。李一航病中对少年时的《虹飞诗集》特别系念，曾嘱家人设法寻找，可惜无果。十七年后，他的女儿李丸以高价从网上拍得，才了了他的夙愿。

那位画梅的老人走了

今早读《德清新闻》,得知吴朴老人走了,他是2013年11月15日走的,这一消息是记者陈德明在其标题为《寒梅虽已凋落　清香长留人间》的文章中发布的。我知道消息时老人已走了半月余,恰逢天气转凉,这则"讣告"使我更觉得今天特别冷。

吴朴老人,我还没来得及拜访他,虽然我和他住得挺近,都在三桥埠。有人这样描述吴朴的家,"芭蕉深处,青苔路沿,数间紧依山脚的青砖瓦房,即乃吴先生的家。人未至,有犬蹿出,吠声连连,铿锵有度"。他生性淡泊,不慕名利,生活中与练市镇的王礼贤相若,均乃谦谦和善之尊长,作品经常随手送人,且有求必应。《吴朴书画集》出版不久,他便叫女儿送到图书馆。小字辈,本不该多打扰上了岁数的人。今年春,我因著录德清县艺文志书目,曾托人向老人问候。来人转告我,他听过我的名字,他现在的精神头老虎都打得死,若得空,可以来舍下坐坐,无妨的。未曾想,我再没有机会聆听他的教诲了。都怪我,太讲礼,却失了大礼。

吴朴(1923—2013),字子谦,号北龙山人,吴兴荻港人,祖居今犹在。自幼受教于吴昌硕的嫡传弟子席茂斋,曾与潘天寿、诸乐三、周仓米等先生的作品同展一堂。原在三桥供销社下属的合作商店工作,一生与书画相伴，是钱塘书画社社员、吴昌硕书画会艺术顾问。

清素、高古、繁而有序，老人最善画梅，室名伴梅居，所绘梅花线条苍劲有力，设色古艳，形态多姿，尽露吴门画派的“骨骼”，人称“吴梅”。古稀之年，他重放霞红，更有“江南梅王”之誉。画梅，他有自己的经验之谈，布局为主，曲者得姿，直者留病。应该看到，吴朴的画是很有市场的，有一段时间，不仅他家中的存画被收购一空，价位也节节攀升。20 世纪末，深圳红荔书画馆、中国台湾梅花书画馆、美国纽约翠园艺术馆联合为他的作品举办过巡回展，在环太平洋地区刮了一阵吴朴风。2012 年，他考虑再三，将八十幅作品捐赠湖州职业技术学院。院方深为感动，遂将这些作品收藏在以他的名字命名的“吴朴书画艺术馆”。欣赏过湖州职业技术学院收藏这批作品的人，一定会被吴老用色热情，画面清醇的风格所感染。这是吴朴艺术的基本面貌，可见他对人生的超越态度。“梅花一枝独秀”，私以为吴朴简直是林和靖、王冕之后又一“梅精”。林和靖把梅的气味写尽了，王冕把梅的脾气摸透了，吴朴则把梅的轮廓画遍了后，始化身白梅，中经绿梅、黄梅等阶段，最后变作红梅。他画梅花，实是画自己。他的书法也真，运笔豪爽，一看就知是“练家子”。我很喜欢他写的“福”字，朴拙，硬气，美意延年，若有金石味，又似墨玉雕成的。自古君子比德于玉，但真正当得起这一称誉者，罕有其人。所幸我从吴朴老人的书画中看出了玉的影子，玉的声音，玉的证明。他正是凭着玉的特质，击败了生活之累，进入了艺术之园，并足以与那些名辈们相颉颃。

从前听人说德清有一位能山法师，书画双绝，活了九十四岁，圆寂于云岫寺，可谓功德圆满，上千人为之吊奠。今冬的梅花还没绽放，吴朴老人却悄然走了，享年九十一岁。不及前往相送，甚愧，闻讯作小文悼之。

欧阳老人

乡村的读书人或在乡村社会有一定影响者被称为“乡绅”。我以为称欧阳习庸先生为乡绅一点不为过,他是有这个资格的。老先生生于福建泰宁书香世家,早年投身青年军,后又参加了中共领导的金萧支队,定居德清县三合乡,参与过地名普查工作,潜心于地方文史研究。在我的几次接触中,他之为人如《警世通言》里所载,是个厚德长者,为学更保持了传统知识分子“较真”“洁身自爱”的本色。

近年,我在一些工作场合几遇欧阳老先生,频有交流。其实,未见欧阳先生之前,我已在张炜先生家中翻阅过他点校的道光《武康县志》,其书厚如汉砖,墨绿色封皮,烫金书名。捧起此书,我当时就想,若非该老对本县文史酷爱有追求,是不可能发愿通读一本清代志书,并以异常艰辛完成点注工作使之付梓于世!后来见到欧阳先生,倍感其精神矍铄,嗓音尖细而沙哑,只视力欠佳。

记忆中,那一次,他为答复台湾地区一个研究生信中关于防风氏形象之问,特意来图书馆复印《述异记》中某个章节。令我惊讶的是,他虽然能对本章所载倒背如流,却生怕自己回信中有笔误,故而坚持要一份复印件。由此可见该老治学问之不厌其烦、一丝不苟，这是我们这些小字辈需格外学习的。还有一两回，我打开办公室的门，他远远地喊住我，手里常提着一个蓝布袋子，一手拿着几页纸和一支圆珠笔。寒暄之后，他便直截了当地让我帮助查找“书证”。最近他正忙于增订《防风氏资料汇编》，该书是他与钟伟今先生合力编写的（天津古籍出版社 1999 年版）。他兴奋地告诉我，他在《第三届防风文化学术研讨会论文集》中发现了一些新材料：

据复旦大学郑土有教授辑录，《全唐诗》中共有六首涉及防风（已排除其中两首，这两首中防风系药名），剩余四首分别为：李商隐的《送千牛李将军赴阙五十韵》、皮日休的《虎丘寺殿前有古杉》、胡曾的《涂山》、吴融的《太湖石歌》。胡曾的《涂山》诗，欧阳先生著作第一版里已收录，余三首是他要增补入《防风氏资料汇编》的。可惜《论文集》中只注明了卷属信息，所录诗的内容则不全，他准备核对原文之后，作为词条收入书中。我请他稍等，从书库取出《全唐诗》相关卷册，翻到是页，只见他俯身低首、定睛默语、又抄又校，转而正告我：“你上次在《论文集》中发了一篇文章《从几首防风题材诗看古诗人对防风神话的认识和传承》，提到清武康人唐靖写有一首《防风庙》诗，‘自昔防风氏，山川亦禹敷’，这首诗我也打算收进去。说实话，这篇论文是我不自量力而写，哪里值得作为引录参考？”当我找到唐靖此诗的更早出处，去电告知他时，家中电话一直无人接听。过了半小时，他打电话来，“小朱吗？刚才我出去跑步了，座机没人接，以后可直接打手机”。于此更见这位文化老人的可爱了。

一来二往，相熟之后，我因整理德清旧志存地与出版情况索引，撰写《道光〈武康县志〉点注本》提要的过程中，发现有吴冠民的《道光〈武康县志〉点注本辨误举例》、陈景超的《道光〈武康县志〉点注商兑》。对此,欧阳先生一点都不生气,谦虚地说,道光《武康县志》原版档案馆和博物馆各有一套,好多人想看很不方便,看了也看不懂,反正他离休在家无事,所幸就花点精力,把它点注出来。点注本在他七十八岁那年出版了,原书三十五万字,他点校的字数多达三十三万字。对于撰文商榷或指瑕我认为属正常的学术现象,既是一种有益交流,也是一种重要的帮助。欧阳先生的点校行为应是综合了勇气、视野和独立精神,那些只看到其中不足或局限者,只能说其缺乏应有的心胸和基本的文化认同。

2014 年元月,我跟欧阳先生通电话,得知老人正在县城武康住院,今已是第三天,故决定于午后去医院看望。欧阳先生八十九岁了,除夕他还给我回拜年短信:"年幻轻,定大有作为,祝你马到成功。"在医院病房里见到他,还是老样子,叫我坐,问我近来到图书馆查阅防风氏资料的人有吗?并告诉我他的《防风氏资料汇编(增订本)》已经出版了。

忽然,他意识到什么,怪不好意思地对我说:"我的手麻了,写不了字了,本来一定要签个名做留念的。谢谢你来看我,我们握个手吧。"

从医院出来,我想到了一个词,乡邦老人,以及太多无以言表的词。为了地方文化事业的进步、绵延与繁荣,他们默默耕耘着,无私求索着,并将个人的力量化作文化宏大的生命与光芒。与这些乡邦老人以及爱好文史的同龄人在一起,我真切地感到,人之经历是如此丰富,往事是如此温暖,时代是如此激荡,生命是如此鲜活。地方上有这样一批人,真乃地方之福。

景超先生

地方学者因无学科背景，易学文抄公，“文盗”成癖，陷于小格局，且多喜世俗之褒誉，难见大气派，充其量就是学术“大咖”。景超先生有无跳出此怪圈？

日前，至德清县洛舍镇东衡村看望景超先生，我与他晤谈《四库德清文丛》后续的出版计划，并拟在他的藏书楼挂“衡庐古籍社”的牌子。景超先生七十岁了，已是“不以物喜，不以己悲”的年龄了。这一两年，他着实很红，因为植根乡土，时刻记录并传承乡土之大美，地方媒体争相报道他，他的励志故事逐渐为人所知。我跟他说笑，七十岁之后，文化老人们通常都很忙，各种访谈以及编书、替人写序作跋之事不断，同时乡土文化研究面临一个泥潭，即后继无人。他连连点头称是：“忙一点没关系，心甘情愿，徒弟不好找，要访访看的。”《四库德清文丛》拟出十辑，第一辑《女红余志　簪云楼杂说》和第二辑《龟溪集》已出版。

陈景超，名灵山，号衡庐，一介书生，清瘦贫寒，就像一根多节的竹子，“咬定青山不放松”。他有一句口头禅，“据鄙人考证”云云。他视古旧的书籍为宝藏，孜孜不倦地披沙沥金，然后开始闭门著述，“以诗纪事，以事昭人，以人存史，以史示鉴”。他像个老农民，笔和锄头如他的两只手，他是真正的耕读传家者，“背天面水插青禾”，“人喜闲谈我喜读”，且数十年如一日，乐此不疲。因此，尽管身处乡野，但闻名遐迩，屡有心仪而造访者。

“好诗不过近人情。”2007 年的一个雪天，我曾慕名独自拜访过景超先生，在他的旧居衡庐和他有过一次愉快的交谈。那时，我正对中国古典诗词感兴趣，尝试着作了几首旧体诗。他建议我先通读《诗经》，接着选读魏晋诗歌，最后精读唐宋诗词。犹记得，他提到了早年随俞平伯先生攻诗的经历，他称平伯先生为“平师”。平师给他的第一封回信中就精辟地指出“先秦文学如桃根，唐宋诗词如桃叶，明清小说如桃花”，不能本末倒置，亦不可见异思迁。关于他与平师如何订交的，我没有当面问过他，却意外地在《衡庐集》某卷中翻到了平师赠他的新年条幅，“贞下起元，除旧布新”，上盖“德清俞氏”“信天翁”两颗章，和他纪念平师的文章《梧窗风雨念恩师》。

迄今为止，景超先生已出版《衡庐集》《抱春堂集》两个系列十四本专著中，《德清俞氏》与《赵孟頫》是他较为满意的两个单行本，严密翔实的史料使他的工作显得卓有成效，学术贡献有目共睹。尤其研究赵孟頫，他有地缘优势，所举的一些材料填补了诸多空白，几乎左右了一代史观。譬如他写赵孟頫墓地之石马，墓地“解放初尚存有戏台山南麓东边一侧石马，站在草坪之中；西边一侧石马，足板朝北、背脊朝南倒伏于桑地中……另有一石马在临河处，地表仅露出头面，直至 1970 年时，村童犹在马鼻梁上磨柴刀”。

于是，有人形容景超先生是那匹“走失的石马”，活得太干，藏青色的，神情过于肃穆；也有人戏称他为“书橱”，“书到家了”，动辄买书，殊不知书的存藏成本在今天高得吓人。小字辈们赠他一雅号“乡先生”，即便冷淡生涯，仍保持“菜根切莫多油煮，留点清灯教子书”的原味作风。了不起的是，近年东衡村斥资为他建起了一栋“抱春堂藏书楼”，在赵公祠之邻。这是对他最大的认可与表彰，标志着他从草根文人正式跻身知名学者之列，作为一粒乡村读书种子或将代表一条重要文脉。

附记：

著名媒体人杨锦麟颁给陈景超的致敬辞：“他身上带着泥土的味，也带着书卷的香。锄头镰刀是他的漂泊，诗词曲赋是他的故乡。他是躲在深山的文化化石，更是走出德清的文化游子。”

景超先生衡庐旧影

桥　叟

“著述人生平淡过,前溪渡口一痴翁”,不要以为我是在吟诗,这是真人真事。在德清,就有这样一位老人,在他寂静的世界里,默默为中国的古桥古船作最后的留存记录。他叫朱惠勇,德清县新市镇人,中年以来生活的主要内容即是写桥、写船、写河、写路。因家乡系水乡的情愫,小桥流水、叶叶飞舟的水居环境像刀刻般铭记在他心中。他熟悉那里的每一座桥、每一艘旧船、每一位老船工,仿佛桥是他的腰带,船是他的鞋。

年轻时,老朱就喜欢在报上写些小文章,业余爬了十几年格子,后来全国兴起了一股修志热,老朱受命编写《德清县交通志》,果然不失众望。书成,他本人旋被推荐去邻县安吉协修交通志。此后,他著书的热情如水涨船高,几经寒暑,不断有新著问世,煌煌已出十本。旧云:“无声有时胜有声。”这个句子似专为老朱而写。因耳聋(他所患为“精神性耳聋”),他把笔名取作“无声”,更勤于著述,钟情于他的事业。和他交流大多情况下是笔谈,你用指尖代口,他则说话很大声,甚至滔滔不绝。不要介意,这是他对你的礼貌,生怕你也坠落无声里尴尬、为难。而你要告诉他或请教他的,大可用“片语”(写在纸片上的语言),他亦明白。

近来，因公因私，我和老朱频有接触。他自称有一套不错的装备：一辆老爷自行车，一把卷尺，一柄刷子，一支很好写的笔，一本方便携带的本子。他就用这些工具来“走”每一座桥，若条件允许，他不管桥身多险，即便爬着也要上桥看个究竟。这就是他第一手资料的来源，他是不务虚，很“顽固”的。2013 年初以来，他因着力于编写《德清古桥》——这已是他的第十一本专著，数次到图书馆请我设法从德清人著作中找寻一些有关桥文化的资料，兹以扩充他正在写的书。他把德清现存的、民国之前的三百七十二座古桥一一做了记录，但还想尽可能写得细致一些、翔实一些，以免有缺漏或生讹误。期月之后，他的书定稿了，他兴冲冲地取来给我看；一个月后，又将修改后的校本拿来征求我的意见。他是很希望得到年轻人的祝贺和声援的，虽然我是一个门外汉。

不知从何时起，我们建立了一种“了解”。大约早在我们同时有文章出现在《今日德清》副刊之时（时为 2008 年 6 月 13 日），我们就注定要在工作中认识。他写了一篇关于美国人孔飞力所著的《叫魂：1768 年的中国妖术大恐慌》的读后感，介绍《叫魂》从德清故事开始：清乾隆三十三年（1768），德清县城东门城桥水门坍塌，阮知县请塘栖石匠吴东明修理，谁也想不到为修此桥，发生了三桩千古奇案。此事足见他的阅读面之广，所关注的文献也包括西方。他在考查了几种《德清县志》后指出，乾隆年间东门城桥确有重修，县志上记载比孔飞力所述迟了一年开工，次年竣工，基本无误。能将一本美国人写的书如此精准地读出中国背景，且利用旁书进行疏证，非一般徒有兴趣者可为。东门城桥出现“叫魂”现象，按今天来讲让人无法相信，但清时方术在民间广为传播，这种恐惧的记忆在当时是难以驱除的。

还有一事也不妨一提。有一日，他如常到我办公室，见我正读苏轼的诗集,突然拿过一片纸来,是他的笔迹,上面写着:"德清长桥,又名阜安桥。南宋淳熙年间,邑人集资弃木易石,桥上置设栏杆。参政李彦颖对苏氏父子颇有敬意,遂取苏轼'风俗阜安'之语,改名'阜安桥'。"若非他的这一提点,我绝不会将一座桥与一位文豪联系到一起,加之县内许多古桥已消失,我想很多人已经很难体会这些古桥的文化韵味了,好在有赖老朱。而此桥之改名,反过来又可印证苏轼在德清的影响绝不寻常。文化就是这样,从来好像很不相关的两件东西因为某个关键性的人而联系得特别紧密。

平日里的老朱是很健谈的,但凡有人向他提起德清的某座古桥,他不仅如数家珍,还会饶有兴趣地给你讲上一堂课。他确是有丰厚的积累的,我极佩服他专门辑录了两本桥诗、船诗纪事,以此流动地观照古桥、古船的演变轨迹;佩服他长于收集、考察桥的出典、传说、名人故事,乃至桥的装饰美学与宗教信仰,视野更从本土到大江南进而延伸到全中国,先后整理成《中国古桥雕刻》《中国古桥楹联》《中国古桥文化》等大作。这真是他独具慧眼之处。

老朱是图书馆的常客,隔段时日他必定到一到,有时放下一本书,"我衷心感谢德清图书馆对我书出版的大力支持,请惠存"。他的十一本专著今天不仅在德清图书馆可以读到,还被美、日、澳等国家的图书馆竞相馆藏。就此意义而言,老朱以他的桥船文化系列著作填补了中国八千多年此领域研究的空白,他奉献给全世界读者的是中国桥船文化清晰的生命脉络和精当的系统总结。

现在,我的办公桌上又多了一本老朱的书稿,他已预备着手写他的第十二本专著《德清船事》。我们期待花甲之年的老朱从德清船文化中勾勒、复原出一部生动的船舶图谱,带领岸上的我们开进水乡的现代生活,驶往那些温馨的故乡港湾。

第四辑

饮食

小馄饨

小点心里，我最爱吃小馄饨，因其皮薄似蝉翼，皮滑如凝脂，并不为饱。自上中学以后，久未尝小馄饨，但风味却未忘。老街，木桌，粗碗，若摆在河边，再有一副挑子、一个小火炉，伴几缕很淡的炊烟，那才是叫吃小馄饨的地方。一间半爿的店，搭出一点路边摊，居然“人满为患”。听着水声，又听几声吆喝，这一日就这么开张了，无数个中国小镇的早晨也都这么开始的。

那时，我的口袋里总会预备好七个角币。一碗小馄饨，正好七角。小馄饨店的生意太好，也卖汤头（汤圆）、面条，顾客们一般都会换了零钱来，不必付钱时排长龙。老主顾们若结伴而来都会点上三碗，人前一碗，剩下一碗彼此客气着，你匀几只，我匀几只，每一只都是回味。这是你在馄饨店里常能见到的一幕。殷勤的店主还会额外多给几只，都老顾客了，不差这一点。考究一点的店，还会视食客的口味增减调料，譬如他口味重一些，他要加一勺猪油，他一直不爱放葱花，店主都记得。

上一次吃小馄饨，许是某个晚班过后，又或是清早在哪个熟悉的巷口，竟忘了。怪我走得太疾，记性又坏，坐下来，点了一碗，趁热吃，那份久违的感觉像隔街音响店里放的《小情歌》。一支竹篦片一挑，往皮子上飞快地一抹，手指灵巧地一捏，一只小馄饨就包好了。入沸水，片刻即得。清清的汤，薄薄的馄饨皮，点点青绿的小葱，粉红的馅，绽放又羞怯的小心思。这真是一种再抽象不过的早点，滑溜溜地完全不需要咀嚼。最漂亮的是拿调羹的姿势，特小布尔乔亚情调。小馄饨一只只地在碗里一簇簇游，一朵朵舞，虽加满了水，搅动一下总能听到调羹碰碗的吱吱声。其实，全可不必弄出那些响，然我已经习惯，并以为只有如此吃法才地道。同时，善味的人一尝便知是不是正宗，对于那些不用碱水皮子捏的小馄饨，他们宁可不吃。

食也，性也。梁实秋写过一首打油诗："包得馄饨味胜常，馅融春韭嚼来香。汤清润吻休嫌淡，咽来方知滋味长。"陆文夫说，有许多少小离家的苏州人，回到家乡之后，到处寻找小馄饨等青少年时代常吃的食品。这不免使我想起已过世的祖母。吾家门前有条小弄，仄仄的，上了年纪的祖母常坐在里弄屋檐下。她病时总念着能吃上一碗热腾腾的小馄饨，且要他的孙儿——我一早捧个搪瓷杯子走去又走回来——可怜八十岁的她，最后就这么一点想头。吃上小馄饨时不知她是高兴，还是想起些什么了，沉默而满足。她在世时总爱梳两个小辫，穿一件中式斜襟棉衣，着一双不怕磨的布鞋。她节俭了一辈子，未给子孙们留下什么，却意外地使她的孙儿记住了她的乐活态度，人活着就该有一份好心情，恶的事情总会过去的。

宋释道济有《馄饨》诗云："把得定横吞竖吞，把不定东走西走。"细品亦如一个人需经历的人生。你由此感到，眼下很多不定、不明、不解，正是这些生命里的有惑、有待，遂令我们平日的劳苦充满值得。

豆腐脑儿

餐桌上，男生们通常有两样食物最爱，一是土豆，二是豆腐脑儿。民间讲究吃什么补什么，这个补若是补智慧，真让人犹豫，但论口感却着实令人心仪。

豆腐脑儿，也称豆腐花，或豆花，价格低廉，听起来做法随意轻巧，都是一样的，但因制作过程所用底料不同，点出来的豆腐脑儿自然有区别，点得不好，不是发苦，就是不成形。作家程乃珊在《难忘手工豆腐花》中对平民生活的质朴味道与美好情结十分留恋："浅尝一口，满口豆香，配上清爽的黄糖，令我深深陶醉。令人赞叹的还在后面：店堂里屋还有两个穿着汗衫、拖着拖鞋的中年汉子，正在缓慢地推着石磨，原来这美好的豆浆硬碰硬就是这样用手工慢慢推磨出来的。豆浆从这里出来后，还有细密的筛子将渣液滤除，难怪端出来的豆腐花如此晶莹！"三桥埠老街从前有一家豆腐坊，作坊主虞金寿擅画牡丹远近闻名。据说他家卖的豆腐脑儿坚持用老石磨加蜂蜜水推细，浆水如白汤，点卤后的豆腐脑儿特甘甜。如今别说是老店，老主顾也无寻了，豆腐脑儿已经不是人们早点中的主角。

早点是一日之始，宜温厚、提神，西式蛋糕虽好，除非刚出炉，否则绝对抵不上油条就豆腐脑儿的饱满幸福感。童年的周末，讨了零用钱上街买早点吃，没有专门的豆腐脑儿店。一个小摊，一对本地夫妇，什么甜浆、咸浆、丝粉头都卖。要叫油条、包子、煎粽、圆子、方糕，也方便，早点摊都挤在一条街里，关键不打重，大家都有生意做。简单的没有门面，就几张桌子、条凳，一摞碗，一排秘制调味品。进口，一个锅煮着丝粉头、羊大骨，热气腾腾；一只桶装的是豆腐脑儿，盖着棉被；还有几把热水瓶，灌满淡浆。全部家当就是这些了。有人来买，摊主就拿着卷边的金属片充当铲子，将瓷实的豆腐脑儿一片一片舀到海碗里，然后问你的口味轻重，放几许榨菜末、小虾皮、葱花，浇少许酱、醋。

“端好啊，这是你的豆腐花，别烫着。”“敲巴掌也不放。”对于早市上主客之间的寒暄，我真忘了，记住的只此二句，不过足以回味。入座，拌一下，缤纷且满足。开吃，绵绵的嫩，软软的香，碎碎的脆，微微的麻。舌尖滑过，倏地转到舌中，滑进喉咙，有点儿痒，又有一种无法形容的快感，润物无声，花开听雨，舒服得欲喊出来——一碗怕是不能尽兴！享受一碗豆腐脑儿，只需三分钟，且随吃随走。若时间富裕，能与其他早点合理搭配，当然是极好的，左手一口，右手一勺，暖胃又暖心。饱乎哉？真饱矣。那年月，摊主与主顾可谓亦商亦友，你多去吃几次，他一定能记得你，人际关系就这么古朴纯真，不用怀疑。

哪里像这个泛娱乐化的时代，新朋友只专注对方是否丹唇外朗、皓齿内鲜，然后决定跟不跟你搭讪。我认识一位年轻的外教，超级英伦风，有一次在一起吃早点，无论我如何向他比喻豆腐脑儿是一种“comfort food”，他就是不肯试，照例每天喝自带的炼乳冲的热牛奶。不过，我倒挺能同情他的感受：早点也是文化，甚至是基因。

久不吃豆腐脑儿了，也不知是为什么，人一旦长大，常会莫名其妙地抱怨某种食物今不如昔，慨叹其真味之不存。可是，我会不会单纯地被自己的伪记忆蒙骗了，又或者我得了无法免疫的怀旧病，已经无药可救。

逝去的叫卖声

走在三桥埠的老街,20 世纪 90 年代末还能听到一两耳朵叫卖声,而在乡下外婆家,则可以听到众多跑村的吆喝声。仔细辨听,每一次耳边“走”过的韵味儿都是不同的:或清脆,或刚健,或悠扬委婉,南腔北调都有,且常成为那时小孩儿们的“学嘴”,上下学路上有事没事也来一嗓子。

回想起来,那些年,最令人振奋的要数爆炒米的声音了。只听,“响喽——”,紧接着一声充满诱惑的爆响,一团白色的烟雾升腾起来,顿时空气中飘来阵阵香味。犹记得,我上小学时,上街头关帝庙前来过一个长兴的爆炒米师傅,人挺和气的,手艺尤好,爆出的炒米、做出的炒米糕极好吃。远近的住户纷纷取了米、柴围着他,叫爆炒米。他见不少人家拉了小孩子来,边分派好各家的柴火、份数,边摇起炉子向我们讲:以前长兴的子弟念私塾,俗称“读本书”,开学日必备罩篮,篮内盛用生糯稻谷炒制的爆米花,俗呼“泼柳”,下铺米粉团子,上塑喜鹊粉鸟一只,以讨彩头。小孩子家进私塾,要先拜孔夫子牌位,后拜教书先生,再向同学分发泼柳、团子。原来他是那么有文化的一个人,我在他随身带来的大布袋子上读到清人赵翼的四句诗:“东入吴门十万家,家家爆谷卜年华。

就锅排下黄金□，转手翻成白玉花。”因我当时识字不多，黄金粟的“粟”字没认出来。——民国的德清小学生第一次上学，由家长领着前往孔庙拜孔子，并携带糖水和糕，意即甜甜蜜蜜、步步高升，然后再到学校去。

货郎担，我们都是熟悉的，再有一类，我管其叫“挑子”，因来人不是肩挑什么东西，就是手拎其家伙事，远远地就能听见丁零当啷的。小孩儿们会乐颠颠地跟着挑子走村串户，赶上一位初来乍到的，你帮他领路，他还给你一块糖吃，别提多美了。“磨剪子嘞——戗菜刀”（也有喊成“镗剪子铨菜刀”）。当年我对于这句高嗓门的吆喝似懂非懂，“戗菜刀”是什么意思呢？其实，“戗”是指刮掉或擦掉物体表面的一层。戗菜刀，即用一种比刀更硬的利器将刀括下一层。阿婆们总“恨”师傅们的脚步太快，等取了钱，拿了用钝了的刀具，开门，磕磕绊绊地跑出去，他早已人影都没了，只剩下你像傻子一样空喊：“哎，老师傅，回来！”

在雨季到来之前，时不时地飘过一阵拖长了声调的“修——洋伞，补——雨伞”。俗话说：“破衣好挡寒，破伞好遮雨。”当年雨伞坏了，不论是骨架散了，还是伞面破了，大部分的人都会送去修理。而修伞的价钱要看破的程度，但无论如何，要比买新伞便宜。修伞师傅手极巧，通常一把伞不到十分钟就可以修好。念佛的老太太们总是把修伞说成是“补伞”或是“收拾伞”。其中原因可能是“伞”“散”同音，不吉利，她们总巴望“修出圆满好结果”，怎能修出个“散”？

还有浓重萧山口音的“鹅毛——鸭毛——甲鱼壳”，东阳方言的“修篾席了”，桐乡那边过来的“调旧被面破絮毯”，长而不拖沓，又不失力道，给城乡生活带来了方便。想必在物资匮乏的年代，师傅们的生意都不差。

当然，在这纷杂的叫卖声中，也夹有令人反感的，特别是那几句，“收高级酒瓶子来”“送财神爷来啦——请喽”“五香——混蛋”。在喧嚣的现世，俨然是一种激越的讽刺！好人家唯恐避之不及，甚至在门口喊其快走，以后也别来！

最近几年，那些俗丽的叫卖声多半已消逝，原声更是不闻，取而代之的是用电喇叭循环播放、扩音器促销，诸如“甜——酒——酿——要哦”“卖——甘——蔗嘞”“山唧——西瓜”。虽然这些电音也录自叫卖者本人，或由大卖家请行家所录，但听来千篇一律，千里一音，很不真切，不如从前悦耳。不过十年，也许是时代进步得太快了，又或是我们的性情大变了，总之回不去了。

附记：

湖州过来的卖糕人可以连呼十余种糕名，“条头糕方糕水晶糕茯苓糕松子糕薄荷糕……”像小学生背书，连缀而呼，疾趋而过，非常考验功力。因每次所卖的糕的品种略有不同，也可能有几种糕卖完了，那么只把手头还有的叫出来。

茶糕吃哇

不知何时，我们吃的口味变重了，甚至有点放肆，偶尔下馆子炒盘青菜，炖个清汤，还没说不点了，服务生就先急了："太斋了，来个烤鸡、酱鸭或者猪大排吧，鲜鱼也好。"真不明白，出来吃，一定要这么重口味吗？虽不情愿但还是点了一个大荤，为面子，也为吃得热闹。

汪逸芳女士说，她每一次回新市都让她顿足，惊叹古镇的版图上又走失了一条河，又陷落了一条街，作为交通用的船是彻底消亡了，曾经两个小时的水路缩成了一刻钟的公路，河流酿成的文化正在缩水。幸而故乡还有一种茶食——多肉的米粉做成的茶糕，很沾手很沾唇很沾心，若有咸豆浆作辅则滋味更长。

"此食声名本不高，品评优劣数吾曹。罢题梦得未知晓，新市晨茶肉馅糕。"（选自吴冠民《独破庐饮食俚歌百首》）茶糕方形式样，四角平整，用上等通变糯米精制而成。馅心选用瘦猪肉，配以韭芽、笋尖、皮冻作馅，调以伏酱油，打成丸子，填入乳白的糯米粉堆里。做茶糕的模具划有格子，一板四四十六格，一格一块糕，上蒸笼，至松软适度即可食。为何要叫它茶糕呢？相传新市旧有茶馆十余爿，生意甚是兴隆，每天早晨小贩们头顶十六块一板的糕箱,将刚出炉的糕拿到茶馆叫卖,食者大都是茶客,或曰新市人爱佐之以早茶,故而得名茶糕。茶糕正儿八经的由来,做茶糕的老师傅也说不清,起只马(德清方言,起码)也有四百年了。明正德《仙潭志》是最早将茶糕列为新市物产的一部典籍。

新市不新,旧象中带着几分现代烟火气,已经不太能看见船,还能见到青砖、酒旗、炊烟。有时候,我会这样想,如果我出生在这里,是这古镇上的男子,茶糕可能是我最离不开的点心。新市的早市是香喷喷的,镇上的许多人家都在做茶糕,别看店小,没什么门面,每天卖两百块茶糕却不是什么难事,且经常供不应求。游古镇者,一旦馋了,觉得有点饿了,随便找一家,在窗户下喊一声:"老板,来两块茶糕!"店主听到了,眉开眼笑地从里屋端出一板,暖暖的蒸汽,隆起的流着汁的茶糕,青绿的一剪刀箬叶,才上午九点,几个大蒸笼就剩了这最后两板,俨然今天的生意做得差不多了。赶紧地,装起两块,付过钱,趁热啃上几口。厚笃笃的,啧啧不错,瞬间仿佛自己是软糯甜的萌孩子,翘望而开始一次舌头和牙齿的作战。

与茶糕同时应市的还有椒盐桃片、重麻酥糖、橘红糕,等等。看到了便想买,吃不了多少就腻,不吃又怪想的,难不成未出远门的我小小年纪也有了乡愁?矛盾的是,不同于我的父辈,我是面包牛奶喂大的,比我小一轮的人更是吃肯德基早餐长大的,平常就不怎么碰糕,难有糕以外的情思,勾不起一截断肠的乡愁。现在的90后流行养多肉植物,问他们茶糕吃哇,好不领情,大约他们对茶糕的认识就是两个字——多肉。但怪不得他们,山水孕育的、岁月淳化的脾性精神,对他们来说,还远没有深入骨髓,占据味蕾,他们是不知道什么是故乡的食物的。

新市的面条

饮食男女都有吮吸的欲望,这种欲望原始的体现就是吃面。在食客们眼中,一碗好面只是一根,吸溜吸溜地吃完最拉风。新市这地方的风气,历来就汤汤水水,檐下雨如蚕食桑,面条如棉纱线,河埠头如梳妆台,其实都是故事。只要你来过,有一个影子在你的心里,总是荡来漾去。倘留意看这里的女子的肌肤,渐渐地你便更有感觉,白皙的、温软的、清凉的。

羊肉和黄酒是新市古镇的特产,也是不可或缺的"面码",要色有色,要味有味,要多少有多少。不说那黄酒,只说羊肉,好响的招牌。昔时东栅有滩地,草极肥美,且潭深不可测,水质甘洌,所饲之羊称湖羊。市镇原有羊行街,买卖起自明代,短短一条街竟有八九家卖湖羊的羊行。清同治九年(1870),有几个宁波人来此开设张裕泰饭庄。后张和松独自经营,起店名张一品,以烹羊为乐,在烧煮羊肉时,加入精白冰糖、陈年老姜、山东大红枣和胡椒、茴香、桂皮等为佐料,烧出的羊肉肥而不腻,鲜嫩香酥,久而成名,遂取"一品当朝"之意,挂"张一品"金字招牌。少东家张永源继父业,延聘名厨,羊肉质量又有提高,于民国初年创制酱羊饺,以仙鹿为商标,价廉物美,人们争相购买。张一品羊肉味道之好实难形容,尝过的食客无不交口称赞,罐装羊肉在20世纪30年代即销至京、津、沪、穗及港、澳等地,如今已成为浙江百年老字号。

仙潭老汤羊肉面,二十六元一碗,"明星"面就是这样,未必一定很贵的、精工细作的、限量的,但必须要别家没有的,能产生附加值。镇上的红男绿女一星期总要吃上两回,叫份酥羊大面,再要一小杯黄酒呷呷。去年,"走读新市古镇"之前,我去新市踩点,遇许德明医师,辛苦他又做地陪又请客。从童润夫纪念馆出来,他直接拉我上仙潭老汤羊肉面馆,"中午,我们吃面,难得的"。盛情难却,恭敬不如从命。稍坐片刻,分装的羊肉和细面端上来了,见我不动筷子,许医师将羊肉和盘搂头倒进我的面碗里,"吃,冷了就变味了,把羊骨头理掉,皮吃光汤喝掉,不然不叫吃羊肉面,精华都在这里"。许医师瞧出了我是第一次吃羊肉面,示意我照他说的做。也罢,干脆一"饮"而尽好了。刹那,舌头若划秋水,一漫一湿一摇曳,人顿时亢奋起来,两腮通红,额头沁珠,脊梁舒畅。邻座是一对情侣,女孩不吃肥羊,也不吃羊皮,她向她的男朋友发声道:"你选一块没有那么多油的给我好不好?"酥羊大面哪有这么吃法的,但美女可以例外,怎么挑剔地吃,抑或不吃都可爱、都性感。

美女们爱点羊饺面和羊汤小面。羊汤小面,实际是用羊的下脚料煮成的"老汤",汤红面白,看着也诱人,啧啧,嗒嗒,几分钟就干个碗底朝天。但她们最喜欢的还是鸭绞面。一家寻常小店,两间店面,门口大小锅六七个,两三个煤饼灶醒着,不疾不徐地炖着美食。香气已然溢出,水汽氤氲,但见鸭头、鸭脖、鸭翅、鸭肜、鸭脚被捆扎成一件件,浸在一锅清汤里。一米七的标配是:一碗汤面,一对鸭脚,一个千张包,外加一大个鸭肜。转眼工夫,鸭绞面就摆上了桌。面很实在,浇头盛在粗大的碗里,鸭汤色泽清淡,鸭肜看上去有些生硬,夹起来还没咀嚼,就感到异常酥软入味。最妙的是鸭脚,酥而不烂,轻轻一抿,皮肉便纷纷入了口,连骨头里都透着鸭汤的鲜浓味。

不禁感叹,这是郭敬明的小时代,也是我们的小食代。诚如街面上贴的一则小广告:“如果不吃,跟咸鱼有什么分别?”傍晚归家,在车内小憩,奈何新市,才下舌尖,又上心间。

后坞生活

近三五年,莫干山下的后坞村以其悠闲、恬淡的风情渐为人熟知。很多理想主义者在满足自己归隐的某种灵修生活之外,也乐于伺候数量不多的认同者。于是乎,以"后坞生活""骑迹单车俱乐部""西坞里 73 号"为代表带动了一个美丽产业——民宿。心之旅,身体之回归,这是关于今天的后坞生活,你能说出的一切。套用一位山地自行车爱好者之语:"生活可以很后坞。"

日前,因答应给《今日浙江》写一篇后坞游记,中午特坐乡际巴士进后坞村,暂时脱离一下熟悉的环境,体味一年旋转到立秋的美妙时节。奇的是,当日武康城中大雨倾盆,而后坞的天空竟一滴雨也没有,仿佛司雨之神知道以理性的节制堵世情的疏漏。仅此,这半日之游也值得。

后坞村,位于德清县最西边,隶筏头乡,但就地景而言,属环莫干山带,"生态、休闲、观光"是该村主打。一路车行,Pure World,后坞跟英国乡村风格很像。其实,每一个乡村,或多或少都有山、水、草木、云光,这种自然的基调最适合由诗歌来表达。清邑人唐靖诗云:"山畈崎�少陌阡,溪流活活是天泉。老农教犊声偏苦,少妇揉茶夜不眠。水碓断云迷故垒,烧畲荒土起新烟。十年黄鸟辞乡国，肯念劳民一息肩。”（《后坞村》）后坞村无可替代的、审美意义上的美，连同神韵都在诗中了。山畈、溪流、书声、茶香，凡此种种，便是真实可感的后坞人的日常生活，“平淡而山高水深”。在民国《莫干山志》中，还能找到这样的记载：“后坞村，烟火百余家，饶田畴，为山乡繁盛之区。”可知后坞旧时是很富庶的，不贫，只交通不便而已。

很奇怪，为什么藏匿在山林间的一个个小村庄用“坞”来命名，这一点从杭州到莫干山概莫如是。在一面展墙上，我找到了后坞村的来历：“站在梅村畈，喇叭口向北眺望。有第一只坞叫‘曹剑坞’，第二只坞叫‘窑南坞’，最后一只坞时隐时现，叫‘后坞’。”一幕场景、一户人家、一天生活，村里把废弃的大会堂改建成文化礼堂的主意确实不错。作为展示、教育的场所，将最重要的资源用在离村民最近的地方，不刻意渲染，却传递出无尽的遐思。走进礼堂的一刻，脚步是温暖的，感官是打开的，思绪是涌动的。一个装有玻璃弹珠的箩，一双缝得密密实实的山袜，一张几个孩子安静地在乡村图书馆阅读的老照片，瞬间吸引了我的眼球。在缺医少书的乡村社会，无法选择的童年没有哪一种相遇比与书交朋友更催人奋进。参观下来，打年糕、做圆子、挞馊糍等热乎场景，以及竹编、箍桶、夯土等老工艺介绍，文字、图像、氛围笼成一片，无不承载着一份“家”的记忆。这部分记忆很滋养人，尽管它有点土，又模糊，但失掉它，犹如伤及软骨组织，哪哪都脱节。

推开礼堂的窗，即见山溪、凉亭、白鸭、黄狗，忍不住吟起一首古诗：“后坞村边午后鸡，天泉寺里日初低。山头百道潺湲水，流过溪桥尽向西。”（清武康知县吴康侯诗）漫步乡间小路，迎面几个英国小伙骑着单车向你招手，有举家来此度假的上海夫妇正坐在石凳上品茶。后坞有好茶，用山泉水冲泡的黄芽茶，很合心意。说起

“莫干黄芽”,可是德清的特产,芽壮毫显,嫩黄油润,有“茶吸云雾,其芳烈十倍”之论。此茶不是绿茶,而属黄茶,是茶叶中的“小语种”,其氨基酸含量异常丰富,深具养胃的功效。在2013年的世界禅茶大会上,大会提供的茶品“三学茶礼”(缘自佛门戒、定、慧三学之意)倍受青睐,其中的戒茶就取自莫干黄芽,寓意戒德清心。另,后坞产一种青龙茶,以其独有的“色泽青绿,形体卷曲,香气芬芳,汁厚味浓”品质,闻名省内外。只是,纵有竹山茶园,后坞人也不舍得喝好茶,实在采茶、炒茶、贩茶的艰辛不堪言,与“遍身罗绮者,不是养蚕人”同理。“送阴十里卖茶家”,过去的后坞人一生都囿在自己的故土,也就格外珍惜勤劳的馈赠,唯此,祖业乃旺;除此,别无捷径。

后坞村里的“杀猪饭”与下渚湖鱼汤饭、新市羊肉齐名,让人垂涎欲滴,引来八方客。刚听到“杀猪饭”三字,你会感到一股杀气,但开动起来,肉又香又有嚼头,饭是新米加上几撮糯米,顿觉此饭“杀克”(德清方言,下饭),充满了山里人的豪爽气息,也饱含了热情好客的淳朴味道——这样原汁原味的土猪肉在城里是吃不到的,当地人绝不小气,上菜顺序是从头到尾,连猪尾巴都煮得嫩嫩的端上来了。今天终于知道了,这些都是一种文化。所谓的食人间烟火不就是现在接地气的另一种说法嘛。兴之所至,大块吃肉,大碗喝酒,为来年祈福,岂不快哉!

来后坞住民宿,如今已成为时尚,我随机找了一家一探究竟。交谈中,老板递给我一份剪报——2013年6月22日的《青年报》。有住客这样写他的入住体验:“房间很大,甚至还有一张小型的八仙桌,上面摆放着一束山上的野花,黄色,娇艳欲滴,插在一只古朴的玻璃瓶子里,很好看。这样的小装饰在房间里比比皆是,洗手台上有透明的淡蓝色的手工香皂,味道清新好闻。梳妆镜前摆放着极小的一支干花，还有一块形状别致的小岩石，或许就是从这莫干山的某一处捡拾而来。还有一个像刚才在大堂里看到的那样惬意的阳台，泡着此山才有的黄芽茶，听着风吹过林叶的沙沙声，这个周末便足够得以记录。”听说这里的萤火虫之夜，浪漫得不行，再腼腆的人也愿意心怀惴惴地说出自己的故事。

二十五岁，正是诗歌与散文的阅读期，我们关注“美”与“丑”的问题。在后坞的两个小时，我试图寻找到一些大时代里的足迹和秘密，更希冀记下一些心绪和过程。因为懂得守望与传承，未来你会更温情，成长得更有力量。须知，有知识和有文化是两个概念，不是上过大学，跳出了乡村就是标准，恰恰相反，逃遁、割离甚或不归将抵达现代文明的另一个极端。不管你是否认同，乡村仍然保留着我们最正宗的传统，被视之为现代人的精神家园。这是事实，也是常识。

茶在莫干

春秋剑，晋寺，唐茶，阳明心学，欧美风，另有竹、云、泉等清凉元素，俨然莫干山是东南避暑胜地，中外著称。莫干黄芽以其名便可推知此茶产自此山。

天下名山，必长灵草，江南地暖，故独宜茶。茶在莫干的历史甚悠久。早在晋代，莫干山上寺院林立，僧侣们整日念经静修，时间一久，免不了昏昏然，所幸采野生茶叶研成细末，煮汁饮服，以提精神，果然见效。因所需日多，寺僧们便自植茶树，初仅限小众使用。其后的南朝，无论僧俗皆倾心佛事，寺院茶礼渐成为诗、书、画、印、琴、棋外的“第七艺”，时人热衷于喝酽酽的茶，聊尽兴的事。元嘉中，莫干山东北的小山寺来了个法瑶和尚，长年以茶代饭，从不生病，也不会衰老。皇帝得知，特下旨召他入宫，讨教长寿秘诀。故事散布到民间，很快刮起全民饮茶之风，后衍生出中华茶文化一系。

24℃徒步游览莫干山，私以为，茶才是荫荫莫干山的完美精魂。唐代的陆羽一定考察过莫干山，他所著《茶经》云，“浙西，以湖州为上”，“生安吉、武康县山谷”。今人考证，武康县山谷主要指莫干山麓的梅皋坞、仙人坑以及东沈宿鸠坞等。陆羽，字鸿渐，一代茶圣，在毗邻余杭的原武康县有诸多以鸿渐命名的地名，不可能与之毫无关系。孟郊诗集中还有一首《题陆鸿渐上饶新开山舍》，人称孟郊是陆羽的第一百一十四个朋友。即便千年之后，还有人记得陆羽，为《莫干山志》题词不忘“问道莫干有佳茗，愿从陆羽补丛编”。

宋代《天池记》：“浙，莫干山土人以茶为业，隙地皆种茶。”毛滂到武康做知县，与山民有交谊，曾收到寄给他的新茶而赋诗：“玉角苍坚已照人，冰肝寒洁更无尘。”天池寺是莫干山的重要地标，负载着丰富的内涵，尽管尚在重建之中，但许多登山族都记得 1985 年后，管理局在此建有茶室及朱色围墙。明清时期，莫干山的茶事一直兴盛，环山一度辟有茶园，遥看，动若浮波，静若堆絮，其中山顶茶最佳。明代诗僧释圆信居莫干山双髻峰时作诗：“帘卷春风啼晚鸦，闲情无过是吾家。青山个个伸头看，看我庵中吃苦荼。”苦荼，是茶的古俗名，《本草》曰：“苦荼能去脂，使人不睡。”文人常叹女子人如香草，命若苦荼。清康熙二年(1663)知县吴康侯因老家拖欠赋税，任职不满两年，即被免官，余生放情山水之间，应了“命若苦荼”之叹。他的《莫干山记》里如是钩沉了莫干茶人茶事：“山有古塔遗迹，俗呼塔山，实则莫干山之顶矣。寺僧种植其上，茶吸云雾，其芳烈十倍恒等。槜李诗僧秋潭留题一绝：‘峰头云湿皆含雨，溪口泉香尽带花；正是天池谷雨后，松荫十里卖茶家。’”又，乾隆《武康县志》载：“莫干山有野茶、山茶、地茶，有雨前茶、梅尖，有头茶，有二茶，出西北山者为贵。”足见，莫干茶在山民的手中，业已发展成支柱产业。清季民初，莫干山芽茶尚见于市。

世界的变化，让每个人都成了游牧民族，逐梦想而居。茶与人一样，讲究天合、地合、人合，对于时节、产地、工序一点不能马虎，否则只有等明年了。“日采鲜叶夜发愁，下雨三日眼泪流”“一季茶叶一场病,一年茶叶半条命”,茶农中至今流传着这样的谚语。证之于莫干黄芽,此言不谬。在漫天的喧嚣、扰攘与诱惑里,莫干山茶始终保持了一份难得的从容、适意与淡定,一种远离了异化、近乎初衷的态度。殊不知,这就是莫干山茶不虚名的背后。

莫等闲,干云志。偌大的莫干山,并非各处的茶树皆可采制黄芽,唯南路横岭、梅皋坞、碧坞龙潭顶等几处海拔六百米以上方出产,集八万多个嫩芽不过制成一公斤——了解一种茶,必从其名贵程度始。懂茶的人知道湖州有三茶,黄、绿、白,分别代表莫干黄芽、长兴顾渚紫笋茶、安吉白茶。端详之,莫干黄芽又与其他茶叶颇有些不同,当属茶中清逸之品:莫干黄芽其色嫩黄,上覆有绒绒白毫,莹莹然有光,一粒粒细如雀舌,掷杯有声,取一撮放在杯中,用沸水冲泡,但见杯内茶叶浮沉有致,芽叶徐徐展开,茶水黄绿明澈,清香四溢。呷上一口,其味鲜爽甘醇;放下杯,唇际齿间犹有山林意,身心俱是清静。餐雾饮露,枕云席絮,这一刻,人与茶的悠然心会,妙处难与君说。

遇见故乡茶。

茶里果

今春，还是第一次听人说，在南方，熏豆、橘皮、野芝麻、胡萝卜干、笋干尖等熏豆茶的茶料被称作“茶里果”。客人来了，冲上一杯，花花绿绿的，茶色却是清透，一点不浑浊。小饮一口，咸中带甜，鲜里带香，喉感也刚刚好，真人间绝味。上班第一天，浙江图书馆地方文献部的同仁发来一图，一个用茶里果摆成的繁体马字，寓意马到成功。很应景耶，要得。

自许不是稽古之人，也非骚人，但不知为何，爱搜街的我会钟爱一些古风尚存的民间饮品。比如薄荷水、酸梅汤、莲子羹、芝麻糊、熏豆茶。喝熏豆茶，可以说是其中最古老的江南风俗，打防风氏坐天下起，这一风俗就已环绕德清影响了一大圈。熏豆茶，也作烘豆茶，在德清又叫防风神茶。很小的时候，我就听过防风氏的故事，在我还没有去过三合乡，就大概知道了防风古国的方位。大学毕业后，我几次访防风祠，见祠前竖有防风神茶记碑，也就格外读得仔细并做摘录。记曰：

> 吾乡为防风古国之封疆。相传防风受禹命治水，劳苦莫名。里人以橙子皮、野芝麻沏茶为其祛湿气并进烘

青豆作茶点。防风偶将豆倾入茶汤并食之，尔后神力大增，治水功成。如此吃茶法，累代相沿，蔚成乡风。此烘豆茶之由来，或誉防风神茶……

许多年来，我不止一次地突发奇想，找一只小舟，邀三五好友，从家门口之阜溪划到防风古国之下渚湖，完全按古人描述过的浪漫情怀来。开兰博基尼者，根本不能体会舟游的好处，唯一相同的是，不会错过路上的风光，且想去哪里去哪里。可是，今天有幼稚园老师告诉兰博基尼车主的儿子防风治水的故事，大约就是，很久很久以前，有一个先人防止台风、治理洪水。“兰爸”第一反应是：Kimi，这防风治水男在古代绝不是娘炮，他的夫人也不会是软妹子！还好，四千年前没有热播剧《爸爸去哪儿》，否则历史课本都乱穿好几回了。

防风氏的故事，与其单纯靠里人口口相传，总不如由一杯实在的茶打底来得实惠。每当外婆虔诚而隆重地为我泡熏豆茶，她老人家就像在完成一种神圣的祭祀仪式。作家张抗抗说，防风氏留下这防风神茶，正是以期为世人洗心醒目。“茶博士”周作人说，喝茶之后，再去继续各人的胜业，无论为名为利，都无不可。

外婆熏豆茶的主角熏豆是年前就备好的。深秋，晚青豆成熟的季节，采下一排排青豆植株，剥豆子，用盐水煮熟，然后在炭火上慢慢烘干，直到豆起褶了，明显瘪了。全套工序不算复杂，但着实费工夫。橘皮、野芝麻则是现做的，密封装在小玻璃瓶里，看上去像果酱。外婆家门前曾种过一棵枳子树，好多刺，铁青铁青的，不好摘，拿竿子打。打下来的枳子，去瓤，留皮，晒几个日头，晾黄了，做出来的味道才斑斓。外婆没有读过《晏子》，所以她把枳子认作小贡橘，盼其春来花事浓，长成真正的橘子树。野芝麻呢，也是自制且秘藏的，大的颗粒饱满，小的也可爱，咬之，麻嘴，卜卜地响，外婆给它一个爱称“卜子”。这枳子皮、野芝麻和熏豆与沸水亲密接触，遂变得特别爽口，非常解渴。于是，外婆的茶里果好畅“销”，拜年去晚了，只能喝陈的。

说真的，湿漉漉的冬天，拿起电话点奶茶，坐等外卖哥来，哪比得马上有冒着热气的熏豆茶在手，幸福恒久。申明，不是打广告。请支持土产。

下渚湖之冬

冰水梅汤

以前看过俞平伯的《清河坊》一文,甚为喜欢。于是就想以前生活在杭州城的人应该是多么惬意闲适啊,“忙且如此,不忙可知。非闲散而何?”几次过杭州河坊街,总能见街边的小铺在卖一种很传统的凉饮,一元五一杯,貌似过路的男生女生没有不停来买一杯的。经不住店主招揽,我亦买了一杯,呵,原是酸梅汤,味道蛮“正”!——我在德清乡下时曾喝过,但记忆中是用蓝边的碗盛着,碗心一两颗梅子,老深的颜色,在井水里“冰”一会儿,摸着碗沿就很清凉,喝一口顶吃一根冰棍。绝不是现在,端了一个涩口的一次性杯。

旧时读《武林旧事》有“卤梅水”的记载,一时犯疑,不曾想正是我所喝到的酸梅汤。那时的“冰酪”“冰碗”“冰珠蜜水”,乃是今冰淇淋、冰果、橘子水,好像杨万里还写过一首诗“卖冰一声隔水来,行人未吃心眼开”,李重元也写过一首词“过雨荷花满院香,沉李浮瓜冰雪凉”,够时兴、够小资的。

店主一口京片子,北京来的,见我对他的酸梅汤感兴趣,当日也无什么人,便和我侃起了老北京的故事。听他讲,他来河坊街卖酸梅汤真是没法了,“能怎么办,不卖这个?北京人爱喝这个”。他想南方人或许也爱喝,女生准爱的。“老北京人喝的是从宫里传出来的:用半黄的梅子烟熏后成乌梅,将乌梅泡发后放入桂花、蜂蜜、冰糖加水熬,然后拿冰镇,瞧见吧,得了!”我看了他给我的一张报纸,报上说,酸梅汤有祛热、安心、生津、止咳、辟疫等功效,时语有“清宫异宝,御制乌梅汤”,又语“土贡梅煎”。

我复问他:“你不卖点别的?”

“有想过,本大,伤不起。我原想来这街上卖‘江米藕’,西湖里有的是藕,还有莲心。但杭州人可不爱吃这个,他们吃腻了。”他低着头,忙着拨弄他的乌梅。

他约莫三十岁不到,在这里读大学,想趁假期做一份工,就盘下了这一小间铺面。他小时候,北京地界儿随处可见卖酸梅汤的摊贩。摊主手持一对小青铜碗,不时敲击发出铮铮之声。他喜欢听这样的声音。

“那你每次都很望梅止渴喽!”

“那时汽水少,又兴喝这个……现在的小学生都喝可口可乐了。”

我不好意思再问下去,怕他难受,更怕自己尴尬。但他却饶有兴致,继续说他的故事。

“老北京最早专营酸梅汤的店铺是西四牌楼的‘隆景和’,山西人开的,当年闹义和团,被劫了关了。后来开在琉璃厂的‘信远斋’取代了它,‘信远斋’的酸梅汤生意绝了,其他店无法比,很多人去琉璃厂淘书,少不了要喝上一碗,梅兰芳、马连良都光顾过。”

“你可是学的‘信远斋’,难怪味道这么好?”我喝过荷叶水、枇杷水、青桑头水,对于酸梅汤,却不曾多喝。

他也不答,执意要请我喝一杯。我难以拒绝,其实,每一家店都会有它的秘制,故每一家的、每一位师傅做出来的味道都不太一样。譬如他的酸梅汤就特别润喉、爽口,一如他此刻酸酸甜甜的心情。很多人也包括我,为此频频“举杯”。

枇杷季

“五月江南碧苍苍，蚕老枇杷黄。”一过立夏，枇杷林团团绿树，累累金果，有卢橘之称的枇杷便�筐千百地上市了。坐车经过塘栖，很多人都在为它忙碌，这仿佛是老镇独有的节日。今年的塘栖枇杷我还没吃到，不过杨墩枇杷节将举办的消息已传到我耳朵里。

枇杷是果中独备四时之气者，秋日养蕾，冬季开花，春来结子，夏初成熟。关于塘栖与枇杷的文字，印象中较深的是丰子恺的《塘栖》:“塘栖枇杷是有名的。我买些白沙枇杷，回到船里，分些给船娘，然后自吃。在船里吃枇杷是一件快适的事。”以及张爱玲小说《小艾》中的描写:“老姨太早已剥了一颗，把那枇杷皮剥成一朵倒垂莲模样，蒂子朝下，十指尖尖擎着送了过来。”

犹记得，某年，有亲戚从塘栖带了一大篮子枇杷来，称是老镇的特产，个大饱满，长耳大叶，皮黄透白且略带芝麻斑点，一柄结两三个、四五个的都有。我尝了几柄，个个柔甜多汁，真是令人愉悦的水果。于是，每到枇杷季，我家的餐桌上总能接连见到鲜甜的枇杷。剥去那层披着细绒毛的外皮，大口吞咽，吐核，直吃到张口便淡淡地散发出一股蜂蜜香，咂咂嘴唇，回味儿是极赞的。那年月，不少人家屋里都有天井的，不知哪一天，墙边的青石板缝里就会钻出一株两株枇杷苗来。可是要等它开花结果好吃，得好几年，等不了了，难免会抱怨："哎唷，今年这株枇杷是还不能上身（德清方言，吃）咪！"

俚语："天下枇杷数塘栖，塘栖枇杷产杨墩。"所谓塘栖枇杷，其实多半产自雷甸杨墩。德清县雷甸镇紧挨着塘栖镇，历来果农收获的枇杷都到塘栖枇杷行出售，曰塘栖杨墩枇杷。枇杷之外，雷甸还以珍珠、西瓜闻名。故乡的枇杷是值得骄傲的，名气是一方面。如康熙《德清县志》物产中就记有枇杷的品名。民国《德清县新志》更详载："枇杷有红白两种，南乡中初鸣、上初鸣等处盛植之，白尤胜。"白是软条白沙，红名红种，是杨墩枇杷最知名的两个品种。红种，又名红毛丫头，核一个，外表金红喜气，皮上麻点多多，味道甜甜，汁水充盈，是杨墩正宗的原生品种，别的地方长不好。

情结也是很重要的一方面。一周前，去一位画家朋友家做客，他家的餐厅里挂有一幅《枇杷图》，一颗颗橙黄的果子压在勾着漂亮叶脉的墨色叶子下，左上角有题诗："高枝实累累，山雨打欲坠。何时白玉堂，翠盘荐金果。"一问，诗是吴昌硕的，难怪眼熟，画是主人自己的"手指画"。因为主人喜食枇杷，当年到外地谋生有几年吃不上枇杷，只能画枇杷解馋，久而久之，枇杷便成了乡心。说话间，他请我吃自制的枇杷冻。打开冰箱，取出容器，找来碗和调羹，盛出一点，圆嘟嘟的果粒，不干不稀的黄汤，轻轻一口，沁凉甜美，还有一丝若有若无的酸，比起喜之郎果冻，如琼浆玉液。

吃着枇杷冻时，我想起家门前那株小小的记忆中的枇杷树了。曾经它的叶子治了我的咳嗽，花至今未开，而我却要盼着牵挂着它的果实？——这时候，倒印证了古人"画饼充饥"的智慧了。

青　菱

说采莲，未免太雅，更适合远观或遥想，不宜近亵。而说到采菱则大不必如此，这是一种辛苦又有趣的劳动，承载着深阔的传统文化生活和水乡人的盈盈记忆。

采菱复采菱，隔舟闻笑歌。今夏读到一则文人笔记，明末清初诗人龚鼎孳在某年春夜，与夫人一起乘小画舫游西湖，畅游而返，系船于寓楼下，却不上岸，而是在船上剥菱煮芡，小酌达旦。此时人声已寂，楼台灯火也稀落无几，环顾湖上，只有四围苍翠山色仿佛时时滴入杯底。龚鼎孳不禁慨叹：千百年西湖风光，这一晚才算由我们独独全部享有了！

曾住杭州俞楼的俞陛云先生对西湖的菱芡写得具体："西湖所产菱芡之类，两角者为芰，四角者为菱。红者皮薄而鲜美，东坡诗云：'乌菱白芡不论钱。'但乌菱老而沉泥者，颇不佳，不若改乌菱为红菱，于西湖更切。"

近日游西湖，在湖滨，远远地就听到有吆喝声"鲜菱角来哎——西湖菱——来哟"。走近了，见一位老者挑着担子正叫卖菱角，水灵灵的青菱错杂地堆放在担子上，有几只特大的水红菱点缀其间，若少女的红唇，煞是好看——水乡人将少女丰润而上翘的嘴唇称作菱角嘴。一时间，游人们纷纷停下来询价、欣赏，似乎这担子上的风景更惹人喜爱了。看大了，江南的口味在这里，惊艳也在这里。

这时，卖菱者念起了一首《采菱歌》："青菱小，红菱老，不问红与青，只觉菱儿好。"他只念了头四句，来买他菱角的人越聚越多，生意上来了。我站在人群中，帮他念了下面的句子："好哥哥，去采菱，菱塘浅，坐小盆。哥哥采盈盆，弟弟妹妹共欢欣。"

顿时，他怔住了，忙放下手中的秤："小先生，你怎么会这首《采菱歌》?"我笑说："这是一篇民国老课文，因为优雅、干净，所以十分喜欢。"他对我的回答很满意，又问我是否住在水乡，并拿了一个顶好看的青菱请我尝："快尝尝，西湖的味道!"

西湖的味道？不正是西湖的味道么！在江南，六月已可吃到嫩菱，七月吃菱正当时。这时的菱，正如我手中的这一个，尖很软，皮也薄，轻轻一剥即可食，入口，舌头一压，满口清甜。于是，我说："青菱在我们那儿分两种，一曰'花蒂'，一曰'火刀'，风干后皆可久放。在我的家乡也流传着一首采菱歌，我可以念给你听。"

"快念吧，我听着。"卖菱者急不可待地说。

"我们都愿意听。"买菱者随之呼应。

"云淡淡，天青青，约朋友，邀至亲，划只菱桶去采菱。菱荡浅，菱桶轻，一划一划向前行。菱叶浮在水面上，菱蔓梗上生红菱。勿教老菱沉下水，头哦采好采二哦，菱肉细嫩菱味鲜。采黑菱，笑盈盈，划着菱桶回家门。"

卖菱者见自己担子上的青菱还有半斤，装了袋子，递给我道："拿去吧，也不多了。我从你这又新学了一首《采菱歌》，只是'头哦'怎么讲?"

我接过青菱，有点不好意思："'头哦'是第一次的意思。这是我第一次尝此菱,谢谢。”

“你懂得真多。我卖的可是真正的自然的西湖的产儿。我的爷爷从‘掉舟小童剥壳求沽’起,就在西湖边卖青菱了。菱这东西,挺吉祥的,我总让小孩子多吃,以求他们日后更聪明伶俐。”

我一直在寻找地道的杭儿风,这就是,脆爽的青菱,可爱的卖菱老人。

鸡头米

“苏州好,葑水种鸡头。莹润每疑珠十斛,柔香偏爱乳盈瓯。细剥小庭幽。”(清沈朝初《忆江南》)在我到过的江南城市中,最像江南的还数苏州。

从马医科巷俞樾故居出来,正是午睡时间,暖烘烘的。穿过几条街,苏州的妇孺们却不闲着,一个个、一排排都紧着时间剥“豆子”,蔚为壮观。怪我浅陋,竟不识得此物。问淹没在人群中的阿婆,笑而不应;又问,答,此物只在此季只在此地;三问,乃吐出三字,鸡头米。噢,原叫这名字,不痛不痒的,难及这满城被烘托起来的剥食鸡头米的齐刷刷氛围。

“鸡头米来,才上河——鸡头米来,二苍的好吃来!”往前走,见有店家专售一种赭皮囊子,外观酷似公鸡头。一打听,即刚从河里采上来的鸡头米。看有女游客过来交易,讲定价钱,验货。店老板用一个小铁钩一戳,用剪刀剥开外边像刺猬一般的皮,鸡头米便一颗颗脱出来了,若石榴果。近观,每颗鸡头米外还裹着一层色彩斑斓的膜,女游客于是惊叹一句“美如珍珠”,满意地付了钱走了。

店老板刚做了一把大生意,心情极好,便得意地对我讲,鸡头米分三等,最嫩的称黄米,最老的称紫皮,夹在中间的称二苍,价格很不错。苏州人拿它入馔，喜欢放冰糖、点上些干桂花，或者拌以杂蔬，鲜隽无匹，滋味腴美。忽然，他若有所思，插入一句："哝，那女人会挑末事（方言，东西），买走的就是二苍，准备下糯米小圆子——'水丸玉弹'。吃不完，可以速冻，想吃的时候，从冰箱里取出些，用水化开，煮三分钟即好。"

在苏州会议中心大酒店，我尝了清煮加糖的鸡头米，滑脆绵糯，且带有一股淡淡的甜味，清香清香，这味道很难形容，也很难有食物可与之比拟。特别是盛在青瓷碗里，透过浅绿的清汤，碗底几粒数得清的鸡头米沉在清澈的蜜水里，用莲瓣纹调羹舀一小勺，慢条斯理地嘬着，好一种"珠玑入我喉"的感觉。关键是，鸡头米性暖，是养生食品，有益精气、利耳目、止烦渴、除虚热等功效。

回德清后，我在晚餐时跟母亲提到了鸡头米以及最本色的做法，因为太贵了，所以没有带点回来孝敬她。母亲会心地笑了，鸡头米对于她，实在不算什么"高级货"，咱们德清就有。小时候，外婆家屋前的池塘里就种有鸡头米，鸡头开花时，一片蓝莹莹的小花，叶子褶皱如盘。长到可以吃时，她坐着菱桶随便采，采归，脱粒，直接在锅里噼里啪啦炒熟了，当瓜子嗑，壳挺硬的，要咬一阵，越吃越有味道。至于具体味道么，她早忘了。

也许，鸡头米这样的水中仙物，对于母亲来说，得来太容易，因而失却了品味的必要；在我则不同，得之太不易，又总是担心错过，因而觉得这就是人间绝妙食品，非记之不可。

笋 味

春夏之交，食客们把挖笋当作一大乐事。为一尝自己亲手采选的鲜物，并亲自下厨做成美味，真是煎、炒、煨、炖都不错，八珍不及这笋香！喜食者更夸："笋是野得好，小得香，绝对的，一等的！"

这话背后隐藏的江南饮食文化多少门道，归根结底，笋是越新鲜越好，越简单做越原汁原味。中国人食笋已有三千余年的历史，宋代高僧、德清人赞宁编有《笋谱》一书，总结了历代流传的食笋之法，强调食笋应食其"本味""真味"。殆清末民初，西湖周围以蔬笋为主打的素菜馆不下几十家，最著名应属功德林。1928 年 7 月 13 日，鲁迅先生来杭，应友人之邀，在功德林用晚餐。鲁迅一向反对素菜荤名，如素火腿、素烧鹅、素鱼翅，却对一道笋油菜大加赞赏，实际上这道菜一点不高级，不过是清炖笋干尖罢了。忘了是哪一年，梁实秋随舅父游西湖，在灵隐寺前的一家斋馆吃饭，他没有想到该馆的一盘冬菇烧笋竟可以做得如此出神入化。其后，朋友避暑上狮头山，住最高处一尼庵，给他贻书："山居多佳趣，每日素斋有新砍之笋，味绝鲜美，盍来共尝？"梁先生没去成，终引以为憾。

笋不像香菇，绝不做喧宾夺主的事，甘当配角，锦上添花。许多第一次来杭的游客都会对"片儿川"三个字好奇。片儿川，是南方一道最家常也最知名的面食,正确的写法应是“片儿汆”。这面讲究一汆就起,不是拿来煮。但大多数人包括杭州人烧片儿川总不得要领,忽视其中关键,即保持面条、所有配料的一个“嫩”字!据说这片儿川面还有一个典故。当年苏东坡曾写下名句“无肉令人瘦,无竹令人俗”,杭州的厨师受其启发,用猪肉片、竹笋、雪菜为原料,做出了这碗杭州面的经典。正所谓有笋有肉,不瘦不俗,雪菜烧面,神仙口福!

小笋,俗称野笋,当春乃发生,一般都属自然生长,分布在山野的荒柴竹窝中,识货者一眼便见,这是“笔头笋”,那是“细梢笋”。于是手扼、山子挖并用,甚至有全家妇少出动者。踢开脚下茅草,拽开灌木枝丫,将石缝和藤蔓蒺藜间都搜遍,将贮在明里、藏在暗处的野笋一一擢出来。这越找越欢之劲别提多亢奋了,往往清晨上山,午后就已肩挑手提,包满袋满。车过暮色中的乡村,见家家门前一大堆野笋,铺开了,色泽青绿玉黄,香气清馥。妇女们熟练地先拿小刀在笋壳表面纵向一剖,再稍往两边扒开,然后一把揪起笋头顺时绕两圈,笋壳就完完全全脱离出来了。远望便觉清甜可人,靠近一点仿佛有股小清新的气息沁入。叫我想起儿时随母亲、外婆、表哥一同上山拗野笋的愉悦情景。因为手生、眼生,还是小孩子的我更多是乱扯强扳,常常将苦笋混入其中。

野笋做成野笋干也很好吃。乡村的夜晚,因不灭的炊烟、飘香的笋味和天伦之乐,如同过节。去壳后的野笋,被洗得白净,放进大锅里,加少许清水,加盐,煮熟捞起,滤去汤汤水水,摊于竹匾或火炉上烘焙。这时,需有人轮值在一旁翻拌,烘到八成干时,将潮笋揉压、拣卷。考究一点,会盖上干净的衬布,搬来石磨盘压一压,然后重回土灶,使之品相更佳。至此,笋干就制好了,隔日要是能见一两个猛太阳,晒得干干瘪瘪的,则更具风味。山里人家会把自家的美味笋干赠人，根根辛苦，偏如此执着，分享的已经不只是笋了。想吃了，取出一点，拿开水泡泡，撕成条，清炒、凉拌、蒸酱、做汤、煨老鸭、炖鸡都是首选。恨不能餐餐食笋！

余英溪上游竹林

本是逆鱼欲上时

余不溪,穿德清旧县城而过的一段俗称长桥河,自西向东悠悠流淌了千百年,若一根鱼刺,穿透了县民忧伤的咽喉。是溪盛产逆鱼,体丰,骨软,子尤香,与河蛏子、河蚬并称“水中三珍”。清邑人徐本璇《逆鱼》诗云:“梅黄水涨逆鱼肥,美胜春鲈是也非?见说熏笼传食谱,恰当赋罢遂初归。”

何为逆鱼?即逆水游泳的鱼,其形似鲦鱼,但嘴圆,首尾不昂,呈一字形,长者五六寸。德清人有口福,每年都能赶上一趟逆鱼汛。五六月间,江南普遍入梅,德清阴雨连绵,长桥河里的水涨起来了,逆鱼从太湖回溯产卵,在过德清时,激流勇进,于河岸曲折处诞下鱼子,而后疲惫地游达余杭、瓶窑等地。记忆中,曾住乾元镇焦山弄小外婆家的我,看过一回长桥河里扣逆鱼。那场面好热闹,真壮观,《水浒》里“浪里白条”式的人物,沿河遍布的各种网具,平日里不多见的打鱼船也来了。围观人群成墙,一网欢呼,一网叹息,声声不绝。听看客们讲,长桥河里捕逆鱼的黄金位置有两个,一是东门城桥下戗水石边,二是德清大闸下,仿佛他们比那河中捕鱼者更有经验。其中有老人直笑道,顺民都喜爱看扣逆鱼,大快人心啊。

逆鱼捕捞上来了，渔家支个小摊即卖，时价，童叟无欺。银白色的鱼儿在网里闪着光，不停地跳动翻跃着。喜食者通常一买就是十几斤，自食过了，还分赠亲友，若还有余，则制成鱼干，密封在石灰甏里，细水长流地享用着。几年前，走在乾元镇的街头，逆鱼的香味犹随处可闻。还不到吃晚饭的点，老酒朋友早已摆上一大盆又烫又香的逆鱼，几个酒杯子，准备请露天客——还不赶紧的，走起！

逆鱼趁鲜被卖到吾邑新市镇，应运而生了一道名菜，曰“清炖逆鱼”，外人知之甚少。俞樾曾如是记述，“（逆鱼）多时贱至每角银毫十余斤，城内店家常积数担，以为待客佳肴。此鱼以清炖最宜，煎熟晒干后，久藏而不变味”。红烧也可，先用料酒、酱油之类腌至入味，然后下锅炸至焦黄，入口松脆。再考究一点的吃客，炸过之后还要卤一下，那味道就更上乘了。尤其那一肚子鱼子，鲜香无比。小饭店里也有做成蒸烤子鱼的，亦美味。

关于逆鱼，在上海文坛还流传着一个故事。上海武康路武康大楼咖啡厅，德清籍导演沈西苓、女演员王人美和剧作家夏衍常聚在一起喝咖啡。某日，夏衍绘声绘色地讲起德清外婆家“长桥逆鱼”多么美味好吃，诱得王人美非要夏衍带她上德清美餐一顿。然而，沈西苓没有等到抗战胜利就英年早逝了，王人美则命运多舛想食逆鱼的夙愿终未能实现。

本应是逆鱼欲上时，却鲜有鱼，只有舌尖上的记忆。怪我们过度的活动使河道、水质、物候发生了巨变，以致逆鱼的产量骤减，甚至濒临绝种。今后，越来越难吃到正宗的逆鱼了。人总是这样，遇不上了，或者永别了，顿时才觉得那些人、物、时光已不再与我们“长相厮守”。我们注定是被留下的孤独者。

油爆虾

德清虽不产山珍海味，但河鲜丰富。油爆小河虾是德清人非常喜爱的菜肴，系家宴上不可缺的主打。小河虾不必剖，也不用怎么洗，油里一爆，颜色漂亮极了，若“红衣少女”，倒点料酒，撒一把葱花，鲜上加鲜。关火，装盘，开吃。乍看好像油了一些，放心，这是低脂的小荤。红艳艳的虾壳，白乎乎的虾肉，亮晶晶的虾须，夹一只，吮一下，满嘴的香汁，咬一口，外焦里嫩，壳肉分离，恰恰好。连吃到第四五只，不妨连壳嚼之，全须全尾地吃最补钙。吸溜，吧嗒吧嗒，嗖嗖，咔咔作响，真不是一般的过瘾。几筷子下去，瞬间光盘，再来一份也能扫光。

德清人貌似特别钟爱小河虾，大虾的肉较“木”，龙虾的肉难“对付”。谷雨时节的新虾还没“散春”，身子中有虾籽，虾头上有虾黄，是最好吃的时候。自家做油爆虾无须挑个大的、色深的，否则清一色太麻烦，价格也不实惠，中看不中吃。吃客中有一种所谓“猫”人，馋得很，隔三岔五叫家里人做鱼虾吃。男人吃油爆虾的架势，若女人吃飞瓜子，都是操练舌头的过程，吃相一流。老城关长桥河两岸的人家，今天一碟油爆虾，一个水芹菜；隔一天一盘香酥虾，一个香椿炒蛋或者蒜泥菠菜；再隔一天，一份酱油虾，一盆卷心菜，哪怕天天吃虾也吃不厌。会过日子的煮妇，晚上这一顿，能两个菜绝不弄三个菜，有一个虾蛮“道明”（德清方言，惬意）。问她是何道理，她刚准备摘了围裙，说点啥，男主人就抢着说，小市民越不讲究越小乐胃，内中感情无法用言语表达，添上筷子，一起吃就是了。吃罢，桌上几乎没见什么虾壳，盘底不留汁。擦一口嘴，猛一仰脖，起身，收拾碗筷，开水龙头，哼一段小曲，心满意足。女人呢，时不时在一旁问男人，这周末儿子、孙子来，买点啥小菜，还吃虾吗？我们做虾饼子吧。

小河虾，一直在我童年的记忆里游来游去、活蹦乱跳。临近夜幕，到河埠头，以手电筒照明，每当猎物出现，就用小网兜迅速逮之，每每总能逮到不少，如今却难觅踪迹。读小学时，路过茶馆，听里面的人讲现在“小弯转”贵哩，我听不懂是什么，突然间就脸红了。有个茶客伸出一根食指，弯了又弯，然后刮了下我的鼻子，说：“你属虾子的呀，一下就红啦，这就是小弯转，看清楚没？”一次工作聚餐，我点了一盘油爆虾，服务员上菜时报菜名“花”，我一时没反应过来，这竟也是虾的芳名！这家店的老板是安吉人，他看我们几个小年轻吃的那个欢，便问“倒缩”味道如何？他管虾叫“倒缩”。同桌的小朋友们听得一头雾水。可不是，好端端的，为什么就倒缩了呢？这个安吉老板好风趣，拿双手比画，左手比树枝，右手比虾，虾在水里，树枝还没碰到它，这鬼精灵退得好快，怕你侵犯它了。“倒缩”这个名字还真形象，慧不如痴。

我还没看见哪位美食家像丰子恺说的，“不出声的我就吃”。丰子恺是学过佛的，却特别喜欢吃虾和蟹，迥异于一般的外道中人。最善于自得其乐的还得数俞平伯，去赶集时问卖虾人：“这虾怎么卖？”卖虾人说：“一毛五一斤。”他不懂行情，还以为是一毛五分一对，就买了十对，却付了十斤的钱。卖虾人乐坏了，此事也就不胫而走。食材、食单、食事、食客，美食的最高层次和境界即与文化高度融合。

搬进新家后，我的书桌上便摆了一缸清水，有时养一尾金鱼，有时栽一株水培，有时放几对河虾，观赏这些优雅的生命体，一天的心情果然大好。用心，尽兴，赞叹，人世的真谛，也是吃虾的学问。小河虾是真的好吃，不论是油爆、白灼，还是盐水、烧汤，食后总令人回味无穷，关键对身体、情绪也大有裨益。同理，对于喜欢的人和事，无论怎么变来变去，我们都会爱不停。

俞楼主人的醋鱼之爱

美食家说，中国文化干脆就是饮食文化，有一点道理。杭帮菜里有一道名菜，曰西湖醋鱼，鲜嫩味美，酸甜适口，且以楼外楼所烹制者最出名。

外地游客游西湖，首选楼外楼用餐，而走进楼外楼没有不点西湖醋鱼的。这是名气，是档次，更是享受，人都好这一口。你想，把那满湖秀色和整桌佳肴一起下肚，还有不享受的？但说到西湖醋鱼的典故和做法，知之者不多，即便是杭州人，也未必能说出个所以然。殊不知，这西湖醋鱼为德清人俞樾创制，或谓经俞樾定型，并直接影响了此菜的历史传承。

俞樾之于西湖，不消说是一位重要人物，笔头厉害，派头更足。学生曾送他一枚印鉴“西湖长”，以他比白居易、苏东坡。俞樾虽不敢当，然自认久居西湖，且任诂经精舍山长，“未始不可妄窃以自娱”。俞楼建好后，他在杭州就算有了家，当时俞楼筑有围墙，台门靠近湖水，真正的西湖雅生活。

西湖醋熘鱼法系古之所传，俞樾的功劳是将煮用鲤鱼的传统改为用草鱼。据老杭州云，湖上用鱼多来自德清，表明俞樾的煮鱼方法正宗。但俞樾自己不会烧醋熘鱼，至于往里滴醋加糖云云，则又是后来的事了——据《吃在杭州》一书称,烧西湖醋熘鱼仍健在的行家是原新新饭店厨师长、德清人李鹤轩。

俞樾寓居俞楼期间,前往拜访求教者盈门,他亦以礼相待,常留故友门生一同品尝西湖醋熘鱼。宾客们吃了“皆云未知有此味”,回味无穷,因而被俞樾拿来“每以供客”。当年的楼外楼还只是一个小酒楼,其得名因宋林升“山外青山楼外楼”的诗句,亦与俞楼有关。楼外楼第一个楼字的间架与俞楼(彭玉麟书题,即今所见)的楼字相同;第二个楼字用行楷落笔,为俞樾手书,以示酒楼乃俞楼外侧之楼,此老匾早已不见了,传闻在日军侵占杭州期间被仰慕俞樾的日本人抢走了。现在所见是知名书法家姚葆勋从楼外楼老店碗、钵上描得。楼外楼新开不久,店主洪瑞堂便将这道醋熘鱼列入菜谱,此外尚有醉虾、萝卜丝烧鲫鱼、清汤鱼圆及菜卤豆腐等,都源自德清民间。楼外楼老店就在俞楼之外,两家似隔壁邻居,隔了一座广化寺。俞樾借地之便,不时命童仆去楼外楼买些醋熘鱼之类的小菜肴佐酒或飨客,着实有其事。俞楼的人一到,洪瑞堂便明白做什么了,且顷刻立就,醋熘鱼送到俞楼还不冷。洪瑞堂是从划西湖船改行做餐饮的,他看中了俞楼附近的餐饮市场,先是在广化寺空地上摆个饭摊,为孤山游人解决午餐问题,同时满足俞楼的需要,烧煮待客菜肴。由于辛勤劳作,经营得法,不几年洪瑞堂就在广化寺东侧盖起了小酒楼,也是百年老店楼外楼的前身。至于具体时间,应不早于文澜阁重建以后。

今有书云,俞樾曾将做醋鱼的厨艺倾囊相授楼外楼老板,从而造就了楼外楼在海内外的蜚声。恐怕这是写书者的一厢情愿罢了。楼外楼与俞楼的关系虽亲近,但还不致此。“君子远庖厨”,旧时读书人从来耻于脱下长衫下厨房,何况俞楼的主人哪有这生意经和闲暇?洪瑞堂与俞樾的关系,至多也就是比较牢靠的“醋鱼朋友”，洪瑞堂善做醋鱼，俞樾喜叫食。清光绪十八年（1892）二三月间，俞樾送孙俞陛云入京参加会试，由苏州到上海，复由上海到杭州。据《曲园日记》，是年二月二十八日，俞楼，“余自来湖上，以食物馈者甚多，然不可书，书之则为酒肉账簿矣”。可到三月初八日，日记中却现一条有关酒食的记载：“吴清卿河帅、彭岱霖观察同来，留之小饮，买楼外楼醋熘鱼佐酒。”此记录亦见俞樾《楹联录存·挽彭岱霖观察》：“今年春，（彭岱霖）曾偕吴清卿中丞访我于俞楼，清卿为余门下士，而观察又出清卿之门，清谈良久，进小食点心而别。”吴清卿，即吴大澂，苏州人，精金石文字之学，俞樾门下士；彭岱霖，彭文敬公之子，出吴清卿之门。时甲午战役之前，吴大澂还没有做湖南巡抚，也没有请缨到关外打仗，但已吃到楼外楼的醋鱼了。近年新建的杭帮菜博物馆所设“俞楼夜宴”，纯属杜撰，与史无典。

嘉鱼风味说西湖。俞平伯在一篇回忆文章中这样写道，“我曾祖来往苏、杭多年，回家亦命家人学制醋鱼”，足见俞家对于醋鱼是情有独钟的。20世纪20年代，俞平伯收录在《古槐书屋词·双调望江南》其三就有记及楼外楼的醋熘鱼：

> 西湖忆，三忆酒边鸥。楼外酒招堤上柳，柳丝风约水明楼。风紧柳花稠。
>
> 鱼羹美，佳话昔年留。泼醋烹鲜全带冰，乳莼新翠不须油。芳指动纤柔。

冰，鱼生，读去声，即醋鱼带柄。楼外楼旧门面悬有招徕顾客的青酒旗，与堤上的垂杨互相招展，极为诱人。“醋鱼带冰”，是一种款式。客人点了这道菜后，跑堂的就喊：“全醋鱼带柄喽！”什么意思呢,"柄"指附属品,吃了大盆醋鱼,附带送吃一小碟鱼生,调调口味。不知是有碍于卫生,还是后来的厨师无此手艺,总之,新中国成立后这种款式就不见了。

面对西湖,背依孤山,临窗把酒,真是"一楼风月当酣饮,十里湖山豁醉眸"。1933 年秋,俞平伯又来湖上,吃楼外楼醋鱼。俞平伯《癸酉年南归日记》云:"午前偕麟伯散步湖边,以舟至葛荫山庄,至楼外楼吃醋鱼、莼菜,其结果又麟伯作东。"曾祖、曾孙的日记中,都记到楼外楼的醋熘鱼,这本身就是一种特殊的缘分。而曾祖孙俩对于西湖的深缘,是如此这般,真叫人感叹这样能吃能写的醋鱼朋友越来越少了。

俞樾与俞平伯

第五辑

故事

首届西博会上的德清身影

如果没有西湖博览会，西湖的历史定会缺失光彩夺目的一页。1929 年 6 月 6 日下午两点，首届西湖博览会开幕，蒋介石题词“恢张蠡策”（借范蠡经商致富）以示祝贺。会场设八馆二所三处，用成语应接不暇很是贴切。为使馆区之间精神形式连贯，更为方便观众，主办方新造了一座长一百九十四米的博览会桥，宛如一段西湖藕，而桥亭即为藕节。许多亲历者都记得此桥，并有留影，回想当年，正是“接天莲叶无穷碧”的季节，令人神往。

据说博览会期间，观众达十万人之多，绅士们非常踊跃，纷纷着长衫、戴礼帽、持文明棍前往。吾生也晚，未能躬逢其盛，只有从文献资料中想象这湖山嘉会了。德清籍著名漫画家蔡振华从杭州安定中学毕业前夕，正赶上了首届西博会开幕。在当时，西湖博览会的建筑装潢设计可以说是一次划时代的尝试。痴迷美术的蔡振华闻讯即去参观，当见到新颖悦目的博览会大门、西湖大礼堂、大木桥等主体建筑，似从图片中移用过来，激起了他对图案装饰艺术的由衷热爱，并促使他毅然选择了一条艺术道路，考进杭州国立艺术院（即国立艺术专科学校）。

时蔡剑飞先生十五岁，亦在安定中学读书，星期六下午、晚上和星期日是博览会对学生的开放时间。这一年，因为西博会，蔡剑飞眼界大开。七十一年后，他在《莫干山报》“新周末”版上发表了一篇回忆文章《七十一年前的西博会》：

> 当时的西湖博览会，从1929年6月6日开始，到11月11日闭幕。会场范围，从断桥沿孤山到西泠桥，转向东沿北山路回断桥，围绕里西湖一圈。从孤山到对岸，新造博览会大桥一座。桥北麓有高高的大礼堂，四大名旦之首的梅兰芳博士曾在这里表演京剧。
>
> 孤山有轻便铁道，坐上小火车，可以环绕孤山一周。西泠桥北堍有迷宫，俗叫迷魂阵，走了进去不大容易走出来。晚上，这里大放烟火。这烟火和现在的烟花不同，烟花是射向天空，散落下来，光彩夺目；烟火在燃烧中，却变成一台台的戏，有亭台楼阁，有男女老少，斑斓如画。

文虽不长，但贵在真心追忆，这种情感是旁人不具备的。写到博览会的展馆，给蔡剑飞留下深刻印象的首推丝绸馆。丝绸馆的馆址在今西湖镜湖厅一带。

“天孙嫘祖教昌明，衣冠食居行。青庐鼓乐含深意，愿双双，佳偶天成。却是天从人愿，欲忘爱国安能！”未进其门，先闻其声，这从手摇留声机里传出的就是丝绸馆馆歌。进到馆内，映入眼帘的是醒目的标语：“要人人倡造丝绸！要人人爱用丝绸！要人人购置丝绸！”很符合该馆特色。何以说一次丝绸馆的参观，令后来痴迷德清文史的蔡剑飞念念不忘？乃因丝绸馆与德清人有着特殊的渊源。在这次博览会上，德清人是出了风头的，其丝绸织物受到中外人士的青睐。

譬如蔡经贤、经德兄弟。蔡经贤(1891—1970),字延寿,号谅友,德清县乾元镇南街敏仁弄人,日本东京高等工业学校染织科毕业,曾是浙江省立甲种工业学校机织科主任,1914 年在杭州创办虎林丝织公司,自任总经理。1920 年当选浙江省议会议员。弟蔡经德(1897—1964),字延德,号昕涛,1923 年官费留学日本,与兄为校友。回国后,在虎林公司任工务部部长。1949 年后调任浙江省轻工业厅丝绸研究所研究员。这年,蔡经德三十四岁,被选为丝绸馆干事。虎林丝织的茧源和缫丝工艺一流,所生产的双绉品质上乘,兼有德清人许梦梅等一批画师设计织物图案纹样,有“虎虎生气”之誉。蔡经德看准了博览会这种形式,是中国丝绸业振作刷新的千载时机,故在博览会上主打自己的产品,并做一番推介。丝绸馆特别陈列室专辟有虎林公司陈列室,除陈列虎林制造外,附带有行销国外的物产三十四种。《1929 年的西湖博览会》一书收有虎林公司的旧照一幅。

虎林公司虽霸气外露,终抵不过都锦生厂的锦绣前程。杭州都锦生(1897—1943),别号鲁滨,原甲种工业学校机织科学生,他的丝织风景是该校教师、德清人莫善继(继之)传授的。而许炳堃(1878—1965)正是他的校长。丝绸馆内有都锦生厂的单独陈列室,装潢得像美术客厅一样,中置台凳,四壁悬挂风景织锦和五彩锦绣。许炳堃是德清许氏的族长,人称“德清火车头”,深孚众望。时值他赴任浙江省民政厅秘书不久,仍关心绸业发展。丝绸馆函请他给观众做一场演讲,以启民智,振兴民族产业。许炳堃的讲题是《人造丝问题之研究》。我猜想,他可能会这样开题,这人造丝是没真丝耐用,可胜在便宜,用好它同样是利国利民的大好事啊。

许炳堃、蔡经德、蔡剑飞、蔡振华……首届西博会上的德清身影应该远不止这几位。

坐闻县儒学的修复

“文官落桥,武官下马”,这个地方的厚重让我不由得屏住呼吸放轻脚步。走进斑驳的历史原地,在流逝中聆听寥廓的书声,仰观寂寞的背影,脑海中跳出了这样两个短语:云水襟怀,松柏气节。倏忽又一百年,若再不小心呵护,县儒学时光隧道的入口就会闭合。

乾元镇县东街 34 号清溪小学旁,保留着一座古建筑。据碑刻与志书记载,此处原为德清县儒学,又称孔庙,现仅存大成殿(俗呼孔圣殿),为清光绪二十三年(1897)重建。县儒学,是一百年前邑人讲经读书、考试、荐贡、筹办孔子祭祀之所,具备“庙学合一”的功能。民国时,这里曾做过今清溪小学的礼堂兼风雨操场,堂内挂过孙中山先生像;新中国成立后,一度用作县粮食局的办公楼,县治搬迁后较长的一段时间一直闲置;2006 年被列为县级文保单位,牌记县儒学。

在今天这个时代,我们是否还需要道统、复兴儒学、纪念孔子?毫无疑问,一以贯之,应该要保持;透彻反思,见微知著,必须要长抓不懈。譬如县儒学,其实各地都有,大同小异,无不尊孔、重教、扶优。其兴过,也没落过,终退出了历史舞台,可惜后来的新学堂、现代学校虽取而代之，但终究无法盖过县儒学之于一地的影响。这还不包括县儒学中孔庙的支柱作用。世不推孔子的道德久矣，于是私德泛起，个人意识凸现，主观杜撰和虚构成分不断膨胀。这些正是现代教育之大弊，太多时候我们为“形式感”而活，几无尊严可言，导致的后果便是读书风气越来越淡薄，一切都听从高考的指挥棒，到了不得不大声疾呼——肾虚！体亏！心死！与如此“毁”人不倦模式不同，经过时间检验传递出更多的耐心与人生消息的传统教育，比较实至名归。

仁可养性。古今的读书人都爱孔子，视县、州、府学为孔子门墙，视孔庙为神圣殿堂。殊不知，拜孔子，一年只一次，而常进出孔庙者，也只是两类人：第一类，我称之为孔子的圣徒，系士人、已取得功名者、县学生、童生；第二类是老实人，自己没读过多少书，对子孙期望非常高，欲在下一代身上做加强版。他们进孔庙，拜孔子，自然便获得一种坚定又挺拔的力量，发誓将个人生命永远融入其所倾心的那个时代，学而优则仕，退一步则反哺乡里，这是很美好的事情。那么，是不是曾经真的存在过那样一个好时代？真有。远有宋仁宗时进士沈当出资徙建孔庙，奖励学者，相与讲明圣学，乡人化之。沈当有二子，曰沈佑、沈伸，俱举进士，父子仨衣冠之盛，侈然为乡望。俞樾在道光十六年(1836)入县儒学读书，同学中有钟桂溪(即钟兆林的曾祖父)，后来创办了仙潭文社，为仙潭书院的前身。俞樾曾撰《新市镇仙潭书院记》纪其事，并书“敬业乐群”作为院训。晚年又在《重建德清县儒学记》中坦言：“余衰且老，犹倦倦然为吾桑梓之邦望也。”

话说小小德清县，历康雍乾三朝，蔡家出了三状元，徐家五世入翰林，胡家有人中过榜眼，谈家子孙亦多进士，可谓文风鼎盛一时。尤康熙九年(1670)庚戌科状元蔡启僔、榜眼孙在丰都是德清人,这在中国科举史上都属罕见。在德清老辈人口中流传着一段佳话,说乾隆皇帝下江南时,曾微服到过德清,夜间乘船在长桥河及县河两岸游览,只见家家秉烛夜读,不禁点头道:"功名得来,绝非偶然"。

一人说了不算,民间故事真假难辨,可信可见可立的史实还是要从地方史志中捡拾。"德清活字典"蔡剑飞先生在《鸡冠集》中如是写道,以前德清孔圣殿后有大厅,名明伦堂,堂内高悬六块匾额,前排正中大书"状元",东面一块大书"榜眼",西面一块大书"探花"。后排正中是进士题名,共录清代德清籍进士八十一人(题名见民国《德清县新志》卷六),东面一块"执义秉德",为大总统徐世昌给邑绅徐士骈所题,西面一块"重宴鹿鸣",是光绪皇帝赐给再赴鹿鸣宴的俞樾的。

当下,重开县儒学也好,恢复孔庙也罢,都是德清人的伟大之处。修复之后的县儒学应立足打造成这样一个公共空间:走进来,能表达我们的内心态度,学会恭敬虔诚;走出去,能为我们的梦带上点理想主义色彩,开始努力造梦。同时还得做好三个方面的推广,即一部儒家经典的通俗化,一个儒家理论的大众化,一种儒家文化的生活化。以一个二十五岁者的眼光,我的意见或许偏颇,但无论妥否,都是源于一种真实的阵痛,出于一份不打折的良知。

谈天官的原型

听老人们说，德清老县城西边原有一座天官府，那是谈天官的住所，再过去是蔡家祠堂，西门外还有一个牌楼与东门城边的牌楼遥相呼应，气势显赫。可惜不肖子不识其价值，败光了。我追问道，这谈天官姓甚名谁，可有什么事迹，老人们纷纷摇头，称是道听途说来的，讲不出个所以然。

查清邑人徐倬的《修吉堂文稿》，找到一条重要线索，老底子徐、谈两家有故谊。谈九乾惠徐倬以乌须药，徐倬曾为谈九乾父谈慎撰过一方墓志铭，铭文曰："先为汴人。南渡随跸至德清，四世文礼公，元时称孝子。七世怀德公，成化丙戌进士，称名台谏，历任宪副。嗣后凤阳公，举嘉靖丙午亚魁。公之父为捷知先生，种德绩学，为乡祭酒，以孙贵，膺封爵，崇祀乡贤祠。"明眼人一看，便知谈家是好人家。又翻旧县志，谈氏自进士、举人、贡生，自按察、郎中、知县、教谕等，不下数十人，虽无大家，亦是臣族。

"天官"是一种美称，代指吏部尚书，但谈九乾只做到了吏部文选司郎中，本不能称谈天官，他的府第敢称"天官府"也是逾制。然而，乡人们容易想当然，也愿意嘴巴上把谈九乾送上天官之位，何况他掌着铨政，著有劳绩。这样的例子，不独发生在德清县，无锡人对待顾宪成有过之而无不及,连一条陋巷也被冠以高大上的"天官巷",以示表彰。

德清谈氏名人,史志中记载不多。谈天官的原型应是常以清溪世弟或西吴世侍谦称的谈九乾。谈九乾,字震方,号未庵,胡美中门徒,进士出身,授沙河知县,历礼部主事、吏部文选司郎中,是难得的"不卑亦不亢,斟酌具至理"的司局级官员。为官一任,首不为己利,其次不受胥吏所挟,又能洞悉民艰,革除陋规加派,这需要何等魄力!为官最忌得罪巨室,而谈九乾则不惧,且严打伪学术权威和宗教骗子,破除了官场的潜规则,杜绝灰色收入。其人一身正气,耿介可知。康熙三十三年(1694),他以事谪戍,道中书所见,边荒风物摹写如绩,《两浙輶轩录》收有其诗。后应官复原职,按《南浔志》卷三十八"碑刻"载,康熙六十年(1721)谈九乾在吏部文选司郎中任上撰《广惠宫碑记》。

口碑中,谈天官告老还乡后有一双神奇的朝靴,穿上后能腾云驾雾。若民间有冤情,谈天官就会为民请命,赴京觐君,是非明辨后当晚还能回德清,可谓神化。诸如此类的天官故事虽属杜撰,却为庶民乐道,君子醒目。不言而喻,这绝不是小孩子读的童话,它的读者面是很广的。

由是,德清县地名办把谈九乾也可能是其他谈姓闻人住过的地方标识为谈家弄。这弄蛮短的,也毫无威严感,却挤满了现实。哀怜今天的谈家弄里已经没有谈姓者,弄口面馆老板开玩笑说,谈家弄一半"九斤老太",一半"开裆人"。徜徉于是弄,与弄里的老人交谈,独九号老宅还可以使我略作一些遐想,尽管年久失修,但百年前的体量与气派犹在,石库门,砖雕,重檐。"道是故吾吾不识",也许这座老宅未必就是天官府,姑且当它是吧,也就数它最像老人们描述的天官府。

德清谈氏人丁不旺，寓居杭州的谈少飞算是杰出代表了，他在电话里告诉我，据他爷爷说，曾有一位千金小姐住在谈家弄。爷爷的祖母是个小脚老太太，当年从谈家漾搬迁到外村定居，与乡邻发生田地纠纷之事后，她带着才五岁的孙子，硬是颠簸了一路，赶到谈家弄敲响了谈府的大门。门房问她何事，她只说自己是族亲，找谈小姐。进了院子，看到谈小姐正在练武。谈小姐见来了族中长辈，放下了举在半空的石锁。座谈片刻，了解情况后，经这位谈小姐的帮助，最后打赢了这场棘手的官司。族里对这位能干的谈小姐很敬佩。这很叫人想起谈九乾的诗“平生忠信殊不苟”“生乃与哙伍”。而更早以前，谈九乾的高祖谈俊谢归，于后圃构亭，讽咏终日，积书教子孙，继有兴者遇，果不其然。世学、世科、世宦三位一体，学而优则仕，以仕养学，以学传家。

有时候想想，我们这一代谁还讲家学，家教都快没有了，难怪我们的德业上不去，紧要时刻总是要坑爹、玩套环、自黑！教育不对路，又不加引导，会培养出怪胎，甚或害死人，又有什么可奇怪呢？

童年，小外婆家，孩儿桥

作为乾元镇的地标建筑，孩儿桥顽强地保留了老县城的那种气度与习俗，千年不改。在孩儿桥上，人可以看见历史来去往复。

孩儿桥，原名清河桥，一名会瀛桥，坐落在务前街北端，横跨县桥河，桥北即县儒学。此桥为北宋治平年间初建，屹立了几个世纪，曾是镇上许多人孩提时代的游乐之所和上下学的必经地。童年的每个暑假，我都会叫嚷着跟表哥去乾元镇焦山弄的小外婆家小住，早晨跟一群人爬大家山，傍晚则去长桥下听哗哗的水声和大船的汽笛声。每一年都是如此，好在小外婆不烦我，还教了我一首歌谣："孩儿桥，清清水，琅琅书声清溪来；孩儿梦，常常猜，殷殷学子都成才。"

那时的乾元镇远比现在热闹，出门便是大街，熙熙攘攘的，有好多时鲜货独在这里能买称心，小东西也不错。只小外婆不许我出门去，她怕我走远了走不回来，就以孩儿桥为界——她是不主张我独自过孩儿桥，一个人跑到县东街去的。

于是，孩儿桥，在我的童年里便成了一座属于小孩子的桥。每当夕阳温暖地斜照下来，藤蔓点缀其间，原本不见生机的古桥忽然便变得苍翠欲滴，仿佛要将人都吸引至此。犹桥一侧缝隙中兀然长着一棵树，枝叶茂密，宛如碧色珠帘。我时常或靠着或坐于桥上，来回地抚摸每一段扶手，那时我差不多与这些石扶手同高，有几段扶手时已缺失了。最使我叹为观止的是那望柱上所覆之莲花，勾栏内置之云拱，都是佛教图式，看来此桥应极有善缘。桥面上倒还干净，只依稀可见零星的青苔。而桥顶券面的双钩阴刻的“清河桥”三字是我早认识了的，字的周边已经有些缺损，但不影响它用无声的言语展现历史。得意之余，我还拉了一个路过的叔叔来看。正对着桥有一个小点心摊，卖一种“大火烧”，比烧饼还大，中间掰开酥脆香浓，路过的都要买一两个，据说很好吃。我没有吃上一回，不知是何味道，因为我未见有小孩子去买来吃，也就误以为是“少儿不宜”的——小男孩的逻辑就是这样不可思议。

后来，我跟着小外婆到一个婆婆家串门。那家婆婆问我：“我们这有一座孩儿桥，还有一句话‘走走孩儿桥，吉祥如意到’，你知不知道，你走上去过没？”“孩儿桥，我每天都去。”我欢喜地答道。而后她笑着给我讲了一个故事：“南宋时，这桥南有一个富绅愁无子传代继承家业，就天天到桥北的城隍老爷庙里去祈求得子，感动了清河桥神，请观音菩萨赐给他一子，故存今名。”又说：“旧时这里的人结婚讨新娘子，花轿、嫁妆都要从孩儿桥上抬过，以达求子之愿。孕妇和新生儿过此桥，还能保佑平安幸福。”

听罢，我先是点头又是摇头，我终究不明白这个婆婆为何要跟我说这些，好像她还特意说到了孩儿桥上曾筑过碉堡一事。但我从不敢质疑这样的热心，有什么不对。之后我因渐少去小外婆家，也就把我听来的故事的许多内容淡忘了，且一直未能体会恢复故事里的习俗、生活是一种美好的祝愿。然而在这下午去久违的乾元，当车驶过务前街北，我从窗子外看到孩儿桥被修复如初的新貌。那些童年里的生动情景恍在昨日，而那萦绕我心头的孩儿桥，在经历了几度冷清和落寞后,更见它原辉煌时的古风了。

附记:

大火烧,是一种面点,揉面时加油起酥,肉馅拌入香豆干丁、葱花等,做成烧饼状入油锅炸,呈金黄色起锅,再挖小孔放一打开的鲜鸡蛋,入锅炸片刻即可。用干荷叶包着吃。

孩儿桥旧影

石笋记

德清图书馆西门入口处有一特殊的装饰物。此物形体修长似剑，色赭而微紫，重百来斤，远观巍然屹立，近察坚实雄浑，加之花坛中又有菖蒲陪衬左右，透出一股恬淡、清穆又高洁的情调。知者曰石笋，好之者忍不住驻足品悟。话说此石笋颇有来历，可谓德清图书馆的一宝，曾伴梅香、浸润书香、散发馨香，留住了殿堂气质和人文气息。

德清旧有七大家族，曰徐、胡、谈、蔡、沈、许、俞，这几家人有着较好的文化底子，守规矩，有礼节，或在朝廷做官，或经商卓有成效，享有很高的声望。尤其“徐氏自倬至天柱，五世入翰林，家世恂勤好学”，从此门庭显赫。这五个翰林是徐倬、徐元正、徐以升、徐开厚、徐天柱，其中徐天柱还是榜眼，实在不容小觑。老县城乾元镇余不弄南北两边的许多房子都是徐家的财产，包括著名的修吉堂。

踏进余不弄，走约数十米，十六号，这里便是徐家修吉堂。原先挺阔的，北至赵家弄十六号原北墙及西墙，西面接榜眼第，东到余不横弄原东墙。“我只晓得余不弄这条石板路是老的，这间大厅的框架子是古的，其他不识得，你自己看吧！”余不弄的老住户如是说。若不是按图索骥,有人领路,谁会知道这老屋原叫修吉堂,并讲出它的前世因由。修吉堂有三百余年历史,原为三进式庭院,东面辟有一个大花园,南北向一堵厚实的风火墙,俱是清初建筑。前花厅含南天井,合称“花树轩”,内置太湖石、石笋。花树轩东为下轿处、八字墙门和序厅,及花园的圆花洞门。花园里盖乐乐亭,摆七星缸,花木蓊郁,绿草如茵。鲜为人知的是,修吉堂还有一块刻书牌记。从清康熙到宣统,修吉堂陆续刊刻了徐倬编《全唐诗录》、徐以升著《南陔堂诗集》、徐松等修《德清徐氏宗谱》。面对这样的祖业、荣耀和文化符号,徐家人无疑是被熏陶的、受鼓舞的、有特殊基因的。作为修吉堂的少主人,风华正茂的徐开源在1929年与夫人莫顺敬站在自家花园里几丛美人蕉前,拍摄过一张微笑的照片,背景正是祖屋修吉堂。

和所有的寂静老屋一样,修吉堂的命运也几多传奇。20世纪50年代,修吉堂为德清文化馆使用,旧藏古籍、字画等悉数被新主人收藏。后图书馆从文化馆分出,单独建制并正式入住修吉堂,初设外借室、阅览室、采编室与书库等,修吉堂特有的气氛使人觉得这是个读书佳处,原石笋等旧物正式由图书馆保存。可贵的是,当年的图书馆人就认识到,修吉堂不仅仅是放书、看书、借书、还书的场所,也是汇聚文化、自由获取知识、培育社会风尚的地方。1985年,老馆长潘鉴秋为馆里添置了一部《四库全书》。此事旋即传开了,一拨拨的人慕名而来。不可思议的是,有读者在查阅《四库全书》时,发现编修者中,徐天柱的名字赫然在目,而徐倬的《全唐诗录》用的是徐天柱家藏本。这不正是真的回归了吗?德清人好运气,修吉堂又要兴旺了!

1998年底,图书馆搬迁至新县城武康中兴南路四十八号。中兴路馆沿袭原余不弄馆特色,建成了“园中有馆,馆中有园”的风格，而石笋与那套《四库全书》也一并落户新址。或赖石笋之佑，第二代馆开办十五年来，波澜不惊，顺风顺水，培植了数以万计的读书种子，同时滋养了县域文化。而每年最赏心悦目的时节，便是梅花开了，雪下了，夹一本书，在图书馆台阶前看石笋苍突可爱。作为图书馆的职员，我很高兴在这里看了近三年的梅花和雪，而每每于雪晨梅影下读书，石笋若有书声琅琅相答。

日子变变变，图书馆也随之在变。2014 年 1 月 18 日，德清图书馆新馆试运营。“全开放、大空间”的格局，“免费、平等、全民共享”的办馆理念，在经历了余不弄的肇始、中兴路的发展后，本馆迎来了千秋东街的飞跃期。如今再观沉静的石笋，你很自然会想到《全唐诗录序》里的一句话，“焕乎文教之美”。

德清蔡家与江南名石绉云峰

2012年9月29日,遥居美国的华侨蔡德音回故乡德清为祖父蔡焕文墓竖立新碑。礼成,老人取出一篇手写长文《寻找绉云峰》,称蔡家曾得绉云峰,因得其佑,故一直兴旺,希望家乡人继续帮助寻找绉云峰与德清蔡家之逸事,并嘱蔡剑飞先生之子钟小平和我检视旧籍,钩沉这段历史。

"一片玲珑石,风流说到今。才人知己感,名将报恩心。"(梁绍壬《题马容海绘绉云石》)对于绉云峰(有些书上称绉云石),我是知道一些它的来历的。忆昔听杭州专事园文工作者语,这是一块鼎有名的英石叠置,其色如铁,高可丈许,形如云立,嵌空飞动,侧看如美人梳妆,远观似刺天铁笔,近察若破土玉笋,总之是今西湖竹素园一奇景、美景、大景,与上海豫园的玉玲珑、苏州留园的冠云峰并称"江南三大名石"。然此石的可贵之处远不止此,有清一代,《觚剩》《香祖笔记》《雪中人》《灯窗琐话》《聊斋志异》诸书皆有详略不一之记载。广东吴六奇与浙江海宁查继佐之间的一段佳话广为流传,就连金庸名著《鹿鼎记》中都有伏笔,近年海宁市政协还专门编写了一辑文史资料——《绉云石小志》。可见古往今来文人雅意于此石甚厚。

然我从前并未听说绉云峰与德清蔡家有何关联，但当我接过蔡德音复印的1991年2月5日的纽约《世界日报》副刊所登《杭州有座绉云峰，绉云峰里故事多》时，不得不信蔡老所说不虚。该文的作者署名老采，文字还是繁体的，文中引述了《聊斋》中吴六奇将军见查孝廉喜欢此石，命将绉云峰载于巨舰送至海宁查家，更续后文。这续写部分有几节极为紧要，道出德清蔡家与绉云峰的旧缘，及石出蔡家后的下落，故敬录于下，以飨同好：

> 话说，查孝廉死后，不乏爱石之人，极所欣赏"绉云峰"者，大有人在。于是"绉云峰"辗转江南各地名家园林之间。
>
> 不想，绉云峰所到人家，得石之后，家道衰落，总之是人殁园废，石又转移。便有绉云峰到一家，败一家，都无福消受。
>
> 晚清，绉云峰到了德清蔡家。蔡家原系天子驸马，南宋随皇帝南迁定居德清。入清以来，出过状元，至于进士、举人，真可谓比比皆是。得此名石，欢欣不尽，并在石背刻字为志，至今字迹仍在。
>
> 不想来了一位得道高僧，乃是桐乡县崇福寺当家和尚。一见此英石峰，合掌稽首，说道："阿弥陀佛！此乃神石也，岂能沦落凡间。无怪乎，该石进一家，败一家。"
>
> 稍间，大和尚又说："也是有缘，今日给我遇见。敢求施主，请此神石到僧舍，崇福寺内供养，谱结善缘，以此免无妄之灾。"
>
> 于是，绉云峰被请到崇福寺内，经当家大和尚悉心善为供养。不几时，果现神采，虽难表有能测过去未来之

事,至少能知未来天气晴和雨。

反复读之,文中所续故事难辨是非。全凭一份海外报纸副刊文字,虽有来由,而情胜于实;仅听一位不知名作者的揭秘,虽是耐读,而真假虚实难详。但有一点,作者老采对德清蔡家家乘确是谙熟,“试为续志”又恰填补了绉云峰流转途中之空白。蔡德音告诉我,他是清康熙二十一年(1682)状元蔡升元后代,当年读到此文,就有计划要找到绉云峰,要看看是否和其本家有联系,今荣休,此事遂提到日程。2011 年,值老采文章发表二十周年,是年秋,他趁回国探亲之机,为了奇石专程去杭州西湖观瞻。有心人,天不负,在绉云峰石背,他有重要发现。石背上刻有十七个小字:

道光己酉年六月,移云道人蔡锡琳笑拈题。

百闻不如一见,他好兴奋,宛若他乡遇故人,泪雨凝噎,这不就是他魂萦梦绕了二十年的蔡家故石吗?他身为蔡家人理应感到高兴,毕竟奇石与蔡家旧时有缘,今又结缘,何况又是这样一块了不起的神物。

这一来,线索有了,关键人物亦现,道光己酉年为何年,蔡锡琳谓谁,德清蔡家缘何得石又失石?究其源流,弄清了此三条,奇石与德清蔡家之情事大致可见。

参看嘉兴地区地方文献数种,有《海宁日报》(2009 年 5 月 15 日)吴香洲文,盖云查家落败后,绉云峰于清嘉庆间流转海盐武原顾家,后海宁马桥人马汶得石于顾氏败垣中。至清道光初年,马氏因嫁妹石门(今桐乡崇福)蔡家,此石作为陪嫁物随往。后因蔡氏家业衰落,马汶之甥蔡锡琳联想到此石确有“穷石”一说,于是与邑人徐宝谦商议,将其裹以红绸投送至福严寺。

《南湖晚报》(2010 年 5 月 9 日):绉云峰移置福严寺后不久,即发生洪杨之乱。传说因福严寺有天王殿,与洪秀全的“天王”两字相同而幸存,绉云峰也安然无恙。但在清同治年间,民间又开始流传绉云峰是“灵石”的说法,可卜知祸福:若向它投掷瓦石,搁于石上而不掉下来,则为吉利;反之,则视为不吉利。久而久之,绉云峰日渐磨损,石旁断砖碎瓦堆积。地方士绅深以为憾,其中有位沈庆云:“以姻家子谒恽太夫人洗蕉老人于吴下,老人命之曰:‘捍卫候遮,诸君责也’。”洗蕉老人,名戴青,恽世临继配,湖州人,为俞樾女弟子,工诗词,著有《洗蕉吟馆词钞》。沈氏归,乃与邑中贤达商量,筑垣环之,辟于石后,把钥匙交付给寺中僧人,为妥。清光绪十三年(1887)秋,沈氏请俞樾作记。俞樾悦其举,命曰“护石”。这篇《福严寺护石记》中除简略记述绉云石的来历外,还说明了沈氏发起护石善举以及石存福严寺的前因后果,全文由篆刻名家胡钁刻碑。掷石以卜祸福的愚举顿止,绉云石终于得以保护。又,海宁文史资料《绉云石小志 · 绉云峰铭》明载:

绉云峰铭

蔡锡琳

具云龙势,夺造化工。来自海外,永镇天中。

天中即天中山,福严寺别称,因寺在天中山麓。由此,可初断,道光己酉,或曰道光二十九年,即 1849 年,为蔡家移送绉云峰至桐乡福严寺之日期,庶几无疑。“移云道人”,当是蔡锡琳代表蔡家把绉云峰献给福严寺后,自己取的一个雅号,其真高人也。而欲清楚知悉蔡锡琳籍属,只消查德清县档案馆藏民国《德清蔡氏宗谱》,倘若蔡锡琳果出于德清蔡家，《宗谱》中应有著录。未及查谱，嘉兴友人便传来好消息，蔡锡琳生平传略已明。光绪《嘉兴府志》载：

> 蔡锡琳，石门人，增贡生，丰神潇洒，能诗，工篆隶。嘉兴张廷济、海昌应嗣良均订为忘年交。购绉云石置天中山，筑挂瓢亭，环以池塘，补梅种竹，与名流哦咏其间。咸丰初趺坐逝。

蔡锡琳确乃出自浙北书香门第，系石门望族，子弟儒雅俊秀，入仕籍者众多。父为蔡载樾，字砚香，有藏书楼“待雪楼”，父子一生皆淹雅好古。锡琳字笑拈，又字广文，号小砚，有《移云轩笔记》《语溪所知集》《梅花犹是庐稿》等传世，其《数点梅花室唱和诗册》录其书斋数点梅花室落成后各地名士唱和之作，其中便有德清胡光辅之题。而当年置绉云峰的待雪楼，在今崇福镇西横街、登仙坊观善桥东北庙弄内。至此，绉云峰曾是蔡家故物说得证。

历史上崇德与德清之关系甚密，查看一下地图，崇德镇就在桐乡市和德清县之间，距德清不到三十公里，会不会崇德蔡氏就是落户崇德的德清蔡氏？可以肯定的是，崇德蔡锡琳绝不可能是湖州或苏州两系蔡氏，因为这两个地方离崇德甚远，而绉云峰从崇德移运杭州西湖是 20 世纪 60 年代的事了，倘非张宗祥先生“多此一举”，恐怕该石早已化成烟云了。

自蔡锡琳“移云”而今一百六十六年，沧海桑田，而此石历数劫不磨，竟安然无恙，我摩挲良久，不忍离去。而此石与德清蔡家未解之谜团，石自不言，唯有从稀见史料中搜寻答案了。

蔡德音德清寻根

“我的根在这里，我应该早回来。”这已是蔡德音继2004年和2008年后第三次到德清寻根。遥居海外，他总思念着这边的亲人和故土。他企盼常常回家，对于从未谋面的祖父，他更是饱含歉疚。

蔡德音的名字，就是祖父蔡焕文(渭生)所取，祖父晚年在上海想他致老泪纵横，他亦一直盼见祖父。可惜时局所扰，大洋相隔，祖孙俩始终未见上一面，遂成终生之憾、永远的痛。这次回故乡，蔡德音要完成两个心愿，一是为祖父竖一块新碑以表孝心，二是到祖父当年创办的学校看看，以示纪念。欣慰的是，此行非常圆满。

都说华侨和国人多少有些不同，但蔡德音不仅口音没变，生活习惯照旧。他自嘲“我虽住在美国，但一直都讲中文，你看我的打扮也是很土的”。半日的陪同，这对老夫妇留给我的印象朴素又实在。蔡德音是1983年移民美国的，后在一家韩国人开的公司从事电气、手机等修理，直到退休。业余爱好音乐，故字乐和，指挥过合唱团，也写歌谱曲。

这几日，蔡德音逢人便说，他很感谢清溪小学，这是一所非常好的学校。数日前，在清溪小学校史馆，他看到了祖父蔡焕文的事迹时，表现得异常激动。清光绪二十七年(1901)，时年二十三岁的蔡焕文和长他一岁的许炳堃一起创办了德清县有史以来第一所传播新知识、宣扬科学民主的新学堂——务本学塾。两年后,蔡焕文考中举人,赴日留学深造,回国还乡后,任德清官立两等小学堂(与务本学塾,皆是今清溪小学的前身)监督。宣统元年(1909),当选为浙江省咨议局议员,痛陈积弊,为人所扬。辛亥革命成功,他被德清光复会推举为民事长。民国新立,历任浙江都督府财政司清理科长、浙江国税厅筹备处科长等职。只是,蔡德音发现,祖父的头像并不是太清晰,而他手中有高清的照片,于是他一再告诉我并建议校方更换之:"你看,我祖父,文质彬彬的,我相机里存的这张照得很清楚,用这张吧。"而在学校的名人长廊,当看到伯父蔡镇瀛的图文介绍被标识在显要位置时,他兴奋不已,并说自己珍藏有一张祖父母、伯父五兄妹的全家福,拍摄于1924年的杭州。

2012年9月29日上午,我有幸参加了蔡焕文新墓碑落成礼,主持这个仪式的正是蔡德音。从清溪小学出来,沿一条上山小路,走十几分钟,便至西门城外蔡家祖坟地。坟冢高隆,草木葱郁,不远处还有一口水井,实乃风水宝地。站在祖父的坟前,蔡德音感慨万千,不禁自语:"这里好久没有响过鞭炮声了。"遂点起一串鞭炮,鸣后,躬身曰:"爷爷,孙儿等今天来看您了,一星期后的10月7日是您的一百三十三岁诞辰,孙儿没忘"。

观此新碑,碑首刻"先祖蔡渭生、戴太夫人、徐太夫人之墓",左侧刻有墓主人传略。我们依次向新碑献了花,行过礼,这时蔡德音忽然有话要说:"我进清溪小学好像回家,我们不是亲人胜似亲人,如果每年清明节或其他什么节日,学校组织几个少先队员到这位老校长的墓前剪剪草,擦擦碑该多好!拜托你们了。"老人的话使我们感到惭愧。其实,爱校、爱家乡,这就是很好的垂范,不肤浅、不教条,有意义、有感召力。

德清俞家与蔡家的世谊

德清老县城有一条务前街，在 20 世纪三四十年代可谓名人汇集之地。已故蔡剑飞先生在《前溪集》中撰有长文《务前街怀旧》，以俞铭铨家为坐标，讲述了这条老街曾经的荣耀和辉煌。“蔡镜莹家过东有个转弯角，这里住着的就是许逸轩的丈母娘俞家。”许逸轩，名孙琏，同济大学附中及湖州中学英语教师，俞铭铨的姊丈。“俞家后面是张家，户主张晋藩，喜欢作诗，白发长须，自号银髯老人。他的儿子张兆聪，解放前夕随军去了台湾，中将衔，曾任蒋介石副侍卫长。”“俞家对面是一条通向长桥河的小弄……弄东面孙宅，是我另一位祖姑母的家。她的外孙张正东，上海复旦大学生物系毕业，安徽省扬子鳄繁殖中心副研究员，是享受国务院特殊津贴的养鳄专家……张正东的妹妹张镇北，就是对门俞泽民的夫人。”张镇北，后改名张雪芳，职业医生。俞泽民，即俞铭铨的公子。

德清俞家斯文一脉，几代单传，男丁单薄。俞铭铨，字海筹，是前福建福宁知府俞林的长曾孙，俞同元与蔡吉宝的独子。杭州安定中学毕业，1927 年与房宇园、蔡鹿芝等旅杭同学筹建国民党德清县党部（左派）筹备委员会，抗战中曾参与史迪威公路建设，后在杭州铁路局理事会工作，平时擅拉京胡。新中国成立后，一度调上海铁路总局京剧团任专职琴师，是杭州有名的京剧票友，德清李善昌是他的弟子。按辈分，蔡剑飞要称俞铭铨为表叔，实际上他俩是安定中学（今杭七中前身）的校友，属于那种很亲的小叔叔关系。

1935 年 4 月，二十一岁的蔡剑飞在德清结婚，新娘子是临平姑娘钟念慈，杭州行素女中毕业，抗战中改名钟铭。婚礼上，介绍人正是俞铭铨，证婚人则由湖州望族、姑丈莫叔未担任。不久，俞铭铨举家迁杭——在当时，杭州是需要花很大的勇气成行的地方，虽然杭州距德清不远。自俞铭铨定居杭州后，蔡剑飞与之联系多以书信，或专就问候，或特为求教。信中都求教何事？还得从蔡剑飞早年向许逸轩姑丈借阅《春在堂全书》零本说起。当年，蔡剑飞在潜心阅读俞樾的著作后，做了许多札记，积有《俞曲园考据笔记选集》三厚册，《俞曲园年谱》一大册。可惜“文革”中，两部文稿都“上缴”了，结果以流散而终。蔡剑飞总是很勤奋的，观他晚年新著的十余种书，很难说没有受俞樾的影响。他坚信但凡有价值的文字资料，理应及时收集、整理，以留存后世。

1982 年 9 月，蔡剑飞受聘于德清县地名办，编纂《德清县地名志》。志编到一半，涉及一些典故，需要查阅相关的图书资料，而县级图书馆藏书毕竟有限，于是他频繁往返浙江图书馆古籍部（设在孤山，与俞楼很近）。每到杭州，蔡剑飞没有不顺道去俞楼看望小叔叔俞铭铨的。1983 年，《德清县地名志》基本定稿，拟请名人题写书名，蔡剑飞想到了从德清走出去的著名文学家俞平伯，托俞铭铨写信代为征求。蔡剑飞的原信已无寻，但俞铭铨的回信被保存在蔡剑飞的《鸡肋集》中，回信如下：

剑飞侄：

你们全家好！

上月三十一发信，已收到了。

你在担任编写《德清县地名志》工作，很好！去年冬，我二老曾去北京探亲，晤见家兄平伯，年事已高，体力较差，对外很少接触。关于书写封面书名，拟另去函洽商。我们都是德清人嘛，也该为梓里办些事。倘他身体尚可，想来无问题的吧，容再告。特先布复，并祝

俪好！

铨

四·二

果然，俞平伯收到堂弟俞铭铨信后，欣然为桑梓挥毫“德清县地名志　俞平伯”，条幅由俞泽民转来。殊不知，那时俞平伯的手已经有点颤抖了，但依旧没有推辞。这之后，俞铭铨回德清扫墓，与蔡剑飞在祖宅门前重逢。两人在家门前重逢。“那时他身体还好，不想过了几年，他竟与世长辞了。”蔡剑飞在《我和俞家》文中如是回忆。

又说俞泽民，笔名丁夫，抗美援朝战争初期从戎，后在空军军事院校执教，转业后主持创办了国内第一本摄影器材专业刊物《照相机械》，在杭州西泠桥畔居住了四十几年，是名副其实的“杭州通”，今致力于西湖文史探赜索隐，著有《西湖楹联与景典》《俞曲园与杭州》等。蔡剑飞与他是表兄弟，兼有师生之谊，所以是经常往来的，比之上代，不似当年胜似当年。也许是家传所系，俞泽民不仅继承了父亲的音乐细胞，亦爱好文史考据，退休后笔耕不辍，撰写了多篇有关德清俞氏的重要文章。

2001 年 12 月 20 日，蔡剑飞在德清长桥堍散步，偶遇俞泽民。这可能是两位老人的最后一次合作。俞泽民说，他手边正编校德

清简师同学、钟管人杨杰的遗稿,准备出版,希望蔡剑飞为该书写序,蔡剑飞一口答应。他所作的这篇名为《〈杨杰诗文钩沉〉序》中有一句话,特别引人注意:此书“不仅是杨杰个人的编年史,也是一本纪实的现代历史教科书,一本优秀的生活教科书”。

而今蔡剑飞的两个儿子蔡伯渔、钟小平都过了退休年龄。俞、蔡两家的老辈人中唯俞欣、俞沄、俞淑、俞澄四位女士与俞泽民先生健在。可喜的是,几位老人的精神与记忆俱好,他们的后代犹延续着世谊。

好一座觉海寺

有历史感的寺庙宛如文学作品，虽作者无名，传世的却是时代的情感和良知的结晶。相比德清县新市镇西的刘王庙，与之相距不远的觉海寺的宗教气息要浓得多，历史故事也更绵长。未到觉海寺，我便闻觉海寺是很武的，从寺的建筑、陈设到僧人。忍不住倦，忍不住累，忍不住冷，忍不住跑来觉海寺。

觉海寺真是一座千年古刹。偶翻宋史笔记《齐东野语》，知吾地觉海寺大殿中原有一副字径五寸、入木三分、倒书于柱的对联，名气大得很。于是检视明正德《仙潭志》，见卷七题咏录有宋张敏叔《游觉海寺》诗，颔联云："殿柱倒书雷部火，市桥横渡木观音。"果真不假，觉海寺始建于唐元和间，宋时为雷所击，殿柱亦为雷击，惊现了"雷书"。张敏叔算得较早的目击者，他匆匆地将此写进诗里，未作深究，其后尽管敬观者不乏其人，但大都不识为何故，膜拜而已。直到清咸丰十年(1860)镇人童米孙陪老师俞樾游觉海寺，谜团方解。俞樾《右台仙馆笔记》如是记述："吴兴德清新市镇觉海寺殿宇宏壮，唐时所建，巨材髹漆，积久剥落。见倒书迹曰：'西、候、李、约、攸、利、火、谢、均、思、通'十余字，与岳阳楼字大小一同积中，因曰：'夹伐木于山者，其火队即则各刻其名以为别耳，凡记木必刻于木,本营建法,木在下故倒书,由是知仙之妄。'”数百年来众人皆言此系雷书,视若神物,俞樾考证后认定这是当时工匠所刻,非神仙所为,岳阳楼上名联就是一个例子。由是,我问住在觉海寺路的施剑青老人,答觉海寺雷书在抗战前就不容易见到了,日寇入侵新市,殿毁人亡,都精光光。近年他为该寺天王殿补书了一联:“终日解其颐笑世事纷纭曾无了局,经年坦乃腹看胸怀洒落却是上乘。”

觉海寺旧有一景,曰“仙池夜月”。传闻这仙池旁有一块二尺见方的糙石,是清同治朝“刺马案”的刺客张汶祥的磨刀石。张汶祥,河南籍,干过太平天国军,又系捻军中的侠士,整一个民间起义的爱好者。他要刺杀马新贻的动机众说纷纭,一说是替兄弟曹二虎报杀身夺妻之仇,一说是听受了海盗指使并挟私怨行刺。不想刺马的风声走漏,他本人陷入反追杀,故避走新市镇,拜觉海寺武僧、同乡潮音大师为师,苦练柳叶飞刀术。半年后,张汶祥告别潮音大师,潜往南京两江总督府。一日,两江总督马新贻坐轿子自校场阅兵回府,刚下轿,从人群中闪出一刺客,边口呼冤枉,边扔飞刀直插马氏右肋。这边刺客束手就擒,自报姓名张汶祥;那边马新贻抢救无效,于次日毙命。堂堂两江总督居然在光天化日之下被刺身亡,朝廷追问下来,实无另有主使及知情同谋之人。此事岂不甚奇?难怪抗战时期来德清的戏班子必定要演一出《刺马》。闲聊中,有人提到了陈可辛导演的华语巨片《投名状》,争说张汶祥的扮演者姜大卫的演技,如何冲动大于理性、情感胜过头脑。张汶祥的形象简直被美化了,似成了民国的热血学生,怎么会?

打住,在寺里说打打杀杀,似在此地谈酒色,有点过。其实,觉海寺更多平和一面,否则太硬了,就不像江南的庙宇了。沪上作家王安忆曾着笔记录了觉海寺中一幕,在这乍寒还暖时候读来好生活,这才是一个不信佛之人应体味的:“另一扇门里,坐一个肥胖的老太，低头梳理一束齐整的麦秆，一根一根地梳理。以为是坊间的手工艺，便问阿婆是做什么，扇子还是扫帚？回答是：不做什么！声气里很有些恼怒。纳闷离去，直到街头觉海寺，方解开疑惑。觉海寺边有一小店，就出售一束束的麦秆，问是做什么用，回答说'数'用，好比数佛珠。原来，老人家是在念佛，我们却以为她在做庶务，难怪要生气。心下深觉着用麦秆替代佛珠颇有禅意。"禅意本就混合着千年的信仰与古镇的日常生活，共同落在使人产生敬意的物品上，任凭使用者再怎么先知，还是不如一双经过修炼的深邃眼睛更先知道内中消息。

站在寺后灵泉山看前殿，欲破禅，"心情其实过中年"（黄山谷诗），黄山谷是到过觉海寺并有留诗的，可惜我远不到他那年纪，哪里能看破郁郁炉烟！这时一个手执木鱼的小僧走了出来，一袭黄衣，嗒嗒敲了两下，也不说善哉，也不抬头，若高柳之禅鸣，虽然今已初冬。该不是怪我驻足太久，或者"贪婪地"窥知太多，这一回入寺，也将会是下一回的往事吧。

新市觉海寺（谈鸿儒摄）

刘王庙的烟火味

一座民间的庙是历史在拐角的见证,这种庙空间不必大,风格不宜太凝重,因为时间和韵味已经在那里。故乡有了庙,英灵便有了落脚点,乡情便有了归宿。

德清城山西面旧时有刘王庙,清光绪八年(1882)重建,祀刘王,今废。新市古镇上也有一座刘王庙,建在运河之畔,现存殿堂为清乾隆年间重修,榜额书“刘王庙”,柱联曰“酌酒从容,正气皆河山并寿;报书慷慨,孤忠与日月增光”,香火至今仍旺。

这刘王是谁?无人跟我说,我也没有问到知情人。翻本地史志,刘王庙中素无碑记,不可考王之详,或以为是宋刘太尉锜,但未见有据。刘锜(1098—1162),字信叔,甘肃静宁人,慷慨沉毅,颇具雅量,文武双全,官至太尉。绍兴年间,金兀术领兵十万自江苏进驻浙北,欲攻打杭州,刘锜奉旨率两万宋军于新市东栅外五龙桥一线抵御。军民同仇敌忾,结果一举大败金兵,朝野欢呼异常。

然而,不久南宋朝廷里就有人猜疑、嫉妒、陷害。尤其是张浚班师回朝,每言岳飞不赴援,而刘锜战不力,秦桧赞同其说。于是,逆天的事发生了,真正会带兵的将领被换下,纸上谈兵者更及犹厌言兵者补位。岳飞死得悲壮,与岳飞一样性情的刘锜又焉能不悲夫也矣。刘锜是呕血而死的，谥武穆，追封为吴王，俗呼刘王爷。穿过宋元，浙西的百姓不敢忘他的功勋与气节，就在他曾驻军的地方“即营为祠”，并塑像祭祀。

走入新市刘王庙，第一眼看到，门楼着实漂亮，上刻朱雀、玄武图案，下刻“二龙戏珠”与“狮子滚绣球”浮雕。进正殿，刘锜像酷似杭州岳庙的岳飞像，独是庙庙气虽武，却不吓人，远眺则英爽之气升腾如烟。历史上刘锜真是岳飞的挚友，《南渡十将传》中刘锜的排名更在岳飞之前，难怪刘王庙什么都尽可能仿照岳庙的形制。明崇祯末年，邑人胡尔慥与子胡襄随史可法抗清，其间，捐金重修了刘王庙。坚持了几年，胡尔慥见复明无望，拜完刘王，然后绝食自杀。清是金的后裔，满人坐江山后本不打算留下刘王庙，但又不好违背市井孺子意，故开出保庙的前提是大门只许朝东，把庙的规模缩小到堂。其用意是令刘王居于此，却不让其威震东南。

乱世冲击，人心变幻，休懊恼，且开怀。沈家是新市镇上的大族，每年的祭祖活动极为隆重，同时把到大庙进香祈福当作家族的要紧事。沈家这样的好人家很乐于“送”小孩到庙里去，以使他们多见世面，去淫邪思想，举止不致失仪。沈觉初(1914—2008)幼时就常跟母亲去刘王庙烧香，小孩子的眼睛里百无禁忌，只觉得庙里的一切好有趣。泥塑的武将们骑在马上，手持长枪大刀，威风凛凛。他最喜欢看的是三人围打一人，稍长始知此为“三英战吕布”。此外，还有“煮酒论英雄”等源于《三国演义》中的经典造型。不想，这一喜欢竟然使他与篆刻结缘一辈子，所刻竹木砖陶莫不以古朴俊雅著称。

“五六人即百万雄兵，七八步能走遍天下。”刘王庙中有个古戏台，可容数百人观戏，许多少年的人生初感与艺术启蒙都源于此。戏台一侧有一面题记墙，反映的晚清戏曲史料绝无仅有，非常珍贵。在醇厚而不失活泼的年代里,刘王庙戏台俨然是一座历史舞台,水路到新市的京昆戏班都愿意登台演出。每有戏班来此,几乎都有人提笔在墙壁上记事,或留言,或绘图,层层叠叠,密密麻麻。所有这些都似乎记录着古镇尚未散场的容颜和无限延伸的"乡脚"。这下,狼狈的是我,尴尬的也是我,不会唱戏,不识墨痕,恨自己于戏曲、书法无一拿得出手,唯在心底画一尊刘王,留一格共鸣。

胭脂弄

新市是建在水网中的古镇，因水而生，也因水而繁荣。三潭、九进、十八块、三十六弄、七十二桥……有人说，这些旧迹组成了新市古镇的格局与命脉。不错的，如此江南的生活，我们已经久违，它原本确曾属于过我们。几乎每个古镇的底蕴都惊醒于此，所有的文化遗存都是时间呼啸过后洒落于此的花瓣。

胭脂弄不长，挺窄的，太寻常了，名气却大得很。封火围墙高耸，墙壁斑驳有致，清巡检司后门及王氏门楼等古迹即在弄内。举凡来新市的男子都要走一走胭脂弄的。悠悠，深深，倒不是为了体验，只是想找些感觉，于是，应运而生了一个词，“穿弄堂”。

俗谚云，“胭脂弄，秦淮河”，“胭脂弄里巧梳妆”。胭脂弄早在四百年前就出名了，当时该弄多为娼妓所居，有青楼十几家，颇有秦淮的风韵。胭脂弄像一支打开了的口红，一碰嘴一朵花，不碰也一朵花。走在胭脂弄心莫名地跳得厉害，衣衫乱了，快要窒息了，新市人不曲言这段重口味的历史。馆子店的老板爱说笑话：每当夜里想了，就抹黑而来，或者入梦，仍有一种从青楼门前经过之感。但毕竟是空欢喜，至多长嘘一声，哪里能犯什么错，只是给自己一个暧昧的快乐的理由。其实，此弄还有一个广为人知的名字，“摸奶弄”。每年蚕花庙会期间,未婚男女们拼命往里挤,不羞的,一时多少“咸猪手”,越摸蚕越旺。姑妄可当作胭脂弄的一种变异的风俗。就像“风骚”与“矜持”、“活泼”与“拘谨”,在今天更多被视为一种性格类型,而非一种道德类型。

上午十一点,胭脂弄,我独自来了,但早了——应该夜里十一点来——此刻,整条弄空荡荡的、冷清清的。我来来回回走了两遍,又用手丈量了一遍,蓦地见脚下有一朵不知是谁采了又丢下的无名花,蓝的,且是那种忧郁的蓝的小花。不由地想起那个叫苏小小的名妓和她曾住过的贤娟弄来了。贤娟弄与胭脂弄,旧象、气息、主人都相近,说起来,两者的关系真是隔壁的隔壁。可惜我至今未如愿去嘉兴的贤娟弄访苏小小。听嘉兴的肖兄近日来电说,贤娟弄快没什么可看了,还不来!

在西庙,看上海摄影师拍的新市古镇照片,其中有一张夜幕下的胭脂弄,好婀娜好妖娆!摄影师动情地说,他去过仙居县皤滩古镇,拍过一组“春花院”的照片,那是显性的,胭脂弄是隐性的,都是古时的“红灯区”。我说,这名字得改,且胭脂弄是横着的那一条,没有挂灯笼的,竖着的是司前街。但又一想,司前街一排红灯笼亮起来了,紧邻的胭脂弄暗不了,视觉效果上更勾起人遐思:好想有个家,牵着一个自己喜欢的女孩子,穿过弄堂,最后消失在弄堂口。当然,两个人有时未必会合为一个人。如同对面来了一个人,你俩萍水相逢,你看见了她,或者她先发现了你,结果呢,还是擦肩而过的陌生人。

相信这大约就是古镇男女的恋爱节奏,虽然不够现代,但有弄堂情结的人总会这般痴想。对于他们,仿佛除了月下老人祠,只有在胭脂弄等典型的江南宅弄里,更能与另一半真心相知,并永在一起。

有一种女人叫西施

中国人善吃，什么“西施乳”“西施舌”，通过这些菜名，便能想象吃客的狎亵意态，以及食欲情欲相集时的暧昧神情。有趣得很，今天的诸暨人爱在饭桌上谈论美人的话题，时而西施，时而郑旦。若遇上郑姓男子，则会说，你不会是遗传了郑旦的基因吧，难怪这样风流倜傥！当有人提到西施时，同桌的女生们举止有点微妙，莫不以细节“诱惑”对方，生怕自己不具西施之美，一念之间，成了东施。

上大学时，在华语古装电影《西施》还未筹拍前，我编过一出话剧《范蠡》，后来在学院的体育馆里公演了，反响不错。演范蠡的男生一炮走红，演勾践、夫差等角色者也跟着红了。唯独西施的演员，人气并不佳。我起初很纳闷，怎么回事？她的形象、气质与演技没有不佳呀！选她演西施是全剧组人一起挑了又挑，“范蠡”本人也认可的，应该是个加分的表演啊！庆功宴上，有人似醉非醉地说出了心声：“这个西施，叫我不心动，你说她能西施得了吗？”一语中的，西施不是塑造出来的，不需要某一款真人版，而是历史上男人们发乎情、止乎礼的“意淫”女神。

有一种爱情叫西施遇见范蠡，心欲所属，却不能说，强作断芯锁。民间盛传的西施和范蠡相恋的故事,整个江南传遍了,唯一的权威记载是东汉的《越绝书》:“西施复归范蠡,同泛五湖而去。”关于西施最后的结局,无论史学界还是文学界都说法不一。我比较相信,西施在归越后,与范蠡同隐了江湖。清康熙《德清县志》往下接道,“昔范蠡扁舟五湖,寓居此地”,“环山左或变有八景,曰陶朱古井、西施画桥、碧山风翥、翠岭马回、石池剑跃、柳流珠浮、竹林云屋、松峤天梯”。这些绝非凑巧,应属村翁夸胜迹,山人有意为之,“亡吴霸越当年事”,岂有如是风雅在,但我好喜欢。如果有一天无古可访,无迹可吊,最好的纪念莫过于传说与想象。几日前,爬了一趟蠡山,来不及把这些故乡的元素与文化加到《范蠡》剧本中。

蠡山庙,烛光摇影,香烟袅袅,相传进门曾挂有一块俞樾题的匾额,“庙貌扁舟”。庙的前楼是飞檐,庙的后殿是跷脚,说像真像。过庙往西北走数百米,自西向东有一条小径,尽头是一座石桥,平板的,绿装素裹。桥身为清光绪年间重建,定心板缺了,梁侧刻有“西施画履”四个大字。我问蠡山庙的看庙人有什么说法吗?老人答:“古时候没有镜子,桥下的水很清,照出来的影子非常漂亮。早上,西施就站在桥上梳头、画眉。那么晚上呢,范蠡在我们漾里养鱼,西施一定站在桥上等他回来。长远了,桥板上就踩出了一只脚印。”景名很诗意,老人讲的故事也美,只是这烙出来一般的西施脚印太硬,西施不应该是这样的女汉子。不过中国人讲究爱屋及乌,管她脚几码,是否穿得高跟鞋,有无涂指甲油,爱了就爱了。与那些装嫩的、雷同的、只能敬观的女菩萨像相比,与把西施供作蚕花娘娘相比,这只西施的脚印好可爱真可爱,举凡世间痴情男人都愿意露出自己的背做那板实的桥面,任凭被心爱的人踩压千年无转移。

蠡山上还有胭脂泉、梳妆墩等有关西施的遗迹,蠡山人现在还讲一句俗话："西施梳妆墩，仙女学凡人。"就在下山时分，刷微信，有谎称"范蠡"的老同学问我，庙里的西施像美不美，快发图？我回了他一个"笑脸"，彼此心照不宣，但不经意间还是流露出了一丝顽皮。

事实证明，男人还是爱美人胜于爱江山，吴越江山只是春秋历史的一段，可美人西施却比江山更久远。

资福寺奠基观礼

德清旧为佛教圣地,境内多寺院、殿堂、土庙,然自唐以降,历千年尚存者屈指可数,资福寺幸为其一。资福寺,唐季古寺也,经历代重修,一度颇有盛名,历史上有“南灵隐,北资福”之说,传说济公和尚当年曾在此修行,随身带来两件真宝,一是两只大钟,二是一块刺毛石。寺中原有名联:“同心同德振兴宗教信仰,一心一意修炼道貌风尚。”

几年前,我去三合乡上杨村时,就听说有香港投资商要开发资福寺了,但一直未见大动作,而资福寺却越来越显破败了。直到某天傍晚,忽然收到一条短信,资福寺要拆掉重建了,乡里叫查该寺的资料。发短信的是在电视台工作的莫一斐小姐,翌日她找到我办公室,请求协助查找资福寺在文献中的记载,并邀我届时一同参加奠基礼。

2012 年 10 月 14 日 10 点,资福寺扩建暨大雄宝殿奠基法会在资福寺旧址隆重举行。为弘法利生,祈福德清,主办方请来了诸山长老。远道而来的有河南少林寺、大相国寺、空相寺,江苏小九华寺、灵岩山寺的方丈;近的有湖州万寿寺、德清云岫寺的住持。当高寿的苏州灵岩山寺明学大和尚拄着禅杖,被僧团搀扶进入会场时，大居士们纷纷夹道跪拜迎之。明学大和尚为湖州籍人，净土宗大师，我读过他在寒山寺的一篇讲话，犹记得其中有这样的句子，"愿寒山寺的慈善事业像寒山寺的钟声一样，普令一切众生入佛知境，心开慧解，同超极乐"，说得真好。几项议程过后，资福寺现任住持延秉和尚作答谢辞，我本以为会听到关于资福寺的一些历史沿革，可惜没有。

资福寺，初名法严庵，始建于唐，鼻祖为圆照永禅师，后几经荣废。清道光《武康县志》载，资福寺"在县东南三十五里翔凤山（即禺山支），唐季古刹也。宋绍兴二十六年，和王杨存中重建为功勋院。高宗车驾亲临，改赐'显忠崇孝资福禅寺'。有御书楼、洗马池、凤仙阁、禺泉亭、钵盂案、万工池诸胜"。宋高宗赐额之时，他已退位为太上皇，由孝宗当国。又载，"元至正八年（僧延福）复建。明洪武二十四年，开设丛林。永乐间毁，崇祯末僧灵机恢复旧址，国朝康熙五年，殿宇告成，备极宏丽"。从这段县志中的记载看，资福寺当年香火不断，钟磬常鸣。清武康知县吴康侯在游览了资福寺新颜后，作文志游；邑人陈斌阑曾邀友人于寺中坐饮，并留诗："山家清供能资福，支鸟溪花足养心。喜借晴和寒食空，随缘品茗到禅林。"后来一场大火烧了寺中两座大殿，连同那口相传由济公和尚带来的大钟也坏了，被摔得粉碎——据说，资福寺的大钟在顺风的日子，钟声在余杭塘栖街上都听得到。行前，我特意翻阅了《上杨村村史》，资福寺最近一次大毁，发生在抗战中。村民为就地保护古寺遗物，把许多重要的石构件原封不动地埋于地下。早年，曾有个和尚发愿重修资福寺，已买好石灰等建材，但未开工，先死了，至今村人仍在寻找那口神秘的石灰窖。1935 年来了大年法师，传曰蒋介石的堂伯，因抗日之事，与人意见相左才出来做了和尚，资福寺经他整修，菩萨开过一次光，开光时还请来了南浔庞家、山西康家，五村四坊的人都来烧香。

我向村人打听资福寺的旧规、故事。当地人管资福寺叫“朱福寺”。有阿婆道，朱福寺原来鼎盛的辰光，遇寺里做佛事，卖香烛的摊位从山门一直要摆到观音桥头，长约两百米，热闹非凡。有时寺里斋饭供不过来，香客们只好就近到村民家里盛碗饭吃。有阿爷接着道，朱福寺有几间老屋，现在就门头还可看看，上有双龙戏珠琉璃瓦，贵气得很……老的杨坟渡口有个石亭子，就是朱福寺的和尚募资建起来的，武康简易师范还在朱福寺办过学。

资福寺的魅力何等精彩！当我们重拾她的历史碎片，亲历她的复建奠基，定会为她曾经的影响、骄傲的过去和日后殊胜庄严的气派而欢欣鼓舞。

升玄观的阵雨

因为要做一期“防风湿地行”的走读德清活动，有一个点选在杨坟，于是决定下午先去踩点，第一站升玄观，第二站资福寺。小安和我同行，未曾想遇上了一场大阵雨，一观一寺隐没于禺山的风雨。

借助导航，车顺遂地开至三合乡上杨村亭子头，眼前一条林荫古道，背后即计筹山，大约升玄观就在这古道深处。因雨势太大，我俩没有立即下车，而是翻起了各自带的书。小安带的是蔡泉宝编著的《杨坟的故事》，我带的是杨振华著《永远的江南赋》，翻到书中写南宋名将杨存中的那一篇，见有一幅升玄观外道旁古树的照片。我忙叫小安同看：“冥冥中自有神人指引，我们已在升玄观外了，看，这两棵榉树！”透过树影，隐约可见黄色的房子，一定是升玄观了。

待雨小了，我俩下车，打伞，边听桥下哗哗的溪水声，边沿着小碎砖路朝里走。对于这类深山藏古寺的建筑艺术，我总是又爱又憎。我爱前人的用心，择山水极佳处，开出一片庄严；恨后人的俗见，硬将外物拉来、赋予、置换，结果坏了事，好端端的祖庭被整得面目全非。痛心啊，伤心呀，除此也就只有想想那些已经倒掉了的历史建筑。

这样想时，升玄观到了，眼前倒Z型的格局比想象中的要单薄许多。毕竟这里是德清道教的祖庭，汉时就已建观，传下来起码有几重殿、几十尊塑像，且有几通古碑。但目下只有一座大殿和偏殿、一间伙房、一栋厢房、一个大香炉而已，独殿前石桥、放生池和饮马槽还有些古气，瞅着蛮结缘的。据说池内还有红壳虾和无尾螺两宝贝。

升玄观的过去，我来前多少从《武康县志》《计筹山志略》等志书中查到了一些。升玄观，又名升元报恩观，在原武康县东南三十五里禺山麓，对禺溪。南宋绍兴二十六年(1156)，和王杨存中建，高宗御书额。读过《宋史》者应该对杨存中不陌生。杨存中(1102—1166)，本名沂中，字正甫，权主殿前司公事，系“南渡十将”之一，侍卫禁中数十载，以太师致仕，追封和王，谥武恭，敕葬武康禺山。因其显贵，其父杨震赠秦国公，在禺山一支之翔凤山建衣冠冢；子杨偰官工部侍郎，赠少师，亦葬禺山一支之黄山。杨氏三代择墓于此，厥后遂成墟市，俗呼杨坟，故升玄观很可能是杨存中的坟观。

杨坟的第一功德主杨存中，想当年，可谓炙手可热的人物，“典兵最久，贵宠独隆”。身为男儿，我很欣赏他少年时即外泄的霸气，“大丈夫当以武功取富贵，焉用俯首为腐儒哉”！他从内心不屑读书做文臣。可是入了庙堂，他毕恭毕敬的性格全不像武将，没有脾气没有胆气没有正气，关键时刻居然诱捕岳飞，监斩岳云、张宪，都干的是什么事！实在是要被后人嘲笑且攻击的。不禁想起一个词，“蠢”红“耻”白，在历史舞台上，杨存中唱了大红脸，为自己争了个善终的结局。

杨存中死后，升玄观得其荫恩，加之邑人重视，未衰反荣。进入元朝，升玄观更迎来了她的中兴，一位叫杜道坚的真人掌管了道观。杜道坚(1237—1318)，字处逸，号南谷子，安徽当涂人，十四岁得异书，师葛蒙庵，入茅山做道士，后住计筹山升玄观，于观右建起藏书楼，日夜披览经籍，颇有造诣。赵孟頫多次来访，与之酬唱，至今计筹山上还留有赵孟頫的摩崖石刻，人称“子昂碑”。杜真人物化升仙后，被尊为坚隆道冲崇正真人，观务由其弟子周德方主持。周德方亦是个学问派，好攻读道书，山中所居室题曰“不自恕斋”，设老子像而列道学六君子其旁，朝夕礼敬之。明洪武二十四年(1391)，袁居安道士重建。明末，田艺蘅《留青日札》记述当时升玄观，“唯一庵观，乃香火院”。清康熙六年(1667)，余体崖道士重修，等武康知县吴康侯来游，升玄观“已断墉衰草见”了。民国呢？尚留旧规，有灵霄宝殿、三清殿、纯阳祖师殿，东西各厢房数十间。

偌大一处道观，享祀千年，而今零落如此，这能说得过去吗？供奉的塑像是全新的，法器又小又不称手，厢房已然危房，观前闲置的亭子早该拆了。道长蔡至通焦急地说道，并执意领我俩看了几处他和其他道士的“改良”之作。蔡道长自谓湖州东林人，号三通树荣，来升玄观不过十余天，新鲜得很。他从我和小安的对话中，得知我与杭州抱朴道院某道士相熟，一再作揖：“还望贵客为本观多美言，多写文章，以便我们接一些功德过来！”我竟不知所措，只答应他，下山后会将升玄观的历史资料稍加梳理成文，待再访时送给观里。

阵雨在我俩进出升玄观之间，不觉止了。“听来仙漏六时雨，流出春泥一道香”(清邑人唐靖诗)，虽时已入秋，犹万分应景。出观，耳畔除了照例哗哗的禺溪声，多了一些木鱼和磬的声音。我没有回头，但愿意相信这是升玄观中传出来的久违的法音。

附记:

小安在看了此文后,写了下面的句子:“没了,只有很多残缺的东西了。据说旧观的一些古籍文典曾在三合一代出现,不过已成一些人的谋生之用。虽未证实其所说,但也不免有些悲伤。离开旧观,忽见门口道旁的一棵古树,内已中空。不晓得是不是也因为忧伤过度,而已无心述说个中的故事。树旁不远处,看到一个很大的石块,俨然是人工加工过的,硕大无比,也许只是当年升玄观中某一建筑的柱墩。就其形状大小来看,可想而知当年的升玄观建筑之庞大。”

计筹山升玄观

也说三桥

我的老家三桥埠，在杭宁铁路之侧，西依莫干山，北邻埭溪镇，南接武康镇，东连龙山乡。一条阜溪流经埠南，水陆交通方便，为附近及山区物资集散地，土产有竹笋、茶叶、甘蔗等。这个不大的镇子，其实受莫干山的欧风美雨影响挺多，洋人在水埠设有专门的停船码头，然后由轿夫抬轿沿阜成桥，过上市桥，越杨梅岭，进庾村中村而至莫干山荫山街。进入民国，商业繁盛，走的是典型的江南市镇发展路子。日寇入侵时，三桥埠被烧杀掠夺洗劫一空，遭遇近代史上第二次毁灭性灾难(第一次为太平天国石达开部屠城)。新中国成立后，三桥埠逐渐恢复原貌，后杭宣铁路经此并设站，而今火车犹过，却一派“废镇”之象。

若往上溯，三桥埠也是有名的。在唐代属泰原乡，宋时归庆安乡，明隶十三都，清称十四都。三桥人世居阜溪两岸，过去是，现在也是，但对这个市镇的悠悠故事，不清楚者为多。听老人说，三桥这地方，因为老底子留下了三座桥，而从此叫了三桥。可是一问是哪三座桥，老人们的回答不是言之不详，就是各不相同，叫人莫衷一是。

第一种说法，三桥是太平桥、春桥、时津桥。

第二种也是比较普遍的说法,三桥是太平桥、上市桥、时津桥。

第三种说法,三桥是嘉定桥、上市桥、指南桥,此据是清唐靖的《前溪逸志》。

第四种说法,三桥是上市桥、太平桥、阜成桥,此据是清乾隆时期的《武康县五里方图》。

第五种说法,三桥是北津桥、杨楠桥、太平桥,此据是清道光九年(1829)修的《武康县志》。该志卷四载:"三桥埠,在县北七里,自平远门(原武康县城北门)至水步有小桥三,故名。一北津,二杨楠,三太平。舟楫交通,商贾辐集。"此条记载甚详,应是比较可靠的。

统观五说,若逐一列来,何止三桥?基本可以认定,三桥的地名确乎由三座桥而来。至于具指,唯信者传信,疑者传疑,异者传异。

春桥,不详。

时津桥,一作时春桥,在阜溪与溪头湾两水汇合处,南宋建炎僧道合建,为三孔石拱桥。现桥于1963年改造过。

嘉定桥,在嘉定山麓,早淤。

指南桥,一作杨楠桥,又作漾南桥,南宋建炎僧无尽建,明道士丁介然重修。约是抗战初年,武康县长下令将阜溪之上所有古桥一起炸毁,指南桥也不例外,但炸了桥,仍没能阻挡日军南下扫荡。

阜成桥,一作阜通桥,一作新桥,在下街头原三桥中学后,南北向跨阜溪,南宋嘉定初建,至今已有七百五十余年历史。桥上栏板刻有"乾隆庚寅孟冬重建,光绪丙戌季春覆造"字,望柱为狮形。

北津桥,明洪武元年(1368)僧善建建。

这些老桥悉历或弃或毁之命运,唯上市桥、太平桥以及前文所记阜成桥尚存,今已列为县文保单位。我小时候还总听大人们谈起上市桥头如何闹忙，荡过上市桥到太平桥下吃早茶，有段辰光要排长龙。上市桥，在上街头西街，据桥中孔石梁铭文“皇宋岁次丁酉嘉熙改元十二月十一戊子日吉辰”，可追至南宋嘉熙年间，可算当时一项政绩。清雍正间道士柏体、僧月朗募资重建，咸丰元年(1851)里人再建。因多次修理，护栏改以条石平卧，其上刻有蝙蝠彩戏带图，桥坡今被水泥浇铺，台阶入土。

太平桥，在中街头，民国《武康县新志稿》载“自上市桥北流折而东至此一里六分”。明洪武元年(1368)僧惟真建，清乾隆初年重建。武康石砌筑，三孔，帽石梁，间壁式桥台，薄型排柱墩，中孔刻桥名。少时我总爱在桥下一侧看梁端突出的一对石兽，好像两个虎头，相传有镇水压桥的功能。

近见《湖州日报》发有报道《三桥地名怎么来》，被访者为住在中街头八十七号的陈超与上市桥头的唐锦方老人。读罢，深觉三桥地名的由来未说明白，尤其几座桥搞混了，作为土生土长的三桥人，我很有必要提出异议。

附记：

此文刊发后，张华全先生写来了一篇《再话三桥》，称三桥地名跟前述古桥无关，也并非三座什么桥，实际指三块大石板，以板代桥，在三十年前还能见到。第一块石板在大路埭去井龙口老路上，第二块石板在洋桥北端西坡下(即今供销大楼前)，第三块石板在北龙冲雨水入河口路上(正是席家门前)。传说从前官府欺上瞒下，贪腐朝廷下拨修河造桥的银两，被查办后为告诫后人，方改了三桥作地名。

久违的春联

过年了,千门万户皆春声!以往此时,我会和小伙伴一起上老街兴致勃勃地看春联,一家一家看过去,然后选出最美的一副写到作文里。而今独我出现在老街,漫无目的地看些什么。虽街上也不是太冷清,但老街那种不尽富贵却过得温暖的日子终是一去不复返了。

有一天,打开门,发现彼此很陌生。老邻居都搬走了,新房客不爱理人,偶尔搭讪也各说各的,还不如搬把椅子晒太阳、拗饬花草、摆一盘棋。其实,老人家的感受最不能被忽略和轻视,老街人事的变化加深了他们心境的沉寂。

俗谓一副春联一个年。墨浓,纸红,内容雅致,家风彰显,主人自书:“春日春风春浩荡,龙年龙岁龙腾飞”。忽然,我被老街上的一副火红春联吸引,于是驻足欣赏,居然回想起童年的美好景象。往往年还未到,春联先写上。年脚边,老先生早早地便裁好红纸,与砚台、笔依次摆在桌子上,手边一本对对联的书。熟悉的人会在他那里预订好一副,来了即取。慕名而来者会多求几副,从门心、框对、横批、春条直到斗方,然后随缘放下买红纸的钱,通常会超出实际价值几倍。待主人家拿走了春联,往自家门上一贴,还没粘上，底下的小孩儿就喊“交好运”“恭喜恭喜”。

在乡村社会，字写得好，也算是一长处，有时还有一定的用处。三桥埠过去有那么几支笔（意指字写得好的人），如商会理事吕冠、合作商店店员吴朴以及小学教师张华全等。张华全是我的书法启蒙老师，其余二位仅久闻其名，都是在当地各项政治宣传活动和红白喜事中，算是动墨较多的人。

张华全，1936 年生人，字雪涛，祖籍嵊州桃源。自幼受严教，学毛笔字，十二岁能写自家春联，稍长用两张拼起来的红纸为大哥在庾村街上的箍桶店写招牌字“张长兴号”。后来做乡村教师，练得一手地道的颜楷，兼善二王行书。他坚持走传统路子，不学怪奇，反对不究笔法的创作。退休后，他写字纯粹是自娱、寄情，没有任何自命风雅之意，并将看书看报作为每日必做的事，有书论见诸报刊，为书法的普及而呐喊。我去看他，很少见他对自己的字流露出满意的神色，单从审美角度，他对别人的要求也相当苛刻。有几位自称内行的字，他就是看不上，评价不是俗，而是缺根底，主要是临帖不到家，一味标新立异。他始终认为，写字首先是读书人的本分，不是表演艺术。不读书而单练书法，那只能是工匠，而真要成为书法家，那是十分困难的。

这些年好了，不该淡的也都淡了，老街上的春联更多的是印刷品，懂春联的人也少了。我有时想，何谓年俗？因为过年，不管家境，不分门第，不论长短，都一样贴春联，盼一样的喜庆。这样一个平等的机会由年创造，而年的味道、感觉、不可缺少的部分借此得以最广泛的传播。因此，春联是过年最鲜明的标志，也是最长久的祝福，这样的文化余香应该保留。

锔 匠

友说:“害怕每一个雨天,我为听不到雨打瓦片之声而焦躁。”他搬出老街后,总是为现在的雨天没有旧时的感觉而介怀。他好想回到那条斜斜的飘雨的街,踩着斑驳的石板,和人共一把伞。我未想到在我们这个年纪也会怀旧,对于故乡,寸土难“移”。他很像我,看惯了小桥流水人家,若哪一天看不到了,很难相信自己曾住江南。于是一个人的雨天,我常常挂心于今岁明年倚窗再听不到那些相熟的冷冷的雨。

每一次心很躁时,我渴盼着这一刻能速下一场雨,虽很少能如我所愿。她来就来了,想止便自己止了。我有时也怨她总滴答不停。对于听过二十年雨声的人来说,若此刻再有一些额外的绵绵的雨,定要感到惆怅,并不断恳求她别下了,再下就不是“情深深雨蒙蒙”了。莫见怪,江南人的性格就是如此。

十岁那年,我在三桥埠普济山上读小学。那时山下盖了一排老式平房,木门、木窗子,只上过一层桐油,下雨天好看得紧(德清方言,好看得很)!每每放了学,我总能见房东们将自家的盆盆罐罐放在屋檐下接雨。雨也乐得,“泼泼地”似下得更欢了。有一日,也是个雨天,有一个“挑子”在一户人家门前停了下来。他手里有一个拨浪鼓，不是逗小孩子的那种，而是瓷的，叮叮当当地特别有韵，整条街仿佛都在他敲出的节奏里摆起来。

那挑子见这家门口有一只破了口子、坏了把的旧茶壶，便自称是锔匠，能做锔活。这家出来的是一个老太太。老太太一听是锔匠，忙进到里屋取出一个有锔钉的大海碗，极重情地说，这是她年轻时不小心摔的，后来攒了六个分币，拿铁钉给锔上了。这只补了又补的大海碗，她一直留着，几次添碗都不舍得扔。

锔匠点点头，从老太太手里接过那只旧壶，于是开始做活。须臾，我见到了最不可思议的一件事。几个铜钉，几声“咕啦”，几板锤子，眼前的这一把旧壶被嵌了三个长钉和一个花钉后，竟成无缺，不再漏一滴水，且锔得很艺术，几个铆钉恰似壶上原就有的。更令老太太分外满意的是，锔匠同时还用老铜把她那把旧壶的壶把包了，这一来这把壶就更显精致了。

老太太取了钱给他，又舀来一碗凉水。锔匠把水倒进壶里，这个动作表示他正等着付给他工钱。他不多要钱，道过一声谢后，负起挑子，摇着拨浪鼓走了。老太太还走出屋来送他，举着手里这把刚修好的旧壶，如得了一个宝贝。

那日以后，我也见过几个挑子，但都是货郎担，再未遇见一个锔匠。也许我所见的那个，是这个镇上经过的最后一个锔匠了。如今谁还会把用旧了用钝了的器物留着。这个雨天，当偶然想起并把锔匠的故事讲给家里人听时，他们都笑了。老底子人家还有锔金钉的，那时锔一个铁钉一分钱。后来不时兴了，改成铜焊。喏，我们家就有一只焊过的搪瓷杯子。

我陷入了沉默，如同这即将停了的雨。我一时想起了很多旧时光里的事，但大多是碎片式的，只有这一件事约莫记得最清楚。

附记：

故乡流行一句歇后语："江西人补碗——吱咕吱(自顾自)"，乃因锔碗时，要把两片碎瓷夹在膝盖上，拉动钻杆，金刚钻头在瓷片上发出"吱咕吱"的声音。另外，锔匠都是穿村走乡单独行动，可能也是自顾自意思的由来吧。

锔瓷工具

可爱的端午

端午近，做一条黄鱼，拍一根黄瓜，挖一颗咸鸭蛋黄，剥一只黄豆粽子，饮一杯雄黄酒，犒劳自己。还不够，“五黄”可以不食，独不能缺一场诗会。端午节、诗人节，这是传统，必须应该这样过。德清的端午，在涤尽撩船的记忆后，愈加显露出一种家常的味道。传说有个叫戴继元的人在这日捐躯，不似屈原，也似屈原。此谓遗风，如一束古代的菖蒲扎根在感叹里，生动地漫过有血的肉体，有点欲证明自己尽管不是诗人、也是好人的感觉。

怎样才能度过端午？因诗的名义，以水之韵。2014 年 5 月 30 日下午，德清的诗歌爱好者齐聚德清图书馆读者交流中心，著名诗人李浔、俞玉梁从湖州赶来，于是，一群可爱的人过了一个特别的节日。

李浔开篇说，“端午，来自几首古诗”。现场真就有一个小女生诵读了自填的《琐窗寒·汨江怀古》：

疏疏一树，料峭春寒，憔悴相关。狂客无肠，翠帘琵琶愈欢。夜凭栏，汨水汤汤，孤伴蜡银墨白。似清剪无痕，鬓霜摧残，近水楼台。

归来。扈江离，纫秋兰，好映青衫。东去英才，直教碧波抱残。忆春山，泻玉无声，西风黯然续应难。更哪堪，落石谁度，九死亦何殇。

了不得，仿佛戏文里唱的那种才女，家学不浅，兴趣不俗，烟火气不沾。有其女必有其母，邱飞晚还只是一名学生，她的母亲周晓萍是一名中学语文教师，母女俩的阅读量都相当可观，旧体诗词功底俱佳，古典细腻的感觉如斯。周老师在《历史的台词》中直道“我是汲水而来的戏子，在别人的台词里”，“我停止歌唱，不再呜咽，孑孓于河畔的行杖变成满怀的芷若”。俨然，她是乡间的闺秀。

若说这对母女的诗句的美还是纸上的，化不开，属于点景之作，那么，另几位女诗人的现代抒情里则直接见水一样的忧愁和眷恋，意象更加集中。诗作中的她们谦卑地伏在低处，仍然惶恐、忧伤、悲悯，生怕被打回原形。浊兮！清兮？残酷的生活确实不是诗，再达意的句子有时候也会变得好弱，尤其关于记忆，涉及心灵，“无法说出的，总多于说出的”。而读懂每一个她，也就造成那么艰难和无力。何况女人的心思你别猜。

诗会咏桑梓，男人们更爱作诗，醉眼中点点美人影，心神不由自主地激荡。诚如陈如尧、臧运玉、杨宏伟等中青年也以女性口吻对下渚湖和余英溪做了私人又公开的诠释。陈如尧如是说：“下渚湖，女人湖——我的深情已不在乎你的天地洪荒，我也不在乎你的血泪风霜，我也不在乎你的贫穷和风光。”臧运玉道：多情的余英溪啊，“溯源而上，应是姹紫嫣红；顺流而下，只要一朵桃花”。杨宏伟比较不煽情，“自西而东，一条花溪，更是层层隐痛的脉象，大地，在脉冲里春暖花开”。虽然他们皆已过了眉清目秀的年纪，但心中犹存辉煌而一片芳草，所以永远永远浪漫、可爱。

诗会最后纪念了早逝的诗人史欣。1989年付梓的《太阳风——德清青年十年诗选》中，收有史欣的一首《逃亡的水》："我的结局，不是被风雪燃烧，亦要腐烂成黑土地，呵，我是这般的热爱生活。"这一刻，重温这位颇具代表性的诗人"遗言"，让人心生敬意，又无限感慨。活在20世纪80年代的人的想法是很独特的，那是一个扔一块石头就会砸到一个诗人的年代，无名、情调、潮流……诗歌作为一种应运而生的产物，是与史欣同龄者的长处，具体表现为拒绝既往，很自然地从现实进入虚幻，崇尚以诗为光荣，深度参与，浸润其中。尽管某种程度上，所有人都只是迈着小猫的脚步，但还是来了一场迷人的雾。这，对于当时的德清诗坛简直太重要了，也间接影响了今天的德清文学气候。同样的，今天的端午诗会不会戛然而止，而是将来要写进德清诗歌史的用心演绎。

后　记

行走,不只要有好脚力,更要能挤出时间,促成思绪的飞跃。近几年,文学毅行的概念,在大学生文学社团中特别流行,仿佛刮起了一阵“walk in style”风。上大学时,我组织且参与过几次,印象中,一次到西湖,一次到桐庐,一次到乌镇,一次到遂昌。对于这样的行走,许多社员貌似了解,其实误解。文学毅行,绝不是“到此一游”,亦非“行为艺术”,而是一种人文和思想意趣的行走。一路上,讲究体悟,追求读活书,以鉴赏的态度看当下与消逝的风景以及记忆,充满了不可预期性。一旦真正走起来,就停不下来,同时会令人焦虑地“向后看”。

2010年夏天,杭州,我将升大三,内心孤寂,命运又几多不确定。早晨起来,照镜子,眼观鼻,鼻观心,我好怕自己一毕业就老了,变得物质、世故、沉重、破碎、冗杂,再无机会浪漫人生,面向心灵生活。为此,在杭实习期间,我制订并开启了私人环西湖毅行计划。第一年的假日,基本都泡在了西湖里,有时是见朋友,有时只是自己坐坐;第二年,回到故乡德清工作,因在职报名参加了浙江大学的汉语言文学班,所以来西湖的次数也勤了;第三年,杭州图书馆专题文献中心力邀我做诗词沙龙，以西湖诗词为文本，连着主讲了十五场。就这样，朝七晚十的双城生活中，我不间断地与西湖亲密接触，最后写成了一本书《湖烟湖水曾相识》，于 2013 年 10 月出版。在踏上工作岗位的第一个三年，除了收获此书，在杭州、湖州、苏州、柳州、厦门、长沙、济南、北京、香港、台北的报刊发了一圈文章外，我第一次看到了自己的文学渐变轨迹，并在二十五岁前成功改变了一次阅读视野。西湖之于我，已经不再是一个自然意义的湖，而是一个美丽又神秘的文化符号；我之于西湖，亦不算是毫无关联的陌生人。譬如一位旅杭的北京大学的学生称小书是“都市名品店里的手工糖，简包装，但清爽口味，勾连你我心事”。

文学评论有冯唐金线一说，即判定是不是好作品，有没有达到应有标准，明眼人一眼就能看清楚。今年，我的第二本书《百里湖山指顾中：德清的风景与记忆》也要问世了。作为《湖烟湖水曾相识》的姊妹篇，该书以德清风情人物为主打，充满了江南小城的声音，市井的，雨湿路面的，又或者风吹过来的，埋在岁月之沙里的。唯此，故乡才可能对亲近者露出素颜，洞开门户，展现真身。书名是有出处的，选自清邑人戴望的诗《洛舍漾》，“指顾”，很好解释，手指目顾，引申开来即瞻礼勘察，符合我追求的人文精神。返乡之后，我把遇见的重要的人、事、地点，都逐一记录，建档、归类，或写成单篇，或写入某个复线结构中。我一边写这些文章一边想，这样的乡土，这样斑驳又厚实的书，能不能让更多的人欣赏、关注？怪这方面的书真是奇缺，人亦罕有，我相信读者拿到《百里湖山指顾中：德清的风景与记忆》的那一刻，会一见钟情，读而难忘，甚至手不释卷的。天下的地方千千万，德清只有一个，对这里的饮食和风俗，我们要偏爱一辈子；关于这里的自然风光与历史故事，必须知道一点。否则，何以证明你是德清人，你的故乡是德清。

我的本职工作不需要自己跨界去当什么作家,乃因一种文化人的虔诚、自觉与不肯辜负。这就是为什么我要坚持并毫不动摇地正告自己:现实再疲惫再艰辛,我也要常跑出去常握笔。另一方面,实在也是赖在故乡的角角落落,我看到了太多微弱的却使人动心的内容、淳朴到令人为难的民风,久远又深厚的文化渊源以及有别于时代洪流的有益暗流,听到了太多啰唆到真诚的回答,陌生人之间可以无尽的对话,当面临回城难的窘境他们还会主动跳出来说要载你到车站,等等。对此,许多教师无动于衷,他们读不懂,想不明白,习以为常地忽略不计。在他们看来,尘归尘,土归土,路归路,没什么好看的,下乡这事本身也没劲,我的热情"过了头",何况他们无暇,上课要紧。潜在的悲催后果是,失了本色,丢了本领,终结了本能,有些事俗得已经不堪细嚼,有些事庸得令人作呕,有些事颠倒黑白得哭笑都不是。终有那么一天,我们这代人都会成为新新流浪者,无家可归,无岸可泊,无迹可考。

德不孤,必有邻。莫干山上有 Lodge 咖啡店,新的干将先生曰 Mark Kitto,威尔士皇家卫队军官;新的莫邪女士曰 Joanna,钢琴师。Mark 的莫干山记名《China Cuckoo》(中国杜鹃),朋友吴薪松译其第十章"归去来兮":"莫干山在东端,往西山山相连,直到天边的喜马拉雅。而地图上弯弯曲曲的山脊线遥指珠穆朗玛,再往西行就是欧洲了。山超越了它的意义,横亘东西。归去而兮,既处同一群山,则聊可欣慰——但首先我要熟悉自家庭院。"感谢图书馆工作平台,让我有幸结识了一群故乡的"新青年",并很快融入这里最活跃的"社区"。他们和我年纪相仿,至多大我一轮;他们来自各个行业,个性地培育着自己的心灵,照料自己的天然禀赋;他们的成长经历里,不回避意见,不远离路途,不标榜殊异,值得我学习。写下这篇后记时,快递哥送来了杭州师范大学编的《方远》六周年纪念刊，主编张雨琪曾嘱我为这期"谈心"栏目写稿。作为老朋友，我无法拒绝，谨将一个心愿送给《方远》的同仁，并与喜爱我作品的读者诸君共勉：

心之所向，即为故乡；愿为河床，迎接潮水。

感谢甘肃学者黄岳年先生为本书题写书名，南京大学教授徐雁先生、杭州师范大学教授刘克敌先生为本书作序，浙江工商大学出版社任晓燕女士为本书的出版也付出了很大的努力，在此一并表示感谢！

2014 年 10 月